図説 世界史を変えた
50の指導者
リーダー

50 LEADERS WHO CHANGED HISTORY

図説 世界史を変えた50の指導者(リーダー)

50 LEADERS WHO CHANGED HISTORY

チャールズ・フィリップス
Charles Phillips

月谷真紀 訳
Maki Tsukitani

原書房

◆著者略歴
チャールズ・フィリップス（Charles Phillips）
オックスフォード大学卒業。タイムライフ社の「神話と人間」シリーズ、『歴史を変えた1001の戦争』、『世界軍事史』の主要執筆者。ほかに、『図説十字軍と騎士の歴史』、『イギリス王室史』、『アステカとマヤの失われた歴史』など35冊以上の著書がある。

◆訳者略歴
月谷真紀（つきたに・まき）
上智大学文学部卒業。翻訳家。訳書に、ライオネル・セイラム『誰かに教えたくなる世界一流企業のキャッチフレーズ』（クロスメディア・パブリッシング）、フィリップ・コトラー、ケビン・レーン・ケラー『コトラー＆ケラーのマーケティング・マネジメント　第12版』（丸善出版）、ジョン・リプチンスキ『図説世界を変えた50のビジネス』（原書房）、ジェレミー・イーデン、テリー・ロング『背伸びしない上司がチームを救う』（扶桑社）など。

＊聖書からの引用は日本聖書協会刊行の『新共同訳聖書』（1987年発行）を使用した。

50 LEADERS WHO CHANGED HISTORY
by Charles Phillips
© 2015 Quantum Books Ltd
Japanese translation rights arranged with Quantum Books Ltd,
a division of Quarto Publishing plc., London
through Tuttle-Mori Agency, Inc., Tokyo

図説
世界史を変えた50の指導者

●

2016年2月25日　第1刷

著者………チャールズ・フィリップス
訳者………月谷真紀
装幀………川島進（スタジオ・ギブ）
本文組版………株式会社ディグ

発行者………成瀬雅人
発行所………株式会社原書房
〒160-0022　東京都新宿区新宿1-25-13
電話・代表03（3354）0685
http://www.harashobo.co.jp
振替・00150-6-151594
ISBN978-4-562-05250-9

©Harashobo 2016, Printed in China

目次

はじめに 6

モーセ 10
ペリクレス 14
シッダールタ・ゴータマ 18
アレクサンドロス大王 22
ユリウス・カエサル 26
ナザレのイエス 30
聖ペトロ 34
ブーディカ女王 38
グレゴリウス大教皇 42
ムハンマド・イブン・アブドゥッラーフ 46
カール大帝 50
アルフレッド大王 54
チンギス・ハン 58
アッシジの聖フランシスコ 62
スレイマン大帝 66
エリザベス1世 70
ウィリアム・シェイクスピア 74
ピョートル大帝 78
フリードリヒ大王 82
女帝エカチェリーナ 86
ジョージ・ワシントン 90
ナポレオン・ボナパルト 96
シモン・ボリバル 100
ジュゼッペ・ガリバルディ 104
エイブラハム・リンカーン 108

オットー・フォン・ビスマルク 114
カール・マルクス 118
ヴィクトリア女王 122
ウィリアム・モリス 127
モーハンダース・ガンディー 130
ジョン・マグロー 134
ウィンストン・チャーチル 138
ヴラジーミル・イリイチ・レーニン 142
サム・ゴールドウィン 146
ムスタファ・ケマル・アタテュルク 150
パブロ・ピカソ 154
フランクリン・D・ローズヴェルト 158
クレメント・アトリー 164
リース卿 168
シャルル・ド・ゴール 172
マザー・テレサ 176
ヴィンス・ロンバルディ 180
インディラ・ガンディー 184
ネルソン・マンデラ 188
エバ・ペロン 192
マーガレット・サッチャー 196
フィデル・カストロ 201
マーティン・ルーサー・キング・ジュニア 206
ダニエル・バレンボイム 212
スティーヴ・ジョブズ 215

索引 220
図版出典 224

はじめに

1775年から1783年にかけての独立戦争では大陸軍の総司令官、その後1789年から1797年までアメリカの初代大統領をつとめたジョージ・ワシントンは、リーダーの典型とみなされることが多い。

戦時にはすぐれた将軍、平時には威厳ある国家元首として国民の敬愛を集めたワシントンは、リーダーを評価する際の手本として比較対象にされることが多い。ワシントンは高潔な人柄、みなぎる活力、勇気、克己心、強い使命感、自分が率いる人々と心をかよわせ鼓舞する能力、すべてをあわせもっていた。こうした資質の多くは、歴史を彩る50人のトップリーダーを探った本書に登場する偉人たちの特徴でもある。しかし本書では、ウィリアム・シェイクスピア、マザー・テレサ、スティーヴ・ジョブズら多方面のリーダーたちの業績を掘り下げながら、チャンスを読みとる目、強い信念、シンプルに徹した姿勢など、それぞれの多彩な個性も明らかにしていく。

現代のわたしたちがリーダーをめざすとき、ここに紹介するきら星のような人物から何が学べるだろう。時代と国と分野（政治、ビジネス、文化芸術から軍事まで）の枠を超えて集めたすぐれたリーダーたちの例は、リーダーシップスタイルを作り上げるうえで参考になるが、一口にリーダーシップといってもじつに多種多様であることを教えてくれる。本書の各章では、さまざまな角度からリーダーの個性に光をあてている。ヴィンス・ロンバルディが信じていたように、リーダーはみずからの強い意志と努力で成功をものにする。リーダーシップとは自分のスタイルと理想と目的を定め、目標達成に向かって歩みだすこと、それにつきるのだ。

とはいえ、50章にわたってリーダーシップスタイルの真髄を引き出すうち、ときには驚くほどの共通点も浮き彫りになってきた。カール・マルクスとウィリアム・シェイクスピアとスティーヴ・ジョブズを結びつけるのは、新しいアイディアと製品を世の中にもたらした革新的な発想。野球監督のジョン・マグローと帝国を築き上げたカール大帝やフリードリヒ大王に通じる点は、3人とも頂点に立つことだけを求めた野心的なリーダーだったところだ。このようにまったく異なる背景をもつ人物同士に同じ重要な特性がみられることこそ、国や分野に関係なく、リーダーをめざす現代のわたしたちが活用したりとりいれたりできる必要不可欠な資質が存在する証拠である。

▶ ジョージ・ワシントンはリーダーのお手本とみなされている。建国の父をたたえるこの騎馬像はアメリカ、ボストンのパブリック・ガーデンにある。

果敢さと決断力

　果敢かつ決然とした行動力は本書で紹介する人物ストーリーにかならず出てくるテーマである。古代ローマの将軍ユリウス・カエサルから第2次世界大戦下でナチ・ドイツに毅然と対決したイギリスの首相ウィンストン・チャーチルまで、リーダーたちが身をもって示しているのは、リーダーは難局に際しても、果敢に自分がめざすものを追求すべきだということだ。

　このゆるぎない意志は軍事のリーダーだけではなく、あらゆる分野でみずからの理想に殉じて挫折をのりこえ、目的をつらぬいた崇高な人々に見ることができる。ナザレのイエス、聖ペトロ、モーハンダース・ガンディー、ネルソン・マンデラ、マーティン・ルーサー・キング・ジュニア。いずれも信念の名のもとに迫害や投獄に耐え、ゆるぎない意志で理想に身を捧げた。

修復者としてのリーダー

　こうしたリーダーたちはみな、分断を修復し、共感と結束を働きかけることにつくした。いまを生きるリーダーとして、わたしたちは自分のリーダーシップの才能を使って解決不能に思われる問題に打開策を見いだしたり、対立する者同士を歩みよらせたり、意味のある変化をうながしたりできるかもしれない。不可能に挑戦する前向きなものの見方と決意は、時代を超えたリーダーの特徴だ。南アフリカでアパルトヘイト時代の傷を修復することに身を捧げたネルソン・マンデラを、あるいはウェスト＝イースタン・ディヴァン管弦楽団を設立してアラブとイスラエルの音楽家たちが通じあえるよりどころを音楽表現に見いだす手助けをしたダニエル・バレンボイムを見ればわかる。

　意味のある変化をもたらすためには、リーダーは自分の考えに対する強い信念をもつだけでなく、ほかの人々の心に火をつけ、人々を先導してヴィジョンを実現しなければならない。古代ギリシアの伝記作家プルタルコスによれば、アレクサンドロス大王は部下の兵士たちを自分たちは無敵だという気にさせ、連戦連勝に導いたという。このような自信を植えつける力はリーダーシップの重要な要素である。これはジョン・マグローやフットボールコーチのヴィンス・ロンバルディなど、スポーツ界のすぐれたリーダーにも見ることができる。

　チームを率いるリーダーには逸材を見抜く目も求められるだろう。マグローやロンバルディのみならず、ハリウッドの名プロデューサー、サミュエル・ゴールドウィンやコンピュータ界の先駆者スティーヴ・ジョブズにはその才能があった。自分のチームに逸材をそろえたら、今度はメンバーがお互いに協力して気持ちよく仕事ができるようマネジメントできなければならない。第2次世界大戦直後の激動の時代を舵とりしたイギリスの首相クレメント・アトリー、アメリカ大統領のエイブラハム・リンカーンやフランクリン・D・ローズヴェルトにはみなこの能力があった。

傾聴力と説得力

　チームをうまく機能させるために、リーダーには聴く力も求められる。無慈悲で残虐きわまりない戦いぶりで知られたチンギス・ハンを例にあげるのは意外かもしれないが、彼は征服地の村々を破壊せず職人たちを生かしておけば、長年にわたって生産物に課税できると側近から進言され、聞き入れた。説得に従って長期的視野をもつにいたったのである。リーダーは他者の言葉に耳を傾け、助言を心にとめることができなければならない。また、自分自身の心の声を聴き、直観を信じて、往々にしてむずかしい決断の指針にしなければならない。ナポレオンは戦闘中の決断を直観に頼り、スティーヴ・ジョブズは百万ドル規模の事業選択

に直観を使った。

　自分がなしとげたいことを自覚したリーダーは、さらにほかの人々を説得してついてきてもらわなければならない。説得する力は、まちがいなくリーダーシップにもっとも不可欠な能力である。世の中に起こしたい変化をみずから体現する道を選ぶリーダーもいる。モーハンダース・ガンディーやマザー・テレサの生き方は彼らのメッセージそのものだった。シッダールタ・ゴータマは教えの力をその人生で示した。巧みな言葉づかいと相手の心をつかむ情熱的な話しぶりで相手を説得する話術の才をもつリーダーもいる。ウィンストン・チャーチル、マーティン・ルーサー・キング・ジュニア、エイブラハム・リンカーン、大演説家だったペリクレスはみな、影響力のある演説をしたことで知られている。こうしたリーダーたちは同時代の聴衆だけでなく後世の人々をも魅了した。彼らの言葉はいまも語り継がれて、わたしたちに力をあたえてくれている。

本書の読み方

　本書の章立ては生年順となっており、参考にしやすいよう配慮した構成になっている。章はリーダーのタイプ別に色分けした（右欄参照）。冒頭の情報コラムで簡単なプロフィールを紹介し、リーダーシップ分析のコラムでリーダーシップタイプなど、その人物の生涯から学べる教訓をまとめている（右欄参照）。おもなできごとを記した年表にはなかでも重要な転機となったできごとの横に大きな丸をつけ、わかりやすくしている。

章の色分け

- 芸術・文化
- 軍事
- 政治・社会
- 宗教

リーダーのアイコン

- 革新者
- 挑戦者
- 闘争型
- 改革者
- 垂範型
- 説得型
- 野心家
- 協調型
- まとめ役
- 人材育成型
- 戦略家
- 非情
- 父性型
- 矜持型
- 鼓舞型
- 革命家

宗教

モーセ

元祖・自由の闘士。古代イスラエルの民を率いてエジプトから脱出した。

出身：イスラエル
業績：奴隷状態にあった古代イスラエル人を率いて約束の地まで導き、ユダヤ教の礎を築いた。
時期：紀元前14世紀

聖書が語る、古代イスラエルの民を率いてエジプトでの奴隷生活から脱出させたモーセの話は、何世代にもわたって人々を勇気づけてきた。それは、当初は自分に自信をもてずにいたが、大きな権威の力を背負って同胞を説得し、自由をめざす旅に従わせた物語である。

モーセは先見的な指導者、自分が率いる人々のために法と行動規範を確立し、人々の希望の光となる将来のヴィジョンを温める指導者の原型として崇敬されている。聖書によると、モーセはエジプト生まれのイスラエル人で、同胞の民を奴隷状態から解放し、約束の地カナンへ導くために神に選ばれた戦士だった。この伝承では、モーセはエジプトという多民族社会に埋没しかけていたイスラエルの民を救い、エジプト脱出後、シナイ山で後世に続く宗教的伝統を確立したことになっている。

モーセがイスラエルの民の指導者として示したとされる行動は、多くのリーダーに刺激をあたえてきた。アメリカのマーティン・ルーサー・キング・ジュニアは、1960年代に公民権運動でアフリカ系アメリカ人を鼓舞するうえでモーセの役割を担った。キングは人種差別への抗議として市民的不服従運動という戦略をとり、明るい未来に向かって自分についてきてほしいと人々を説得した（206ページ）。1968年4月2日の演説では、「わたしは約束の地を見たのです。（中略）今夜、皆さんに知ってほしい。わたしたちはひとつの民として約束の地にたどりつくことを」とはっきり言葉にしている。

過去何世紀ものあいだ、モーセの物語から力を得た多くの人々がこの話を無条件に信じてきた。しかし現在の研究によれば、物語のできごとは聖書に書かれたとおりに起きたわけではないらしい。それでも、人々に影響をあたえる手本として、この物語が大きな力をもっているという事実は変わらない。宗教とは関係なく、モーセに自分を奮い立たせる刺激を求める人々は、史実かどうかよりもこの物語の人間としての真理、精神的な意味での真理に目を向ける。

聖書に書かれたできごとが実際にあったかどうかはともかく、ある民族が奴隷状態から解放される物語は、わたしたちの人生に照らしあわせて共鳴できるところが多い——モーセに指導者としての自覚が芽生え、困難をきわめた状況で人格を鍛え、信念の人、毅然とした人物に生まれ変わる物語もまたしかりだ。

十戒

1. あなたには、わたしをおいてほかに神があってはならない。
2. あなたはいかなる像も造ってはならない。
3. あなたの神、主の名をみだりに唱えてはならない。
4. 安息日を心に留め、これを聖別せよ。
5. あなたの父母をうやまえ。
6. 殺してはならない。
7. 姦淫してはならない。
8. 盗んではならない。
9. 隣人にかんして偽証してはならない。
10. 隣人のものをいっさい欲してはならない。

確信――疑いをのりこえて

　聖書の「出エジプト記」では、モーセはシナイ山の中腹で柴のなかからよびかける神の声を聞いたとき、指導者として召命を受けたという。このとき、モーセはイスラエル人を鞭打っていたエジプト人を殺し、エジプトから逃亡してさすらう身だった。神の声はモーセに故郷エジプトに戻って同胞の民イスラエル人を奴隷状態から解放し、自由の身に導けと告げる。

　当初、モーセは自分にそんな大役が果たせるとは信じられず、吃音者の自分にエジプトのファラオと対峙できるだけの資質はないと思いあぐねた。神は、彼に神の力を授けると強調しながらも、弁舌に自信のある兄のアロンを引き入れればよいと譲歩する。モーセの物語の大きな魅力はここにある。聖書は彼を弱点のある指導者、自信がなく、あたえられた大仕事をやりとげる能力が自分にあるのかと疑う人物として描き出しているのだ。神の命令はモーセの内なる確信の声、自分がなすべきことへの強い自覚であり、自分の能力への自信のなさはあらゆる分野の指導者たちを折にふれて苦しめる心のなかの自己不信の声であると解釈できるかもしれない。ファラオとの交渉に兄を同行させようというモーセの決断は、モーセがみごとに自分をよくわかっていることの表れである。彼は自分の強みを自覚する一方、自分の弱みに対処する策を講じたのだ。

　もうひとつ重要な要素は強さである。物語の山場のひとつが、モーセとアロンが「わが民を去らせよ」という神の命令をたずさえてファラオと対決する場面だ。ファラオがこばむと、ふたりはエジプトを10の厄災で攻撃する。ナイル川の水を血に変え、カエルとシラミとイナゴを大発生させ、さらにエジプト中の家庭の最初に生まれた子どもを殺すのである。ここから、モーセが非常に強硬で、交渉をぎりぎりまで追いこむのも辞さなかったことが見てとれる。指導者は抵抗にあったとき、反対勢力に打ち勝って前に進むために意志の強さに頼らなければならないことも多いはずだ。

年表

下記のできごとは紀元前13世紀に起きたと考えられる。

- モーセ、レビ族のイスラエル人ヨケベドとアムラムの子として生まれる。

- 国王令による殺害をまぬがれるため、幼くして捨て子となる。

- ファラオの娘にひろわれ、王宮で育てられる。

- エジプト人を殺し、ミディアンにのがれる。

- ミディアンにいたとき、シナイ山で「エジプトに戻りイスラエルの民を解放せよ」と神の招命を受ける。

- 神とモーセ、しだいに厳しさを増す10の厄災によってファラオに解放を認めさせる。

- イスラエルの民、エジプトを出国。

- ファラオ、心変わりしてイスラエルの民を追う。

- 紅海の水が分かれてイスラエルの民を逃がし、その後もとに戻って追手のエジプト人を溺死させる。

- モーセ、シナイ山頂で十戒を授かり、ユダヤ教信仰の礎を築く。

- イスラエルの民、40年間の放浪生活。

- モーセ、約束の地を目前に息を引きとり、ヨシュアにリーダーの座を託す。

人々の信頼を得る

聖書によれば、国を荒廃させた厄災をへて、ファラオはついにイスラエルの民の出国を許す。ところがすぐに心変わりして、奴隷たちをとりもどそうと追跡をはじめる。物語のクライマックスでは、神の力が紅海の水をしりぞかせてイスラエルの民を逃がし、そののち海の水をあふれさせて、追ってきたエジプト人たちを溺死させる。現代の学者たちはこのできごとが自然現象で説明できるかどうかを議論してきた。一説には、モーセがその土地の潮汐パターンを知っていて利用したという。潮が引いて海を渡れるようになるのがいつで、追手がやってきたときに満潮となるのがいつかを知っていたというのだ。別の説は、浅瀬の水が強風で吹きはらわれて海底の葦原が見えた状態になり、イスラエルの民が渡ることができたとしている。しかし史実がどうであ

歴史と記憶

モーセの物語に描かれたできごとは、記述に修正がくわえられてはいるものの史実だと主張する学者もいる。一説には、エジプト脱出は紀元前13世紀のラムセス2世（紀元前1304～1237年頃）治世下のできごとだったという。聖書の話は民族の記憶として伝わる、エジプト王アフメスがナイル川デルタ地帯からレヴァントの人々を追いはらった紀元前1530年頃の軍事行動のことを述べたのだろうとする説もある。さらに、モーセの物語はエジプト王アクエンアテン（在位紀元前1353～1336年）の生涯にルーツがあると唱える説もある。アクエンアテン王はエジプトの宗教改革を試み、神は太陽神（アテン）ただひとりであると宣言して、ほかの神々の神殿を閉鎖した。

モーセが神の奇跡と信じた紅海が2つに分かれたあと、神に祈りを捧げるモーセ。

ったかは別として、物語のかなめはイスラエルの民の世紀の脱出劇をモーセが実現できたことにある。後世の多くのリーダーたちと同様、モーセも絶体絶命の危機のなかで、自分に従う人々を説得して自分を信じてもらう必要があった。

立法者として

エジプトからイスラエルの民を出国させただけでモーセの役目が終わったわけではもちろんない。言い伝えによると、モーセはシナイ山に戻り、ユダヤ教の礎を確立した。神の配慮と加護とひきかえにイスラエルの民が神を崇めることを定めた契約の締結、十戒の授与、兄アロンの息子たちの祭司任命、さまようイスラエルの民とともに神が移動式の幕屋（神の住まい）のなかにいるという伝統を作り上げたのがそれにあたる。

こうしたことから、モーセはユダヤ人から「われらのラビ（師）、モーセ」、イスラエルの偉大な立法者としてたたえられている。伝承では、モーセは聖書の最初の五書「創世記」、「出エジプト記」、「レビ記」、「民数記」、「申命記」の著者とされている。彼の物語にはユダヤ教の重要な祝祭の起源も語られている。モーセがファラオにもたらした10の厄災の最後のひとつが、今日まで行なわれている過越しの祭りの由来となったできごとである。

キリスト教徒とイスラム教徒も、モーセを神の使徒、預言者として崇敬している。宗教は別にしても、モーセは従う人々の信頼を勝ちとり、彼らを導いて苦難をのりこえ、のちに何千年にもわたって民族の生活のよりどころとなった宗教法と市民法を確立した、勇敢で毅然とした人物、宗教界・哲学界の偉大な指導者のひとりとして堂々たる評価を受けている。彼は厳しい体験をへて内面の強さをつちかい、従う人々が求めていた強さと情熱を体現した指導者だった。

リーダーシップ分析

タイプ：父性型
特質：勇敢、意志が強い、信仰に篤い
似たタイプ：預言者ムハンマド、ナザレのイエス、モーハンダース・ガンディー
エピソード：聖書の言い伝えによれば、モーセは120歳の誕生日に死去した。

2 ペリクレス

軍事

古代ギリシアの民主政を育て、アテナイ帝国を築いた偉大な将軍

出身：ギリシア
業績：アテナイに民主政を成立させた
時期：紀元前450年頃

古代ギリシアの政治家で将軍だったペリクレスは都市国家アテナイを繁栄に導き、民主制度を育てた。なによりも明晰かつみごとな構成の演説を行なった演説家として名高い。

　紀元前431年に、ペリクレスはペロポネソス戦争の開戦1年目のアテナイの戦死者をたたえる追悼演説を行なった。その感動的な演説は、アテナイとスパルタのあいだで勃発したペロポネソス戦争（紀元前431～404年）を書き残した古代ギリシアの歴史家トゥキディデスの手によって伝えられている。この演説でペリクレスは、数百年のちまで語り草となる無類の弁舌の才と説得力のある話術を披露しながら、アテナイの偉大さを「世界に開かれた」都市国家、「すべての人間に平等な正義を」あたえる法を有する、ギリシア全土の輝かしい手本──「教訓」となる都市であるとほめたたえた。

　アテナイには年末に戦死者の国葬を行なうならわしがあった。そしてもっとも位の高い市民のひとりが追悼演説を行なうことになっていた。しかしペリクレスの演説は異例のもので、まずアテナイ市民の先祖やその年の戦死者ではなく、アテナイという都市国家そのものの偉大さをとりあげ、次のように述べた。アテナイ市民は心のままに暮らしつつ、いつでも危険に立ち向かう覚悟がある。これほど自立し、有事に対処する覚悟があり、万能な市民は世界のどこにもいないであろう。ペリクレスは、先祖が築いたかけがえのないわが都市国家のためにいさんで戦いにのぞめと生き残った市民たちを励まして、情熱的な演説を終えた。「幸福とは自由の身で生きることであり、自由であるとは勇敢に行動することである」

頭脳明晰で説得が巧み

　ペリクレスは人を説得する才能によって権力の座についた。頭脳明晰で哲学の素養があり、意思決定にすぐれていた。しかし彼のリーダーシップの本質は、人々の理性に訴えかけた説得力ある話術の才にあった。

　ペリクレスの権威は、とるべき行動について聴衆を納得させる能力から生まれていた。これは、リーダーをめざす者ならだれもが必要とする資質である。リーダーに他人を納得させる力がなければ、自分の構想を実現するのに苦労するだろう。ペリクレスには名演説家もうらやむ弁舌の力があった。なかでも紀元前431年の追悼演説（トゥキディデスが後世に残した）は、歴史家たちから1863年11月19日にリンカーン大統領が行なったゲティスバーグの演説になぞらえられる。こちらも、戦没者を悼みつつ、彼らが命に代えて守ろうとした価値観をたたえた有名な演説である。

▲ ペリクレスの栄光のとき──人々の胸を打った紀元前431年の戦没者追悼演説──の想像図、1955年発行のギリシアの紙幣。

哲学の徒にして改革の推進者

　ペリクレスは裕福で有力な家系の出身で、学問に熱心だった。プロタゴラス、エレア派のゼノン（パラドックスを提唱したことで知られ、哲学者仲間のアリストテレスから弁証法の創始者とされている）、アナクサゴラスといった哲学者と交流し、彼らから学んだ。とくにアナクサゴラスからはトラブルに際しても平静を保つことを学んでいる。彼は劇作家のアイスキュロスのパトロンとなり、民会（エクレシア）と評議会と法廷を導入して貴族の政治権力に対抗したエフィアルテスの民主改革を支持した。紀元前461年にエフィアルテスが暗殺されたのち、ペリクレスは政治家として頭角を現すようになる。

　紀元100年頃にペリクレスの生涯を著したギリシアの伝記作家プルタルコスによれば、ペリクレスは非常に勤勉だったという。自分の時間をすべて政治の仕事に捧げ、自分の財産管理にはいっさい時間をさかなかった。社交の場に顔を出したのは一回きりで、それも途中で退出してしまったらしい。アテナイの民主制度を巧みに運営し、一見どれほどむずかしい事態が起きても冷静さと明晰な思考力を失わないことで有名だった。

パルテノン神殿を建設

　ペリクレスが後世に残した形あるもののうちもっともよく保存されているのは、パルテノン神殿とアテナイのアクロポリスの建築物群である。彼は紀元前447年にはじまったパルテノン神殿と437年にはじまった壮麗で巨大な門、プロピュライアの建設を監督した。ペリクレスの召集によってギリシアの諸都市国家の会議が開かれ、ペルシア人（紀元前480年にアテナイを略奪した）によって破壊された神殿を再建する計画が討議された。アテナイ主導の同盟の参加都市国家からの貢租を原資にして莫大な出費をすることに、トゥキディデス（のちにペリクレスの伝記を著した歴史家のトゥキディデスとは別人）が異議を申し立てた。ペリクレスは同盟国の貢租はアテナイによる保護への対価であり、アテナイが同盟国に保護をあたえているかぎり、得たお金は好きに使うことができるという理屈で論破し、トゥキディデスは追放された。説得の力で勝利をものにしたペリクレスは紀元前443年以降、押しも押されもせぬアテナイのリーダーとなる。

年表

紀元前495年頃
誕生。

紀元前492年
ペルシア戦争勃発。

紀元前480年
ペルシア軍によるアテナイの略奪。

紀元前478年
アテナイ、ギリシア都市国家同盟を主導。

紀元前472年 ペリクレス、アイスキュロスの悲劇三部作『ペルシア人』に資金提供。

紀元前461年
エフィアルテス暗殺をきっかけに政界入りする。

紀元前460年
ギリシア都市国家間戦争。

紀元前454年
アカイア軍撃破を指揮する。

紀元前447年
アクロポリスの建設はじまる。

紀元前445年
スパルタとの和平。

紀元前443年 トゥキディデス追放により、アテナイのリーダーとしての地位をゆるぎないものとする。

紀元前440年
サモス島の反乱を鎮圧。

紀元前431年
有名な追悼演説を行なう。

紀元前429年
アテナイで死去。

紀元前404年頃
トゥキディデスがペロポネソス戦争史を執筆。

紀元100年頃
プルタルコスがペリクレスの伝記を執筆。

戦争での一歩も引かぬ姿勢

　紀元前460年に勃発したギリシア都市国家間の戦争は、紀元前445年、アテナイとスパルタの30年和平条約によって停戦を迎えた。その後おおむね平和的な関係が維持されるが、430年代後半になって戦争がしだいに避けられない状況となってくる。アテナイはアテナイ帝国全域でメガラ（スパルタの同盟国）の農産物を輸入禁止にし、コルキュラ（コリントスの植民都市）と同盟を結んだ。スパルタがアテナイに戦争をちらつかせてメガラからの輸入禁止の解除を迫ると、ペリクレスは妥協せず毅然とした態度をとるべきだと主張した。ささいなことに見えても、ここで引き下がればそれをきっかけに今後スパルタからの

未来を描く

　演説家としてのペリクレスの大きな強みに、人の心をつかむ未来像を語れる力があげられる。自分の現状分析を聴衆が受け入れ、自分が推す意思決定をすれば、自分の語る未来は実現可能だと彼は約束した。未来を構想しそれを魅力的な言葉で表現することは、リーダーが担うヴィジョン形成という責務の重要な要素である。リーダーは自社や自部門がどこに向かっており、その方向をめざすことにどのような利点があるかを説明しなければならない。これには自社が創造する未来を描き出すこともふくまれる。アップル社のスティーヴ・ジョブズのような革新者は、技術と創造性を結びつけたヴィジョンの上に成功を築いた（215ページ）。「技術だけでは不十分だ、技術と人間性の（中略）一体化がアップルのDNAである」とジョブズは語っている。

ペリクレスのパルテノン神殿

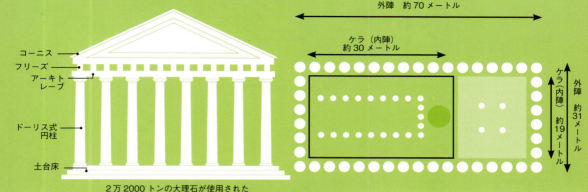

要求がエスカレートしかねないという論理である。こうして紀元前431年にペロポネソス戦争がはじまった。ペリクレスはアテナイの海軍力を基盤に、守備を柱とする戦略を立てた。

戦争は結果的にアテナイの惨敗だった。その大きな原因はアテナイを率いるべきペリクレスの不在である。彼は紀元前430〜429年にアテナイを襲った疫病に倒れていた。後継者たちはなすすべもなく、アテナイは紀元前404年にスパルタとその同盟都市国家に敗北する。しかしペリクレスの名声が翳ることはなく、アテナイの民主政と哲学の黄金期を確立した人物、古代ギリシアの象徴として世界的に有名なパルテノン神殿の建設者として、歴史に燦然たる地位を占めている。ペリクレスは彼を崇拝していたトゥキディデスの言葉を借りれば、全盛期の「アテナイの第一の市民」だった。

リーダーシップ分析

タイプ：説得型
特質：名演説家、信頼できる
似たタイプ：ウィンストン・チャーチル、マーティン・ルーサー・キング・ジュニア
エピソード：ペリクレスはアテナイの将軍だったため、つねに兜をかぶった姿で描かれている。

宗教

3 シッダールタ・ゴータマ

仏教徒の生き方の模範となったネパールの王子

出身：ネパール
業績：哲学宗教である仏教の創始者
時期：紀元前5世紀

紀元前5世紀に、シッダールタ・ゴータマは豪勢な暮らしをすて、啓蒙の師として仏教という哲学宗教を創始した。謙虚で率直、生まれながらの威厳をそなえた彼をしたう弟子たちは増える一方だった。

史上最高のコミュニケーションの達人として名を残すブッダは、人間が欲望を手なずけて日々を幸せに満たされて生きる方法について、難解な理念を排し率直で心を引きつける指針を伝えた。信者が集まるにつれ、彼は簡素を好み争いを避け、魅力的な正直さで人々の期待とふるまいをうまくマネジメントする指導者ぶりを発揮した。

ブッダの教えの核にあるのは、修行によって、人生につきものの人をまどわす混乱と困難の下に隠れている、単純な真実を見通せる境地に達したという考えだった。これをブッダは「目覚めた者」という言葉で表現した。ブッダは自身も日常から目覚めた者と唱える、哲学と宗教の師だった。

八正道

正見

正思惟

正語

正業

垂範型の指導者

　当時もいまもブッダの魅力の真髄は（言い伝えによれば）、他人に強いて自分の話を聞いたり自分に従ったりさせようとしなかった点である。むしろ、「わたしはこんなことに気づいた──あなたもやってごらん」という形でリーダーシップをとった。彼の教えはすべて自分の経験から生まれたものだった。さらに彼は、みずからの生き方と他者とのかかわり方によって教えを体現した。その意味でブッダはモーハンダース・ガンディーに似ている。ガンディーは教えを一言にまとめてほしいと問われ、「わたしの生き方がわたしのメッセージです」と答えている（130ページ）。指導者が経験から語り、このような形で教えを体現するとき、ほかにはまねできない威光を身にまとう。

苦しみを知って悩む

　ブッダの生涯は、死後何百年もたってから弟子たちが書き残した文献でわかっている。歴史的に正しいかどうかは疑問の余地があるが、ブッダが紀元前5世紀に師となり教団を創設した実在の人物であることは、歴史家のあいだで認められている。

　ブッダの生涯についていまに伝わる話によれば、彼は恵まれた安逸な暮らしを送っていた。シッダールタ・ゴータマという名の王子として、現在のネパール南部に生まれた。紀元前5世紀当時は王が治める都市国家が覇を競いあっていた、ガンジス川流域の北端にあたる地域である。

　彼は過保護な父親によって世間の風から守られて育った。しかし成人してから、そばに仕える御者を従えて外出したとき4つの出会いを体験し、それをきっかけに生き方を考えなおす。最初に出会ったのは老人、それから病人、死人、最後が出家者だった。

　言い伝えによれば、人生が短く苦難に満ちていることを知り、ゴータマは深く思い悩んだ。人間の苦しみをまのあたりにした大多数の人間とはここが異なるところで、ブッダはその体験を契機に人間の不幸の原因とそれを避ける方法を知ろうとする。知るまでは休むまいと決意するのである。ブッダを偉人たらしめた大きな動機は、まず知ろうとする欲求、そして知ったことを他者と分かちあおうという欲求だった。

年表

従来はブッダの生年は紀元前563年とされていたが、最近では紀元前490〜410年頃を生没年としている。

紀元前490年頃
シッダールタ・ゴータマ誕生。

紀元前474年頃
16歳で結婚。

紀元前461年頃
29歳のときはじめて王宮から外に出て、人間の苦しみと死をまのあたりにする。

紀元前455年頃
35歳で菩提樹の下で悟りを得る。

紀元前410年頃
ゴータマ・ブッダ死去。第1回仏典結集が行なわれる。

紀元前250年頃
インドのアショーカ王が仏教を保護する勅令を発布。

紀元前100年頃
ガンダーラ王国（現在のパキスタン北部とアフガニスタン北東部）でブッダの教えが樺の樹皮に書き記される。現存する最古の仏典である。

紀元150年頃
インドの詩人アシュバゴーシャがはじめて完全なブッダの生涯を著す。

ゴータマは安楽な王宮の生活をすて、修行者として放浪の旅に出る。餓死しかけるほどの厳しい修行をするなどさまざまな生き方を試行錯誤し、師について瞑想やヨガを熱心に学んだ。

言い伝えによれば——事実としての正確さよりも印象を高める効果をねらって作られたものかもしれないが——ブッダはその後、菩提樹（イチジクの仲間）の下にすわり、悟りを得るまで動かないと宣言した。彼は49日間すわりつづけた。そしてついに悟りを開いた。

幸福にいたるための中道

求道においてほんとうに意味のあるものを、経験から得た理解をふまえて知りたい、というブッダの激しい欲求は、悟りを開いて得た新たなものの見方によってやわらいだといわれる。自分が無私を追求して餓死寸前にいたったような極端に走ってはいけないと彼は説いた。過剰でも過少でもなく、中道を求めるべきだと。

物事はたえず移り変わるのに人は永続しないものに執着する、そこに人間の苦しみがあるとブッダの教えは解き明かす。幸福とよき人生への道は、他人や所有物への強い執着心から離れることである。人に教えを説くとき、ブッダは大理論や流麗な言葉や広範な哲学体系をもち出さなかった。物事をきわめて単純な真理に要約し、人々に伝えた。

ブッダの弟子は最初はわずか4人だった。いずれも出家者、同じ求道者たちだった。悟りを開いたのち、ブッダは説法をはじめ、教団を設立する。2カ月後には弟子が60人に増えていたと伝えられる。

ブッダは一年をとおして精力的に各地を遊説してまわった。雨季だけは弟子たちとともに森か公園に定住し、教えを請う者たちがそこを訪れた。なかにはブッダを挑発したり怒らせようとしたり、宗教や哲学にかんする難題をもちかけたりする者もいた。しかしブッダは平静さを失わず、長い議論にまきこまれることはなかったという。彼は単純さと実践に重きを置き、自分の教えを実際にやってみるよう人々にうながした。

万人のための教え

仏教は現在、3億7600万人の信者を擁する世界的宗教になっている。仏教徒は神を信じる必要はないため、仏教は宗教というよりは倫理体系もしくは哲学の一形態だと考える人もいる。仏教にはそれぞれ独自の思想をもつ宗派がある。一説にはブッダの本来の教えにもっとも近いとされるテーラワーダ（上座部）仏教と、マハーヤーナ（大乗）仏教である。チベット仏教と禅はマハーヤーナの流派である。

仏教を解く鍵は、4つの本質的な真理にある。この4つの真理について、ブッダは人生は苦であり、それは執着と欲望が原因だと教えた。苦しみから解放されるためには、ブッダが示した八正道に従うことにより、欲望をすてなければならない。

自然にそなわった権威

言い伝えによれば、ブッダは反権威主義者だった。人の上に立とうとせず、関心を示した人々に自分の学びを伝えることだけに心をくだいたため、彼の権威は自然にそなわったものだった。ブッダは自分の方法は万人に使えるものだと強調した。80歳頃で亡くなる前、ブッダは信徒たちに、指導者には従うなとさとした。ブッダは神や霊的な存在から啓示を受けたわけではない。彼は心の研究者として名を残している。脳の物理的な活動をとおしてではなく、自身の体験と他者の行動の観察によって意識の世界を探求したのである。

リーダーシップ分析

タイプ：垂範型
特質：意志が強い、正直、コミュニケーションの達人
似たタイプ：ナザレのイエス、モーハンダース・ガンディー、ネルソン・マンデラ
エピソード：ブッダは奴隷制を非難した史上最初の人物として知られている。

軍事

4 アレクサンドロス大王

古代世界最強に数えられる帝国を築いた情熱的なリーダー

出身：マケドニア
業績：古代世界最大の帝国のひとつを築いた
時期：紀元前325年頃

マケドニアのアレクサンドロス大王は卓越した将軍として、20代のうちに古代世界でもっとも強大な帝国のひとつを築いた人物という歴史的評価を獲得した。精力的で強硬で創意に富みながらも、自制心をもちすぐれた戦略家であった彼は、配下の軍を鼓舞して驚くべき偉業をなしとげた。

　紀元前331年10月1日、ガウガメラの戦いの山場で、マケドニア王アレクサンドロスは精鋭騎馬部隊を率いてペルシア陣営の真ん中に突入し、つとに知られたその勇気と戦略家としての才能をいかんなく発揮した。ペルシア王の親衛隊は混乱状態におちいり、ダレイオス3世は敗走、戦いはアレクサンドロスの勝利に終わった。
　現在のイラクにあるモスル近郊で行なわれたガウガメラの戦いの結末は、アケメネス朝ペルシア帝国の滅亡をまねいた。弱冠25歳にしてすでにギリシア人のリーダー、小アジアの支配者、エジプト王だったアレクサンドロスは、ペルシアのシャーハンシャー（「王のなかの王」）となったのである。しかし彼はその地位に安住しなかった。続く8年間で、自分の軍を鼓舞してさらに1万7000キロにおよぶ遠征に従わせ、西はギリシアから東はインドのパンジャブ地方、南はエジプト、北はドナウ川まで網羅する大帝国を築き上げた。

垂範型のリーダー
　アレクサンドロスは強い忠誠心を引き出す人物だった。自分も兵士たちと困難をともにした。古代ギリシアの歴史家プルタルコスによれば、ペルシア侵攻中に自軍が疲弊しきっていたとき、アレクサンドロスは敗走したダレイオスの追跡11日目で喉の渇きが極限に達していたにもかかわらず、旅人から差し出された飲み物を受けとろうとしなかったという。周囲を見まわして部下たちが水をうらやましそうに見つめているのを目にすると、アレクサンドロスは旅人に感謝しながらも水を入れた兜に口をつけずに返し、自分だけが飲んだら兵士たちの意気をくじくと言った。この連帯意識の表明で、それまでは追撃をやめたいと願っていた兵士たちが活気をとりもどし、自分たちはアレクサンドロスについていくと口々に叫んだ。あなたのような指揮官がいれば、渇きも疲労もなにほどのものでもないと。
　アレクサンドロスのリーダーシップは、部下たちに自分たちは不死身でだれにも止められないと感じさせた、とプルタルコスは記している。アレクサンドロスが王位にあった13年間のつらい遠征のあいだ、将兵たちは極限状況にあっても忠実に、熱狂的に彼に従った。彼の指揮に逆らったのは、インドに進軍するより故国に戻ろうと彼を説得したときただ一度だけだった、というのはじつに驚くべきことである。

図説世界史を変えた50の指導者

無敵の司令官

　アレクサンドロスは兵の数では不利なことが多かったにもかかわらず、戦いで負け知らずだった。騎馬部隊とマケドニアの優秀な重装歩兵部隊(ファランクス)を熟練した軍事技術と知略で活用した。彼は部隊に司令部を急襲させ、敵軍内部のコミュニケーションを断った。ガウガメラでは、ダレイオスがいるとわかっている敵陣の中央を徹底攻撃できる戦術を立てた。歩兵部隊を中央にすえ、その両翼に展開した戦陣を組み、自分は精鋭騎馬部隊(「王の仲間」)とともに戦場の右端に向かった。これはペルシア軍の騎馬部隊を前方におびきよせる策である。その後とって返し、敵陣の中央をたたいた。

　また入念な戦術を立てて敵の戦力を制限しようと試みた。紀元前329年10月のヤクサルテス川の戦いでは、スピードと予想のつかない動きで広くおそれられていたスキタイの騎兵と対決した。それまで、このような遊牧

イメージコントロール

　アレクサンドロスは評判とイメージの重要性を理解していた。ギリシア人彫刻家リュシッポスに自分の彫像を作らせ気に入ると、ほかの芸術家が自分の似姿を作ることを禁じた。また自分が古代ギリシアの神ゼウスの息子であるとするなど、自分の偉大さについての華やかな話を広めさせた。おかかえの歴史家カリステネスが主君の礼賛から批判に態度を変えたときは、いかにも彼らしい冷酷さでかつての盟友を処刑した。このような形で批判を封じるのは望ましくないが、自分のイメージと周囲からどう認識されているかに注意をはらうのは、現代のリーダーシップにおいても重要である。

　現在も繁栄しているアレクサンドリアの街を建設したアレクサンドロスを、画家のプラシド・コンスタンツィ[イタリアの画家(1702～59)]は上記のイメージで描いている。

年表

紀元前356年
マケドニアのペラで誕生。

紀元前343〜340年
アリストテレスのもとで学ぶ。

紀元前336年
ギリシアの都市国家を統一。

紀元前334年
ペルシア帝国に侵攻。

紀元前334年
グラニコス川の戦いでペルシア軍を破る。

紀元前333年
イッソスの戦いでダレイオスを破る。

紀元前332年
テュロス包囲戦。

紀元前332年
エジプトでファラオに即位。

紀元前331年
エジプトにアレクサンドリアの街を建設。

紀元前331年
ガウガメラの戦いでダレイオスに2度目の勝利。

紀元前329年
ヤクサルテス川の戦いでスキタイ人を破る。

紀元前327年
跪拝礼［ペルシア式に王にひざまずいて礼をすること］の採用を批判した宮廷歴史家のカリステネスを処刑。

紀元前326年
ヒュダスペス河畔の戦いでインドのポロス王に勝利。

紀元前326年
自軍の反乱によりインドから撤退。

紀元前323年
バビロンで死去。

騎馬民族の軍に勝った者はいなかった。アレクサンドロスはスキタイ人の機動力を制限する戦法を考えた。槍騎兵を前方に送りこみ、スキタイ人と交戦させた。死傷者が出るのは承知のうえだが、これで敵の位置を固定することができる。スキタイ人が槍騎兵を包囲すれば、アレクサンドロス軍の重装歩兵隊と弓兵の標的になる。作戦は成功した。1200人のスキタイ兵が殺され、1800頭の馬が戦利品となった。この戦いでアレクサンドロスが、ライバルの最大の強みを集中攻撃する手法でかぎりある資源を最大限に活用した点は、リーダーたちにとって大きなヒントになる。

将軍の手本

アレクサンドロスは若くしてあの大胆さであれだけの偉業をなしとげたこと、そして革新的かつ知略に富んだ戦術を用いたことで、後世の軍事リーダーたちの手本となった。彼の戦術は士官学校でよく教材になる。古代ローマ時代には大ポンペイウスやユリウス・カエサルがアレクサンドロスをまねようとした。アレクサンドロスの抜け目のない戦略と、広大な領土を統治した手法──現地の慣習をとりいれ、既存の政治形態を利用した──も参考にされる。アレクサンドロスの業績のなかでもこの点が、フランスの将軍ナポレオン・ボナパルトにヒントをあたえた。ナポレオンは、アレクサンドロスについてもっとも感服しているのは軍事遠征ではなく、「政治的センス」だと明言している。アレクサンドロスは「人々の敬愛を獲得するすべを知っていた」とナポレオンは書き記している。

偉大さは運命づけられていた？

アレクサンドロスは幼少時から自分が栄光の座につくと信じていたようだ。母親のオリュンピアスはいつか息子が世界を支配する未来像を語り、古代ギリシアの伝説の戦士アキレウスの物語をアレクサンドロスに吹きこんで、あなたはその血を引いているのだと言い聞かせた。さらに、アレクサンドロスの少年

時代の家庭教師はだれあろう古代ギリシアの大哲学者アリストテレスである。アリストテレスの影響はきわめて重要で、彼は若き王子に、偏見にとらわれないこと、感情を制御すること、自分の行動の結果を理解していること、長期的な目標のためにはときとして譲歩することの価値を教えた。アレクサンドロスは、王の自信、哲学者の明晰な思考、戦略家の狡猾さをかねそなえていたのである。

　アレクサンドロスの死後、広大な帝国は長続きしなかったが、はるかに遠い征服地まで彼がたずさえていったギリシアの文化と伝統の影響は生きつづけ、大きな遺産となった。また、エジプト北部のアレクサンドリアを筆頭に、自分の名を冠した都市を20以上も建設している。生きていた頃から華やかな逸話の主だったが、死後は伝説や中世に人気のあった物語(ロマンス)によって評判がさらに広まった。それらの物語では、彼の大胆さ、精力的な活躍、心をかきたてるリーダーシップと驚異的な業績、文武両道ぶりが強調された。

▲ レバノンのシドン近郊で発見された、紀元前4世紀後半のアレクサンドロスの石棺の細部。イッソスの戦いでのアレクサンドロスである。

リーダーシップ分析

タイプ：戦略家
特質：大胆、知的、精力的
似たタイプ：大ポンペイウス、ユリウス・カエサル、ナポレオン・ボナパルト
エピソード：古代ローマの偉大なリーダーたちはアレクサンドロスに畏敬の念をもっていた。ユリウス・カエサルはアレクサンドロスの墓に詣でている。

アレクサンドロス大王

5 ユリウス・カエサル

古代ローマ帝国の未来を決定づけた野心的な将軍

軍事

出身：古代ローマ
業績：内戦を制して古代ローマの初代独裁官となった
時期：紀元前49〜45年

古代ローマ帝国の政治家ユリウス・カエサルはガリア戦争に勝利し、熾烈な内戦で元老院派を制圧したのち独裁官としての地位を確立し、後に続く皇帝たちに道を拓いた。

紀元前49年1月にカエサルは自軍を率いてルビコン川——イタリア北東部を流れる川で、共和制ローマの境界線とみなされていた——を渡った。これは、カエサルのガリア総督解任とローマ召還を命じていたかつての盟友ポンペイウスへの公然たる挑発だった。この大胆な行動をきっかけに内戦の火蓋がきられたが、カエサルはこれに勝利してローマの独裁官に就任する。

ポンペイウスの権威に反旗をひるがえすという大胆な決断をうながしたのは、紀元前54年の愛娘ユリアの死だった。ユリアとポンペイウスの結婚は両リーダーを結ぶ役目を果たしていたが、ユリアの死によってふたりの不自然な姻戚関係は解消され、いまや両者は権力をめぐる敵対関係にあった。カエサルは行動を起こさなければ死が待っていることを知っていた。古代ローマでは、将軍は兵を率いて帝国内に入ることを禁じられていた。その禁を破った以上、政敵を倒さなければ自分が処刑される。川を渡る際、カエサルは「賽は投げられた」と宣言した。

ポンペイウスとその軍は逃走したが、カエサルは決然と勇気ある行動をとった。第13軍団のみをともない破竹の勢いで進軍し、ポンペイウス軍をスペインまで追ったのである。紀元前48年6月、カエサルはポンペイウスと対決する。デュラキウム（現在のアルバニアのドゥラス）では敗北を喫するものの、ファルサルス（現在のギリシアのファルサラ近郊）の戦いで激戦を制し、勝利を決定的とした。この戦いでカエサルは敵の意表をついて出し抜き、つとに知られるすぐれた戦略家としての才能を見せつけた。この戦略の才は彼のリーダーとして傑出した要素のひとつである。

至高の戦略家

カエサル軍はおよそ2万2000、ポンペイウスの4万5000強の軍隊の半分にも満たなかった。ふたつの騎兵部隊がポンペイウスの左翼と対面した。数の上でおとる騎兵部隊に勝ち目はないと察したカエサルは、その背後に2000人の精鋭軍団兵を配置する。さらに第3の部隊をひかえさせた。ポンペイウスの騎兵部隊がカエサル軍の騎兵部隊を圧倒したとき、彼らは戦闘機械のようなカエサルの軍団兵と対決することになったのに気づき、驚きおそれおののいた。軍団兵はピラ（槍）を投げるのではなくつき刺すのに使いながら、着実に前進し死をもたらした。ポンペイウス軍は崩壊した。一部は逃走し、残り——カエサルの全軍よりも

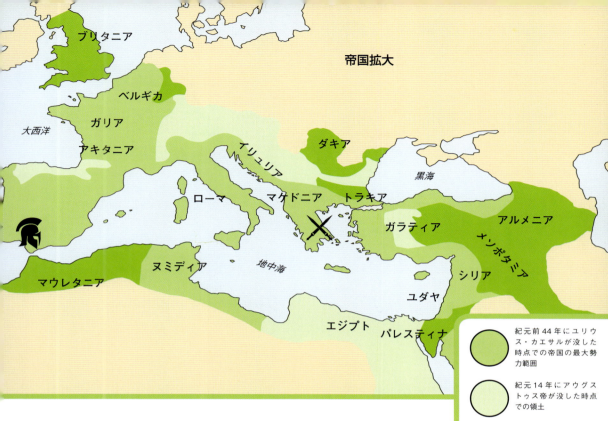

帝国拡大

濃緑	紀元前44年にユリウス・カエサルが没した時点での帝国の最大勢力範囲
淡緑	紀元14年にアウグストゥス帝が没した時点での領土
緑	紀元117年にトラヤヌス帝が没した時点での拡大された領土
✕	紀元前48年のファルサルスの戦い
	紀元前45年のムンダの戦い

はるかに大規模な2万4000人――は降伏した。ポンペイウス自身は尻尾を巻いてエジプトにのがれた。

ローマでカエサルは独裁官に就任した。敵を最終的に倒したのはそれから3年あまりのちの紀元前45年、ヒスパニア（スペイン）南部のムンダの戦いだった。

豪胆さと知性

カエサルは軍事で戦略と戦術にすぐれていただけでなく、豪胆な性格でも名をはせていた。アレクサンドロス大王やジョージ・ワシントンやナポレオン・ボナパルトと同じく、彼もみずからいっしょに戦う気概を見せることで配下の将兵の忠誠を集め、大勝に導いた。また底知れぬエネルギーの持ち主だった。紀元前58～50年にローマの属州ガリア全土を制圧したばかりでなく、海峡を渡ってブリタニアへ2度の侵攻におもむく余裕があった。そのうえこれらの戦争について、7巻の歴史書を著してもいる。知にすぐれ作家としての才能もあった彼は、内戦についても3巻の歴史書を書いた。この歴史書とガリア戦記はいまも残っている。明晰で正確に書かれたカエサルの著作は、古代の歴史家たちから偉大な文学作品として、また貴重な記録として高く評価されている。

年表

紀元前100年7月13日
ローマに生まれる。

紀元前69年
財務官（クァエストル）に選出される。

紀元前62年
法務官（プラエトル）に選出される。

紀元前61～60年
遠スペイン属州総督に就任。

紀元前59年
執政官（コンスル）に選出される。

紀元前58～50年
ガリア総督として原住の諸部族を制圧。

紀元前55～54年
ブリタニアに2度の遠征。

紀元前52年
ウェルキンゲトリクス率いるガリア人の反乱を鎮圧。

紀元前49年
ルビコン川を渡る。この行動をきっかけに内戦勃発。

紀元前48年
ファルサルスの戦いでポンペイウスを撃破。その後ポンペイウスはエジプトで殺害される。

紀元前47年
ナイルの戦いに勝利、クレオパトラにエジプトの統治権をあたえる。

紀元前45年1月1日
ユリウス暦を導入。

紀元前45年
ムンダの戦いにより内戦の敵にとどめを刺す。終身独裁官に就任。

紀元前44年3月15日
ローマで暗殺される。

紀元前42年
「神君ユリウス」として神格化された史上初の古代ローマ人となる。

クレオパトラ

　ファルサルスの戦いで大勝利をおさめたのち、カエサルはポンペイウスを追ってエジプト入りした。その地で、政敵がエジプト王プトレマイオスの部下の軍人に殺害されていたことを知る。エジプト滞在中、カエサルはプトレマイオスの姉で妻であり共同統治者だった美女クレオパトラと恋愛関係になり、政治的にも手を結ぶ。そして弟と対立し、内戦となった彼女に味方した。カエサルはナイルの戦いでプトレマイオス軍を破り、クレオパトラを権力の座につけた。

精力的かつ寛容

　カエサルは卓越した肉体の強さと活力を見せた。紀元前49年、1月にルビコン川を渡ったあと、ブルンディシウム（イタリア南東部、現在のブリンディジ）まで進軍し、そこからさらにポンペイウス軍を討伐するため属州ヒスパニア（スペイン）に向かっている。カエサルの特質としてほかにあげられるのは、勝利後の寛大なふるまいである。ガリア戦争で原住部族を鎮圧したときのように、敵対した非ローマ人の蛮族の扱いは容赦しないこともあったが、同胞のローマ人に対しては寛容さで知られた。とはいえ、最大の美点が豪胆さであったことはまちがいない。

改革者

　戦場での豪胆さにまさるともおとらず、統治においても果断な実行力を発揮し、ローマの独裁官として徹底的な改革を行なった。元老院の増員、負債再編成法の導入、自軍の退役軍人への土地の払い下げを実施している。またローマにユリウス広場を建設した。暦の改革も行なった。従来は陰暦が使われていたのを、エジプトを手本に太陽暦を導入したのである。1年を365.25日とし、4年ごとに

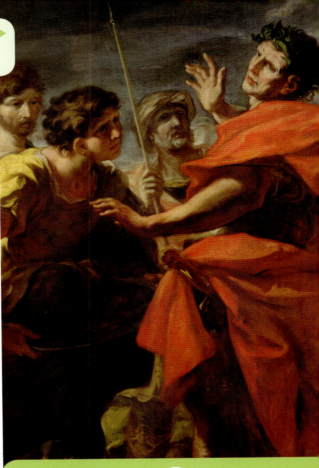

ペレグリーニ画「カエサルに献上されるポンペイウスの首」。カエサルは政治的かけひきでも戦場でも、豪胆さを発揮した。

2月の末日を1日増やした。この暦は紀元前46年を3カ月増やし、紀元前45年1月1日からはじまった。ユリウス・カエサルにちなんでユリウス暦と名づけられたこの暦は、現在も東方正教国の一部で使われている。現在西洋諸国はじめ世界各国で使われているのは、1582年に教皇グレゴリウス13世がこれに小さな修正をくわえ完成させたグレゴリオ暦である。

権力への意欲

カエサルは当初、任期限定で独裁官に就任するが、紀元前44年に終身独裁官になった。カエサルの支配が絶対的権力に移行したことが引き金となって反乱が起き、紀元前44年3月15日、彼は暗殺された。首謀者のなかにはマルクス・ユニウス・ブルートゥスとガイウス・カッシウス・ロンギヌスがいた。いずれも以前の敵であり処刑することもできたが、罪を問わなかった相手である。リーダーとしてのカエサルの偉大な一面である寛容さがここでは裏目に出たのかもしれない。しかしこの心の広さもカエサルをカエサルたらしめている大きな要素であり、後世にまで伝えられる不朽の名声に寄与することとなった。最重要ないし最高位のリーダーを意味するドイツ語のカイザーとスラヴ語のツァーリの語源も、じつはカエサルに由来している。彼はローマという国を再活性化し、数百年にわたってローマを、その後はコンスタンティノープルを支配する皇帝たちに道を拓いて、西洋史を決定的に変えたのだった。

リーダーシップ分析

タイプ：戦略家
特質：豪胆、精力的、果断
似たタイプ：アレクサンドロス大王、ジョージ・ワシントン
エピソード：カエサルの一族の名ユリウス（Julius）は7月（July）という語に残っている。

宗教

6 ナザレのイエス

聖書に登場するカリスマ指導者

出身：ユダヤ（ローマ帝国）
業績：キリスト教を創始
時期：紀元前6年頃〜紀元27年頃

ユダヤ教の教師、ナザレのイエスは強いカリスマ性とすぐれたコミュニケーション能力、知的探究心と深い共感力をかねそなえていた。弟子たちから信望を集め、弱者や貧しい人々、社会から見すてられた人々の味方として知られた。

イエスは活動をはじめた当初、旅の説教師だった。最初の弟子たちに家族と生計の手段となる仕事をすてさせ、従わせた。聖書の「マタイによる福音書」と「マルコによる福音書」によれば、イエスはガリラヤ湖（現在のイスラエル北東部）のほとりを歩いているとき、シモンとアンデレというふたりの漁師が網を打っているのに出会う。イエスは言った。「わたしについて来なさい。人間をとる漁師にしよう」（「マタイによる福音書」4・19）。ふたりはすぐに仕事の道具である網をすててイエスに従った。

イエスのカリスマ性はその生涯の物語の随所に現れる。物語によれば、彼は人々と強く親密に心をかよわせることができた。志を同じくする人々だけでなく思想的に反対の立場をとる人々とも、一対一あるいは少人数に対してだけでなく大群衆に演説しているときも、それは変わらなかった。

聖書の物語からは、人々の不安に直接訴えかけるすべを知っていたイエスの姿が浮かび上がってくる。弟子や信徒たちに指導者として、彼は強く挑発的にふるまうことができた。人々に、リスクをとり、物事を新しい目で見、因習にそまった価値観を考えなおし、保証のない生き方にふみだし、変化を信じよと迫った。しかし穏やかで、相手によりそい、思いやり深く、柔和な面もよく見せた。こうした資質が数百年間にわたって、キリスト教徒や指導者や教師たちの手本として強い影響力をおよぼしてきた。アッシジの聖フランシスコやマザー・テレサのようなキリスト教の代表的な指導者たちは、イエスのくめどもつきぬエネルギーと慈悲の心を自身も体現しようと努力した。マーティン・ルーサー・キング・ジュニアのように改革への熱意を刺激された者もいた（62、176、206ページ）。

イエスは人々の信望を集めた。弟子たちは世界を変えるようなイエスの教えや模範となる行動にエネルギーを得て、キリスト教という新しい宗教の礎を築いた。キリスト教会の最初の指導者となった聖ペトロのような人々は、広く各地を旅して教えを説き、イエスに殉じるためにすすんで死を受け入れた（34ページ）。

イエスは実在したか

イエスが実在したという考古学上の、あるいは物理的な証拠は現存していないが、彼が紀

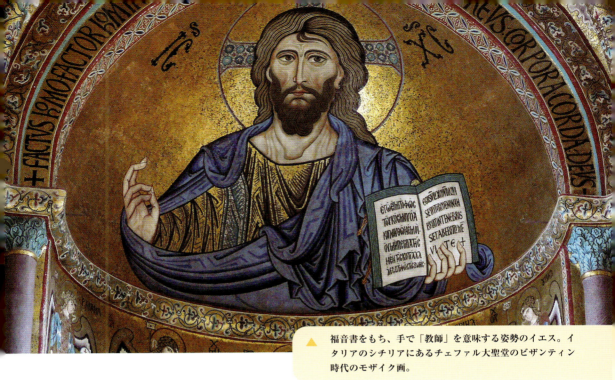

▲ 福音書をもち、手で「教師」を意味する姿勢のイエス。イタリアのシチリアにあるチェファル大聖堂のビザンティン時代のモザイク画。

元前6年頃から紀元27年頃まで生き、洗礼者ヨハネの名で知られる人物から洗礼を受け、ポンティウス・ピラトがローマ帝国のユダヤ属州総督だった紀元26～36年までのあいだにエルサレムで十字架にかけられたことは、歴史家たちのあいだでおおむね認められている。クルアーン（コーラン）やタルムード［ユダヤ教の聖典］をのぞけば、キリスト教とは無関係の文書でイエスに言及しているものはわずか3つしかない。ふたつはユダヤ人歴史家のヨセフスの著作、ひとつは古代ローマの歴史家タキトゥスの著作である。初期のキリスト教についてふれているくだりで、タキトゥスは「［ローマ皇帝］ティベリウスの統治時代に、われらが同胞の行政長官ポンティウス・ピラトゥスによって極刑に処せられたクリストゥス」の名を記している。

コミュニケーターとしての才能

　聖書によれば、イエスは日常生活に題材をとった直接的で身近な伝達手段、すなわちたとえ話を用いて、魂の教えを説いた。深遠な教えを伝えられる物語の力を熟知した、非常にすぐれた教師だったのだ。教えのなかには、難解ですなお理解できないものもあった。たとえば放蕩息子のたとえや迷える羊のたとえは、一見すると誠実さよりも怠慢や身勝手さのほうが報いられるかのように思える。これらのたとえ話では、イエスは慈悲という彼の中心的テーマを強調している。道をふみはずした者たちが戻ってきたことを神は喜ぶのだ。イエスの教えの中心には、赦しをあたえる父という神のイメージがある。

　イエスは弱き者、貧しき者の味方だった。有名な山上の垂訓（「幸いなるかな」ではじまる一連の言葉）は、貧しい人々、柔和な人々、悲しんでいる人々、迫害されている人々は幸いであると説く。イエスは徴税吏や売春婦など「罪びと」扱いされていた人々との交際を宗教的権威のある人々から批判された。そのことで攻撃されると、イエスは「医者を必要とす

ナザレのイエス

年表

紀元前6年頃
ユダヤのベツレヘムに生まれる。

24年頃
洗礼者ヨハネに洗礼を受け、宣教をはじめる。

25年頃
カペナウム近郊で有名な山上の垂訓(「幸いなるかな」…)を説く。

26年頃
ベトサイダで5つのパンと2匹の魚で5000人の群衆の空腹を満たす奇跡を起こしたとされる。

27年頃
エルサレムで弟子のひとり、イスカリオテのユダに裏切られて当局に引き渡され、十字架にかけられる。

30～69年頃
エルサレムがキリスト教の本拠地となる。

35～55年頃
タルソスのサウル(のちの聖パウロ)がヨーロッパと小アジアに初期の教会の支部を設ける。

64年
ローマ皇帝ネロによるローマのキリスト教徒迫害。

70年頃
最初の福音書である「マルコによる福音書」が書かれる。

80年頃
第2の福音書である「マタイによる福音書」が書かれる。

90年頃
残りの福音書である「ルカによる福音書」と「ヨハネによる福音書」、さらに初期教会の歴史を伝える「使徒言行録」が書かれる。

るのは、丈夫な人ではなく病人である」(「マルコによる福音書」2・17)と答えた。すでに信仰をもつ人々に説教するのではなく、社会から見放された「罪びと」たちに手をさしのべて教えを説くのが自分の大きなつとめだと言ったのである。

このものの見方の要点は、他人に対する判断をさしひかえることだった。マタイによる福音書によれば、イエスは信徒たちに「人を裁くな。あなたがたも裁かれないようにするためである」(「マタイによる福音書」7・1)とさとした。ここでもイエスは深遠な宗教上の教義を素朴な言葉で説明する才能を使った。

宗教書のなかのイエス

福音書に語られているイエスの生涯は神学的文献となっている。キリスト教の教義の一部であり、イエスは人間でありながら神の子でもあるとしている。イスラム教ではイエスはモーセと同じく、預言者で神の使徒であるとして崇敬されている。イーサー・イブン・マリアム(マリアの息子イエス)とよばれ、「イスラエルの子ら」のもとに遣わされた最後の預言者であり、預言者ムハンマドの先駆者とみなされているのだ。またクルアーンではイエスはアル・マスィーフ(救世主——ユダヤ教において、イスラエルの部族を統一し、平和の時代をもたらす使命を神から受けた指導者)であるともされている。ユダヤ教ではイエスは教師とみなされ、旧約聖書のエリヤやイザヤにつらなる預言者とされることもある。タルムードにはイエスについて述べていると思われる個所がある。そのいくつかでは、イエスを魔術師ないし魔法使いとして登場させている。癒しをはじめとする、彼がかかわった奇跡の物語のためだ。

「兄弟に向かって、『あなたの目からおが屑を取らせてください』と、どうして言えようか。自分の目に丸太があるではないか」（「マタイによる福音書」7・4）

共感型の指導者

イエスは教えのなかでくりかえし、隣人への愛と理解を強調した。マルコによる福音書によれば、イエスはよき人生のためのいましめとしてとくに大切なふたつのいましめを説いている。第一のいましめは「心を尽くし、精神を尽くし、思いを尽くし、力を尽くして、あなたの神である主を愛しなさい」（「マルコによる福音書」12・30）、第二が「隣人を自分のように愛しなさい」（「マルコによる福音書」12・31）だった。

イエスが説いた無私の愛は、その後何世代にもわたるキリスト教徒たちを動かした。そのひとりがタルソスのサウルで、ローマ市民だった彼はキリスト教に改宗すると初期のキリスト教会を多数創設した。使徒パウロの名で知られる彼は、イエスを生き方の手本と考えた。地上での生の最後にイエスは裏切られてエルサレムの当局に引き渡され、十字架にかけられたが、3日後に死からよみがえり弟子たちの前に姿を現した、とパウロは信じており、それがパウロのイエス観の中核をなしていた。

イエスの業績を見れば、彼のもっとも突出した影響力ある資質はつきつめれば意志の強さであることがわかるだろう。自分の運命と悟っていたと思われる生き方をつらぬこう——布教のために家とこの世の財産をすべてすて、地上の生をすてて肉体の死を果敢に受け入れる——とする意志。信徒たちがローマ帝国の迫害にあいながら新しい宗教を確立する原動力となったたぐいまれな業績、そして教えの影響力の広範さと永続性によって、イエスは人類史においてきわめて重要な人物、指導者としてもすばらしい模範になっている。

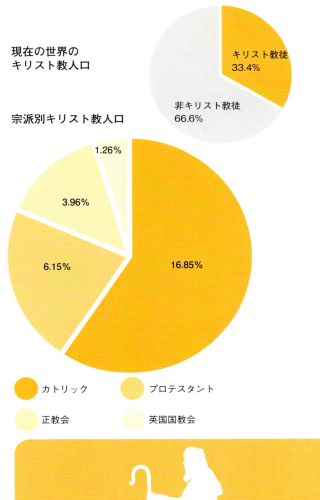

現在の世界のキリスト教人口
- キリスト教徒 33.4%
- 非キリスト教徒 66.6%

宗派別キリスト教人口
- カトリック 16.85%
- プロテスタント 6.15%
- 正教会 3.96%
- 英国国教会 1.26%

リーダーシップ分析

タイプ：垂範型
特質：意志の強さ、カリスマ性、既成概念に挑む、共感力
似たタイプ：アッシジの聖フランシスコ、マザー・テレサ、マーティン・ルーサー・キング・ジュニア
エピソード：イエスはヘブライ語とシリアの言語であるアラム語を話したとされる。

ナザレのイエス　33

宗教

7 聖ペトロ

最初のキリスト教会の指導者となったイエスの忠実な弟子

出身：ユダヤ（ローマ帝国）
業績：キリスト教会の最初の指導者
時期：30～64年頃

ナザレのイエスの一番弟子であるペトロは、イエスから初期のキリスト教徒の指導者に選ばれた。ペトロは覚悟の決まった風格ある生き方で、初期のキリスト教信徒たちを導く理想の指導者となった。

初期のキリスト教徒のなかでペトロが権威を獲得したのは深い示唆に富む逸話による。聖書の「マタイによる福音書」によれば、イエスが弟子たちに自分を何者だと思うかとたずねると、ペトロは「あなたはメシア、生ける神の子です」（「マタイによる福音書」16・16）と答えた。イエスはこの絶対的な信仰の堂々たる表明にこたえて、ペトロは岩でありその岩の上に教会（キリスト教団）を建てようと宣言する。

このできごとによってペトロには新たなアイデンティティができた。イエスに従った12人のなかでも最初に弟子になったひとりであるペトロは、もともとヨハネの子シモンという名前だった。イエスの正体について堂々と発言した彼に、イエスはギリシア語で「岩」を意味するペトロスからとったペトロという新たな名を授ける。ペトロの発言には可能性を受け入れる開かれた心だけでなく、自信と勇気が表れていた。イエスを「キリスト」とよぶことで、シモン・ペトロはイエスが神の計画を実現するために遣わされたと言ったのである。「キリスト」とは「メシア」のギリシア語訳で、「神から使命をあたえられた者」を意味する。

覚悟と自然な風格

イエスは旅の説教師として活動した。弟子たちをつれて各地をめぐり歩くうち、彼はシモン・ペトロが弟子たちのなかで突出した存在であることを認めるようになる。たとえ話の意味を最初にたずねるのはペトロで、それは知識欲と思っていることを率直に発言する自信の表れだった。「マタイによる福音書」に、弟子たちのなかでのペトロの立場がわかる話がある。徴税吏がイエスのもとを訪れて神殿税を納めたかとたずねたとき、彼らはペトロに話しかけているのだ。徴税吏たちはペトロが弟子たちのリーダーだろうとあたりをつけたのであり、ペトロもグループを代表して答えている。

この自然な風格にくわえて、ペトロには指導者としての忍耐力、強靭さ、洞察力もそなわっていた。失敗を克服し、挫折を糧にさらに決意を固めるという人物だった。聖書でイエスの磔刑を語るくだりには、ペトロがイエスを知らないと言うエピソードが出てくる。しかしこの挫折にもかかわらず、ペトロは弟子たちの長の地位をとりもどし、聖書によればのちに3度（イエスを知っているかと問われて3度否定したことに対応して）イエスへの愛を明言

する。ペトロが主であるイエスに「わたしがあなたを愛していることは、あなたがご存じです」（「ヨハネによる福音書」21・15）と答えるたびに、イエスは「わたしの小羊を飼いなさい。（中略）わたしの羊を飼いなさい」（「ヨハネによる福音書」21・15-17）と返した。初期のキリスト教徒の世話役としてペトロにあたえられた権威が、ここで再確認されたのである。

イエスはペトロが3度自分を知らないと言うだろうと予言していたが、ペトロが立ちなおってふたたび一番弟子の地位につくことも最初から知っていた。彼はペトロにこれから起こることを警告したうえで、「あなたは立ち直ったら、兄弟たちを力づけてやりなさい」（「ルカによる福音書」22・32）、つまりほかの信徒たちを支えなさいと指示している。イエスの目には、信仰を否定したのち立ちなおることで、初期キリスト教徒に対するペトロの権威がむしろ増すのが見えていたのだ。どんなリーダーも挫折を体験することがある。ペトロのように人格にかかわるような失敗もあるだろう。しかし失敗はかならずしも権威を傷つけない。ペトロの場合がそうであったように、困難からの立ちなおりを示すことでむしろ評判が高まる者もいる。

▲ ペトロは死に際してもイエスを立て、頭を下にして十字架にかかることを選んだ。カラヴァッジオ画、ローマのサンタ・マリア・デル・ポポロ教会収蔵、一部。

とらわれない心、独立独歩の人

ペトロが開かれたとらわれない心の持ち主であったことは、聖書でイエスが死からよみがえった日にも示されている。イエスが十字架にかかった3日後に、マグダラのマリアとヨハンナとヤコブの母マリアの3人の女性たちがイエスの遺体に塗るための香料と香油をたずさえて墓を訪れたが、着いてみると墓はもぬけの空だった。イエスの遺体がなかったのである。女性たちは急いで戻って弟子たちに報告するが、弟子たちは彼女たちを信じない。しかしペトロだけは墓に走って自分の目で確かめる。聖書では、ペトロが復活後のイエスに最初に出会う弟子であるとしている。

聖書の話では、イエスの昇天後、ペトロがエルサレムのキリスト教信徒たちの指導者とな

年表

紀元前1年頃
ヨハネの子シモンとしてベトサイダに生まれる。

24年頃
ガリラヤ湖の漁師の仕事をすて、ナザレのイエスに従う。

25～26年頃 イエスを「キリスト」であると宣言し、イエスにペトロの名を授かる。

27年頃
イエスから3度自分を知らないと言うだろうと予言され、そのとおりになる。イエスが十字架にかけられる。

28～44年頃
エルサレムの弟子たちの指導者となる。

44年頃
ヘロデ・アグリッパ1世により投獄されるが脱出。

44年頃
イエスの弟ヤコブに教会を託し、エルサレムを去る。

64年頃
ローマで死去。

80年頃
ペトロの後任のローマ教皇のひとりアナクレトゥスがペトロの墓の上に墓廟を建てる。

319年
コンスタンティヌス帝がローマのペトロの墓廟のあった場所に最初のサン・ピエトロ大聖堂の建設を開始する。

1506～1626年
同じ場所に2つめのサン・ピエトロ大聖堂が建設される。

1939年
ペトロのものと考えられる男性の遺骨がサン・ピエトロ大聖堂の下から発見される。

1968年6月26日
教皇パウロ6世が遺骨を聖ペトロのものであると宣言する。

1968年
考古学者がガリラヤ湖畔のカペナウムにあるペトロのものとされる家を発掘。

る。彼はイエスを裏切ったイスカリオテのユダのかわりに新たな弟子マッテヤを選ぶという重責を果たし、心を動かす説教をし、エルサレムの宗教当局の前で弟子たちの代表者として行動した。イエスに認められたペトロの自然な風格が、指導者の役割を担い、迫害や数々の困難のさなかで弟子たちをしっかりと導くことを可能にしたのだ。

ローマの指導者――最初の教皇に

ペトロは44年頃までエルサレムを活動の本拠地とした。そのあいだに広く各地を旅して、イエスの名のもとで説教をした。また、異邦人（非ユダヤ人）をはじめてキリスト教に改宗させた。その後エルサレムを出て、まずアンティオケ（現在のトルコのアンタキヤ近郊）に滞在したようだ。そしてローマのキリスト教徒の長となる。その地でネロ帝の治世（54～69年）に十字架にかかったとされている。ネロ帝は初期のキリスト教徒を激しく弾圧した人物である。

言い伝えによれば、ペトロは死ぬ前に最後にもう一度イエスに会ったという。ネロによるキリスト教徒迫害をのがれるためローマを去ろうとしていたペトロは、イエスが自分がかけられた十字架を背負って反対側から歩い

決断の早さ

ペトロの生涯でもっとも重要な瞬間は、ナザレのイエスに従おうと決断したときだった。聖書ではこの出会いについて3通りの話が書かれているが、いずれもペトロがすぐ決断し、その決意をつらぬいた点では共通している。ペトロが決断力のある忠実な人物だったのは明らかだ。この信念の強さが、彼のゆるがないリーダーシップをしたう多くの人々に影響をあたえてきたのである。

イエスの十二使徒とそのシンボル

アンデレ
スコットランドとロシアの守護聖人。

バルトロマイ
アルメニアとインドで伝道活動をした。

大ヤコブ
元漁師で使徒ヨハネの兄弟。

小ヤコブ
鋸で身体を挽かれて殉教した。

ヨハネ
キリスト教の言い伝えでは「もっとも愛された弟子」。

イスカリオテのユダ
イエスを裏切り当局に引き渡した。

ユダ（タダイ）
小ヤコブの兄弟。

マタイ
元徴税吏。レビともよばれた。

ペトロ
使徒たちの指導者、初代教皇として名高い。

フィリポ
ペトロやアンデレと同じくかつては漁師だったと思われる。

熱心党のシモン
弟子になる前はやはり漁師だった。

トマス
キリスト教の伝承では「疑い深いトマス」として知られる。

てくる幻を見る。ペトロが「主よ、どこに行かれるのですか」とたずねるとイエスは「ローマでふたたび十字架にかかるのだ」と答える。

これを自分はローマに戻らねばならないという意味だと理解したペトロは、ただちに引き返した。ローマに着いた直後、ペトロは十字架にかけられた。ペトロは頭を下に十字架にかかることを願ったという。自分はイエスと同じ姿で処刑されるに値しないという考えからだった。イエスの弟子として最年長かつもっとも忠実だった弟子は、初期教会の指導に捧げた数十年をこうして幕引きしたのだった。今日にいたるまで、ペトロはローマ教会の精神的象徴、2015年現在のフランシスコ教皇まで266人を数える歴代の教皇たちの初代として名高い。

リーダーシップ分析

タイプ：父性型
特質：覚悟が決まっている、忠実、率直
似たタイプ：ナザレのイエス、グレゴリウス大教皇、ネルソン・マンデラ
エピソード：ペトロは新約聖書に195回登場する。次に登場回数の多いヨハネは29回である。

聖ペトロ

8 ブーディカ女王

民族精神を自覚させたブリタニアの部族の女王

出身：ブリタニアのケルト人
業績：ブリタニアの諸部族を鼓舞し軍事大国ローマに抵抗した
時期：60年

イギリスのイーストアングリア地方のイケニ族女王ブーディカは、カリスマ性と説得力のある弁舌の才とドラマティックな演出で原住諸部族を鼓舞し、ローマ帝国への反乱を起こした。勇敢で決断力があり、軍事行動を起こすベストタイミングを正確に読みとり、みずから自軍を率いて第9軍団を破り、周辺のローマ人入植地を破壊した。

ブーディカ女王はローマ人たちから虐待を受け、復讐を願った。自分に使えるすべてのもの——女王の地位、堂々たる外見、原住諸部族の心のよりどころとなっていた宗教的伝統の知識、頭の回転の速さ、印象的で心を引きつける演説——を駆使して、イケニ族と同盟部族を奮起させ、激しい反乱を起こした。

彼女の怒りに火をつけたのは、夫のイケニ族王プラスタグスの死後、夫が遺したものをふみにじったローマの植民地支配者たちの行為だった。43年にローマ帝国がイングランド南部を征服したのちも、プラスタグスはローマ傘下のケルト人部族の統治者として実質的な権力を保っていた。しかし彼が60年に死去すると、ローマ人たちはイケニ族の土地を奪い、貴族たちの財産を没収し、ブーディカは裸にされて鞭打たれ、娘たちは凌辱された。

ローマ人たちはブリタニア人蔑視の態度をとったわけだが、ブーディカは誇りをとりもどすために行動を起こす。彼女には生来の威厳がそなわっていた。歴史家のあいだでは、彼女は結婚によってイケニ族の女王になる前は、近隣のトリノヴァンテス族の王女か地元の貴族の娘だったと考えられている。リーダーとしてのブーディカはドラマティックな手法を用いたリーダーシップの典型で、カリスマ力を駆使して人々を鼓舞した。アフリカ系アメリカ人活動家のマルコムXやナチの指導者アドルフ・ヒトラーなどのリーダーたちによって、のちに知られるようになる手法である。

象徴を使った演出

ブーディカは怒りをコントロールして敵や目標に向ければ、最強の威力を発揮できるのを理解していた。さらに、待つべきとき、行動を起こすべきときがわかっていた。60年に、ローマ属州ブリタニアの総督ガイウス・スエトニウス・パウリヌスがよび出されたのをチャンスとみて、反乱軍を組織する。

原住諸部族を集め、ブーディカは熱烈な演説を行ない、蜂起をよびかけた。パフォーマンスに言葉と同じかそれ以上の力があることを知っていたブーディカは、占いの儀式をとり行ない、マントの下から野ウサギを放った。野ウサギの行方を追っていた聴衆はそれが吉兆の

戦いの女王

ブーディカは数百年間忘れられた存在だったが、ルネサンス時代に再発見されると、イギリスの不屈の精神の象徴的人物となった。とくにヴィクトリア女王の時代（1837～1901）に注目された。ヴィクトリア女王の夫のアルバート公が、ロンドン中心部のテームズ川沿いの遊歩道に立つブーディカと娘たちの有名な像を発注している。ブーディカはのちの世に、国を守ったイギリス人の祖先の勇気のシンボルとなったのである。

ブーディカの反乱

年表

43年
クラウディウス帝の命を受けたアウルス・プラウティウス率いるローマ軍がイギリス南東部に侵攻。イケニ族の王プラスタグスは名目上は独立を保ったローマ傘下の統治者として王位にとどまる。

47年
総督ププリウス・オストリウス・スカプラから武装解除を迫られ、イケニ族反乱、敗れる。

60年
プラスタグス死去。ローマ軍に領地を強奪される。

60年
ブーディカ、イケニ族と同盟諸部族に蜂起をよびかけ、カムロドゥヌム、ロンディニウム、ヴェルラミウムでの勝利に導くが、ワトリング街道の戦いで敗北。毒または敗戦のショックにより死去。

1534年
中世は忘れられていたブーディカのことを、イタリアの人文主義者ポリドルス・ヴェルギリウスが再発見された古代ローマの歴史家タキトゥスの著作によって知る。

1837〜1901年
ヴィクトリア女王の治世下でブーディカの人気が高まる。

1902年
戦車に乗ったブーディカと娘たちの銅像(トマス・ソーニクロフト制作)の除幕式がロンドンで行なわれる。

2014年
埋められていたローマ時代の宝飾品がコルチェスターで発見される。考古学者によって、60年にブーディカ軍の襲来にあわてたローマ人女性が隠したものだろうとされている。

イギリスの自由の闘士

古代ローマの歴史家タキトゥスとカッシウス・ディオの著作から、ブーディカの堂々とした姿を知ることができる。彼女は背が高く、赤い髪を腰の下まで長く伸ばしていた。力強い声と鋭い眼光の持ち主で、黄金のネックレスをつけ、厚いマントをはおりブローチでとめていた。まさに戦いを率いる者にふさわしい外見になるよう、彼女は心を配っていたのだ。

方角に走りさるのを見て、歓声を上げた。ブーディカは象徴的な行為が人々を鼓舞する威力を熟知していたのである。

蜂起のよびかけのあと、ブーディカはイケニ族とトリノヴァンテス族をはじめとする原住諸部族を率い、反乱を起こす。反乱軍はローマ属州ブリタニアの首都だったカムロドゥヌム(現在のコルチェスター)を略奪し、焼きはらった。この街のクラウディウス帝に捧げられた神殿も破壊する。ブーディカは象徴的存在の重要性をわかっていた。ブーディカは怒りを発散し勝利を喜ぶ機会をあたえて、自分に従う者たちに報いた。

垂範型のリーダー

続いて女王は、クィントゥス・ペティリウス・ケリアリス指揮下の第9軍団という強敵に壊滅的な打撃をあたえ、自軍の士気をさらに高めた。まっさきに戦闘に突撃する女王の戦車を見て、兵士たちは彼女が命を賭して大義のために戦うつもりだとさとった。この戦いでは、ローマの騎馬部隊の一部とクィントゥス・ペティリウスだけが逃げのび、歩兵隊はほぼ全滅した。

ブーディカは次にロンディニウム(現在のロンドン。当時は都市ではなかったが重要な交易拠点だった)に向かう。ローマの総督スエトニウスは自分の本拠地が破壊されたことを聞き、反乱を鎮圧するために軍を率いて戻ってきていたが、自軍が数の上で圧倒的に劣勢にあると判断して撤退した。ロンディニウムの住民は逃げ出した。反乱軍は街を完全に

焼きはらい、ヴェルラミウム（現在のセント・オールバンズ）に進軍し、この入植地も破壊した。

一連の攻撃で、ブリタニアにいたローマ人と同盟関係にあった人々およそ7万人が殺害された。反乱軍は捕虜をとることにまったく関心を示さず、出会った相手はすべて殺していった。貴族の女性たちがとがった杭の上につき刺されるなど、凄惨な状況をカッシウス・ディオが書き残している。勝者となったブリトン人たちは騒々しく勝利を祝い、戦利品で饗宴を開き、土着の勝利の女神アンドラステにいけにえを捧げた。

スエトニウスはようやく応戦にたりる数の軍を集めた。1万人強の軍隊を、ローマ帝国が敷設したワトリング街道に近いウェスト・ミッドランズの細長い戦場に配置した。

情熱と説得力

戦いを目前にひかえたブーディカは、ふたたび弁舌の才を発揮する。その印象的な語り口の演説をタキトゥスが詳細に書き残している。ブーディカは聴衆に、野蛮なローマ人によって衣服をはぎとられ辱めを受けたひとりの女性、娘たちの純潔を穢された母親として訴えかけ、侵略者の奴隷として生きながらえるよりも死を望むと表明した。自分たちと対決した唯一のローマの軍団はたちまち壊滅した。ブリトン人の側に正義はある。神々はローマ人ではなく、自分たちに味方している。

熱狂したブーディカ軍が対抗しようとしていたのは、世界最強の軍隊だった。ブーディカ軍は攻撃になだれこむが、統制のとれたローマ軍はひるまず、ねらいの正確な投槍によって最初に突撃した戦士たちの大半が斃れた。ローマ軍はその後着実に前進し、ブリトン人たちを野営地まで退却させる。ローマ側の圧勝だった。ブリタニア側の8万人に対して、ローマ側の戦死者はわずか400人だったとタキトゥスは書いている。

ブーディカの反乱の効果は大きく、はるかローマにいたネロ帝にブリテン島を放棄して原住民に返還することを検討させるほどだった。しかし、希望に満ちていた反乱は終わりを迎えた。ある言い伝えによれば、ブーディカは敗北を受け入れるのをこばんで毒をあおった。別の伝承では敗戦のショックで死んだともいわれる。

反乱軍は奴隷にされるか自分の村に逃げ帰り、ローマ人のブリタニア占領は410年まで続いた。失敗に終わったものの、強大なローマ軍を瀬戸際まで追いつめたブーディカの偉業は後世、帝国支配の重圧に抵抗した愛国的な自由の闘士の英雄物語としてたたえられた。

リーダーシップ分析

タイプ：鼓舞型
特質：決断力、カリスマ性、怖れ知らず
似たタイプ：ナポレオン・ボナパルト、モーハンダース・ガンディー、ネルソン・マンデラ
エピソード：ブーディカの遺体がロンドンのキングス・クロス駅の9番線プラットフォームの下に眠っているという伝説がある。

宗教

9 グレゴリウス大教皇

中世の教会の基礎を築いた敬虔な修道士

出身：ローマ／イタリア
業績：改革者、聖人として名高い
時期：590〜604年

　最初の修道者出身の教皇であるグレゴリウス1世は、中世のキリスト教思想の土台を築き、典礼改革を行なってキリスト教礼拝の父として知られた。彼が広めた聖職者向けの手引書と、波乱の時代に教会の舵とりをしたすぐれたリーダーシップで名高い。

　590年、ローマを疫病が襲い、多数の死者が出た。そのなかには教皇ペラギウス2世もいた。後任のグレゴリウス1世は懺悔の行進の先頭に立って市内を練り歩いた。行進に参加した多くの人々が、大天使ミカエルが剣を鞘に納めるのを見た、きっと神はローマを赦してくださるおつもりだと報告した。ひかえめな修道士出身の教皇がその敬虔さと信仰心でローマを救い、彼のリーダーシップのもと再生をもたらすことを約束したかのようだった。

　グレゴリウスが教皇になったのはまったくの不本意だった。当時、教皇の任命にはコンスタンティノープルにいる東ローマ帝国皇帝の承認が必要で、グレゴリウスは教皇に選出されるとマウリキウス帝に書簡を送り、この任をあたえないでくださいと願った。しかしローマの総督ゲルマヌスはグレゴリウスの能力に篤い信頼を置いていたため、書簡を届けさせず、グレゴリウスの教皇就任は正式に認められた。

　当初は不安をいだいていたものの、ひとたび任につくと、謙虚で勤勉で信心深い彼は教皇としてめざましい活躍を見せた。アッシジの聖フランシスコやモーハンダース・ガンディーやマザー・テレサのような指導者たちと同様、グレゴリウス本人はきわめて謙虚だった。教皇という地位に対しては敬意を求めたが、職務を果たすにあたって自分は「神のしもべのしもべ」であると称したことで知られる。彼のつとめは教会の司教や聖職者たちに仕えて導くことであり、手引書『牧者のつとめ（Pastoral Care）』などの著作や、35巻にもおよんだ講話集『道徳論（ヨブ記注解）（Commentary on Job）』によって教えや指針をあたえた。

　グレゴリウスは初代教皇聖ペトロの精神的末裔として、教皇はほかの教会指導者より徳がすぐれていなくてはならない、しかしそのほかの点では「謙虚という法のもとすべて平等である」と述べた。グレゴリウスは地位や階級をただそれだけのためには重視しなかった。相手にじかに温かくかかわることができるこのようなリーダーの下では、人は熱心に働き強い忠誠心をもつことが多い。

現存するグレゴリウス大教皇の作品

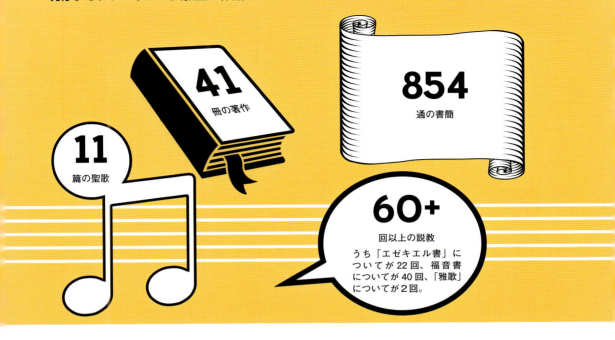

実務的な指針

　精神的な指針をあたえるという目的で、グレゴリウスはおびただしい数の著作を書き残した。ラテン語で書かれた彼の膨大な文書は、中世に大きな影響をあたえつづけた。司教や聖職者のための手引書『牧会規定（Pastoral Rule）』（591年）はビザンティン皇帝マウリキウスの求めによりグレゴリウスの存命中にギリシア語に翻訳され、帝国内の全司教に送られた。この本は9世紀にアルフレッド大王によって古英語に翻訳され、同様に王国内の全司教に配布された（54ページ）。聖人の伝記集『対話編（Dialogues）』も広く読まれ、東方教会ではグレゴリウス1世はこの本にちなんで「対話者グレゴリウス」の名で知られている。

　グレゴリウスはすぐれた説教師でもあり、彼が説教をすると大勢の聴衆が集まった。その多くがいまも残っている。説教を見ると、グレゴリウスが要点を伝えるためにどのように逸話を活用したかがわかる。中世の説教師が使うことになる手法の先駆けだった。

教会の改革者

　教皇になる前に、グレゴリウスはおそらく法律の勉強もふくむ高い教育を受けていた。574年に世俗の生活をすて修道士になると、ローマのカエリウスの丘の上に聖アンデレ修道院を設立した。6世紀の歴史家トゥールのグレゴリウスは、修辞学、文法、議論にかけてグレゴリウスにならぶ者はいなかったと記している。グレゴリウスは、歴史、数学、音楽にも造詣が深かった。教皇に着任後はその学識を総動員して、広範囲におよぶ改革を推進する。典礼（礼拝の形式）を見なおし、ミサでささげられる祈りの順序に多数の変更を行なった。

　その学識と改革者としての業績から、彼が西方教会の単旋律聖歌、のちに「グレゴリオ聖歌」とよばれるようになる、礼拝時に歌う無伴奏の聖歌を集大成したという言い伝えが生まれた。しかしこの聖歌が集大成されたのは、8世紀ないし9世紀になってからである。この音楽が「グレゴリオ」として知られるようになったのは、8世紀の同名の教皇グレゴリウス

年表

540年
ローマに生まれる。

574年
修道士になる。

579年 教皇ペラギウス2世により助祭としてコンスタンティノープルに派遣される。

586年
ローマに帰国。

590年9月3日
教皇に選出される。

591年
『牧会規定』を執筆。

594年
『対話編』を執筆

595年
『道徳論（ヨブ記注解）』を完成させる。

604年3月12日
ローマにて死去。

873年
助祭ヨハネスがグレゴリウスの伝記を著す。

権威ある言葉

　グレゴリウスには聴衆を引きこむ才能があった。彼の伝記作者のひとり、助祭ペトロが記録したある伝説にそれが表れている。それによると、グレゴリウスがエゼキエルについての説教の原稿を準備していたとき、そばにいた者がカーテンのすきまから中にいる教皇をのぞきこむと、鳩（伝統的に精霊の象徴とされてきた）がくちばしをグレゴリウスの口にさしこんでいるのが見えた。鳩がくちばしを引き抜くと、グレゴリウスが説教を口述したという。グレゴリウスを描いた絵には鳩がいっしょに描かれている（右図）。預言者ムハンマドのようなほかの宗教指導者と同じく、グレゴリウスは神の叡智を伝える人と見られたのである。

2世（715～731）に由来するのではないかとする歴史家もいる。

貧しい人々への奉仕

　教皇に選出されたのちも、グレゴリウスは質素な修道生活を続け、多数の修道士を重職につけた。「しもべ」として果たしたグレゴリウスの役目のもうひとつが、ローマの貧しい人々、飢餓に苦しむ人々への奉仕だった。ここでも彼はみずから範を示した。貧しい人々にほどこしをする制度を改革した際、グレゴリウス自身が多額の寄付をしたのである。またローマの街に修道士たちを送って食べるもののない人々を探させ、貧しい人々に食事があたえられたと報告を受けるまで自分も食べなかったといわれている。彼は貧しく飢えた人々を日常的に招いて、自分の食事を分けあたえた。

　教会領の管理も改善し、代理人を派遣して運営にあたらせ、地主による農民の抑圧を防いだ。農民の保護をさらに手厚くするため、教区内の貧しい人々が助祭に援助を申請できる制度を作った。

　グレゴリウスは、教会の財産は本来貧しい人々のものであり、教会はその管理者にすぎないと考えていた。彼の統治時代、教皇職は庶民の味方となった。そのため604年3月12日にグレゴリウスが亡くなると、民衆から彼を聖人にという声が上がった。最初は就任をしぶ

ったものの、13年あまりの統治期間に、彼は数々の改革と数百年にわたり司教や聖職者や信者に指針をあたえた著作という、後世に残る誇るべき遺産を作り上げた。グレゴリウスはカトリック教会と東方正教会で聖人とされ、宗教改革の時代にプロテスタント派からさえ称賛された。辛辣なスイスのプロテスタント、ジャン・カルヴァンが、グレゴリウス1世は最後のよき教皇であったと明言している。

リーダーシップ分析

タイプ：改革者
特質：勤勉、学識豊か、謙虚
似たタイプ：アッシジの聖フランシスコ、マザー・テレサ
エピソード：グレゴリウスの母シルヴィアも聖人として名高い。

グレゴリウス大教皇 45

宗教

10 ムハンマド・イブン・アブドゥッラーフ

神の啓示を受け、世界宗教イスラム教を創始した預言者

出身：アラブ
業績：世界宗教であるイスラム教を創始した
時期：610年〜632年

　ムハンマドは大天使ジブリールとの神秘的な出会いから、唯一神と認めたアッラーの言葉としてその啓示をクルアーン（コーラン）にまとめた。神の教えを広めたいという思いにつき動かされた彼は、精神性の高い指導者として熱心な信者を集め、イスラムという宗教的・社会的な共同体を作り上げた。

　言い伝えによれば、サウジアラビアのメッカ近郊の山の洞窟のなかでムハンマドは、ある人物に瞑想の邪魔をされた。その人物は大天使ジブリール（ガブリエル）だったと、のちにムハンマドは考えている。ジブリールはムハンマドを抱擁すると、朗読せよと命じた。ムハンマドが朗読をはじめると、啓示が現れた。これがイスラム教誕生につながる。
　アッラーの教えを受けとったムハンマドは、それを他者に効果的に伝える能力によって偉大な指導者となった。霊的な導きに心を開いた彼は神の使徒となったのである。言い伝えによれば、ムハンマドは若い頃から幻視を見ていた。少年時代に母親によって砂漠のベドウィン族のもとに送られ生活をともにするが、そこで白い服を着たふたりの人物と出会い、雪で心臓を浄化されるという体験をする。青年になってからも幻視を見ており、それは彼自身の言によれば夜明けの光のようにやってきたという。

霊的な権威
　人生の転機となる大天使との出会いの前から、ムハンマドは知恵者として知られ、よく争いの仲裁を頼まれていた。信心深く、熱心に祈りをした。そのため610年のラマダン月に洞窟にこもったのである。ジブリールとの出会いを物語る伝承によると、はじめて大天使に会ったとき、ムハンマドは最初は悪魔だと思って洞窟から逃げ出したという。「汝は神の使徒、われはジブリールなり！」とよぶ声を聞いて、彼は足を止めた。ふりかえると、ジブリールが本来の天使の姿を現していた。空をおおうほど大きくなり、その空も緑色になっていた。イスラム教とユダヤ教とキリスト教では、ジブリール（ガブリエル）は神が人間にメッセージを伝えるために遣わす大天使ということになっている。キリスト教の伝承では、ガブリエルは処女マリアのもとに遣わされ、イエス・キリストを生むだろうと告げている。
　ムハンマドは神の使徒としての自分の役割を重く受けとめた。神の教えをまず家族に伝え、それから友人たちに、さらに一般大衆に伝えた。その教えとは、アッラーのほかに神はなく、生きとし生ける者すべてはアッラーにしたがって生きなければならないというものだった。「イスラム」という言葉は「服従」を意味し、イスラム教信者の呼称「ムスリム」も語源は

▲ 最初の人間アダムが祭壇を建てた場所にアブラハムがカーバ神殿を再建し、そこが地上でもっとも神聖な場所であるとイスラム教徒は信じている。

同じである。ムハンマドはその後も亡くなるまで、大天使の声や自分の心の真実の動きを通じて、神からの啓示を受けつづけた。

信者の共同体

　最初の信者となったひとりに、家族ぐるみの友人だったアブ・バクルがいた。ムハンマドの死後は、彼がイスラム教徒たちの指導者、初代カリフ（預言者の代理人）となる。ムハンマドはメッカで人々を改宗させていくが、クライシュ族と敵対することにもなった。彼の教えは神はひとりしかいないと強調するものだったが、当時メッカにいたアラブの諸部族は複数の神々を信仰していたためだ。

　619年にムハンマドは、妻のハディージャと叔父のアブー・ターリブの死という不幸にみまわれる。アブー・ターリブはムハンマドが6歳で両親を失って以来、うしろだてとなってくれた人物だった。言い伝えでは、同じ年にムハンマドはさらなる啓示をアッラーからじき

年表

570年
メッカに生まれる。父アブダラ死去。

576年
母アミナ死去。叔父アブー・ターリブに養育される。

595年
ハディージャ・ビント・フワイリドと結婚。

610年
最初の啓示を受ける。

613年
はじめて公衆に説教を行なう。

619年
ハディージャとアブー・ターリブ死去。ミラジ（夜の旅と昇天）を体験する。

622年
ヒジュラ（聖遷、メディナへの移住）。

623年
メディナ憲章を結ぶ。

624年
バドルの戦いでイスラム教徒がクライシュ族に初の勝利。

629年
イスラム教徒がカイバルをはじめて征服、メッカも手中におさめる。

631年
イスラム教徒がアラビア半島を統一。

632年6月8日
メディナにて死去。

652年頃 カリフのウスマーン・イブン・アッファーンがクルアーンを現在の版に編纂。

じきに受けるという深い宗教体験をしている。

このときムハンマドに授けられた啓示は、個人とアッラーの関係にかんする指針にとどまらず、宗教共同体での信者同士の社会的な約束事も指示したものだった。これが、ムハンマドがイスラム教徒の共同体のために確立した社会規範としきたりとなる。信者の共同体は当時、迫害によって結束を強めていた。強い指導者として、また正義の人としてのムハンマドの評判は高まり、621年にはメッカの北に位置する街ヤスリブの住民たちから指導者として招かれたほどだった。

立法者として

ムハンマドはイスラム教徒たちとともにヤスリブに移住した。このできごとは、のちにヒジュラ（「聖遷」）とよばれるようになる。クライシュ族の有力者による暗殺をからくものがれてのメッカ脱出だった。ヤスリブ入りした622年9月25日は、イスラムが信者の

共同体づくり

ムハンマドの権威は基本的に、アッラーの教えの伝道者であることに由来する精神的なものだった。しかしきわめて有能な教師であり、指導者でもあった。長い年月をかけて根気よく、こまやかに気を配ってイスラム教徒の共同体を築き、それにより弟子たちのあいだに強い絆が、信者のあいだに兄弟愛が生み出された。彼は、内面的自我とアッラーとの関係、社会的自我と共同体との関係の両面に訴えかけた。今日、多くのイスラム教徒は自分がどこに住んでいようと国際的な信者の共同体、ウンマ・イスラーミーヤ（イスラム共同体）の一部であると考えている。

宗教的・社会的共同体として確立した日となっている。ヒジュラの年は、第2代カリフのウマル1世（統治期間：634～644年）が制定したイスラム暦の元年と定められている。ヤスリブの街はメディナ（「預言者の街」）の名で知られるようになった。メディナ郊外のムハンマドが到着した場所に、最初のイスラム教モスク（礼拝堂）が建設された。ムハンマドは理想のイスラム社会の青写真とされている憲章を書き上げる。

クライシュ族と何度も衝突をくりかえしたのち、ムハンマドは629年にメッカに戻って征服を果たす。さらに631年、アラビア半島全土をイスラム支配下におさめた。632年にメッカへの初のイスラム巡礼を行ない、これはアル・ハッジとよばれて、毎年何百万人ものイスラム教徒が同じ足跡をたどっている。このとき、ムハンマドはクルアーンの最後の啓示を受けたとされる。しかし同じ年に病に倒れ、632年6月8日に死去する。はじめて啓示を受けてからわずか23年間で彼は新しい宗教を創始し、その下にアラビア半島の諸部族を統一し、結束の固い信者の共同体を作り上げた。イスラム教徒たちはその後、アル・ジハード（「信者としての努力」または「聖戦」）をとおして、世界各地に広くイスラム教を普及させていくことになる。

巡礼（ハッジ）

1. 巡礼者はカーバ神殿を7度まわる。
2. ミナで祈りを捧げる。
3. 正午から日没にかけてアラファト山で祈りを捧げる。
4. ムズダリファで49個の石をひろう。
5. ミナに戻る道中、悪魔を表す3本の柱に石を投げる。
6. メッカに戻ったら、また7度カーバ神殿をまわる。

リーダーシップ分析

タイプ：垂範型
特質：神秘的、すぐれた教師、共同体構築者
似たタイプ：モーセ、ナザレのイエス、モーハンダース・ガンディー
エピソード：ムハンマドは可能なかぎりひとりでの食事を避けた。ほかの人々といっしょに食べることを好んだ。

政治・社会

カール大帝

改革を推進しヨーロッパを統一した敬虔な皇帝

出身：フランク族
業績：カロリング帝国を建設
時期：771〜814年

フランク族の王で一大キリスト教帝国を創建したカール大帝は、学問と芸術活動を奨励してカロリング朝ルネサンスを開花させた。中世ヨーロッパの生活に大きな影響をあたえ、数百年にわたり理想の統治者としてあがめられた。

　800年のクリスマスの日、ローマのサン・ピエトロ大聖堂で教皇レオ3世がカール大帝（シャルルマーニュ）にローマ帝国の帝冠を授けた。すでに強大な力をもつキリスト教戦士にして事実上の教皇の守護者としての実績を確立していた野心家のリーダーは、771年にフランク族の単独の統治者となって以来築き上げてきた大帝国を統治する権限を手にした。

　前例のない教皇による戴冠式によって、5世紀以降皇帝不在の状態にあった西ローマ帝国は復活した。戴冠によって、それまではフランク王国とロンバルド王国の王だったカール大帝は、コンスタンティノープルを本拠地として東ローマ帝国を統治するビザンティン皇帝と対等の立場になった。また戴冠によって教皇の権威も強化された。教会はカール大帝の権力を利用したのである。

　フランク国王として教皇との同盟関係を築いたのはカール大帝の父ピピン3世（小ピピン）だった。ピピンはもともと宮宰（宮廷内の重職で、事実上の摂政）だったが、751年にキルデリク3世から王位を奪い、のちに王位継承について教皇の支持を得る。754年にピピンと教皇ステファヌス2世は双方にメリットのある合意をする。教皇に軍事的保護をあたえるかわり、ピピン朝が正統なフランク王国の統治者であることを教皇が認めるというものだ。イタリアでめざましい軍事的成功をおさめていたピピンは、756年に有名なピピンの寄進を行ない、教皇にイタリア中部の広大な領土を献上する。これが教皇が支配する教皇領のもととなった。

外交に長けた野心家

　カール大帝は野心、軍事力、外交力をすべて父親から引き継いでいた。ピピンの死後、カールは弟のカールマンと共同で王国を継承するが、771年にカールマンが死去すると、カール単独による帝国建設がはじまる。フランク国王としての期待を背負い、彼はただちに領土拡大のための軍事行動を開始し、長い年月をかけてロンバルド族、ザクセン族、アヴァール族を討伐し、彼らの領土を自分の国土に組み入れていった。カール大帝は勇敢で意志が強く、

▲ 800年のクリスマスに行なわれた、カール大帝のローマ帝国皇帝戴冠式の壮麗なようすをラファエロは描き出した。

堂々たる体格の持ち主だった。平均身長が169センチメートルしかなかった時代に190センチメートルもあった。

　カール大帝は頭の回転が速く、大局観をもつことができた。帝国内の領土運営を改善し、外交力を使って——軍事力を背景に——国境をめぐる争いを解決した。北方のデーン人、東のスラヴ族、現在のフランスにいたブルトン人とガスコーニュ人、イタリアの教皇など近隣諸国とおおむね安定した関係を保った。またイングランドのノーザンブリアやマーシアのアングロサクソン人支配者たち、バグダードを本拠とするアッバース朝カリフのイスラム教徒の支配者たちとも良好な関係にあった。何度かの外交使節団派遣では、カリフのハールーン・アッラシードから、象、チェス盤、そして宮廷人たちをおおいに驚かせた水力時計を贈られている。

改革者

　敬虔なキリスト教徒だったカール大帝にとっては、信仰の普及が原動力になっていた。アヴァール族とザクセン族を征服したことにより、広大な領土に宣教活動ができるようになる。カール大帝は宗教改革計画を実行に移し、宮廷で数回にわたる教会会議を開催して、教会組織の強化と効率化の推進、聖職者の知的水準と倫理的水準の向上、典礼の統一化をはかるための法律を施行した。また、それまでは教会が統治していた多くのことについて支配権をにぎった。こうした宗教改革にくわえ、帝国内の教育の推進にも関心をよせた。そのため、カール大帝はヨーロッパの最高の頭脳を宮廷に招いた。その筆頭が、アングロサクソン人の詩人にして聖職者で教師でもあったヨークのアルクィンである。アルクィンはカール大帝が創

年表

747年4月
アーヘンに生まれる。

751年
父親のピピン3世（小ピピン）がメロヴィング朝王位につく。

753年
ピピンが教皇ステファヌス2世と同盟関係を結ぶ。

756年
「ピピンの寄進」

768年
ピピン死去。カールとカールマンの共同統治。

771年
カールマン死去。カールが単独統治者となる。

772年
ザクセン族に対する32年におよぶ軍事行動を開始。

774年
北イタリアのロンバルド国に勝利。

778年
スペインに侵攻するも失敗。

781年
スペインとの国境を守るためアキテーヌ王国を建設。

781年
アルクィンをアーヘンに招聘。

789年
バイエルンの支配権をにぎる。

796年 アヴァール族へのいずれも成功に終わった3回にわたる軍事行動の3回目。

800年12月25日
教皇レオ3世より「ローマ帝国皇帝」として戴冠する。

805年
アーヘンのパラティン礼拝堂奉献。

814年1月
アーヘンにて死去。

設した宮廷付属学校の校長をつとめ、帝国内の教育とラテン語の読み書き水準を上げる活動をはじめた学者たちのリーダー的存在となった。学者たちはラテン語の教授法やキリスト教の初歩の手引き、礼拝の正しい行ない方の綱領を発行した。修道院付属学校が帝国内全土に創立された。宮廷には、学者らが図書館と装飾写本を作成するための写字室を設け、のちにカロリング小文字体（カロリング・ミナスキュール）として知られるようになる書体を発展させた。

宮廷学者たちは、歴史書、神学書、聖書の注解、詩を書いた。アルクィンはカール大帝の愛した居城アーヘン（現在はドイツ）に「新しいアテナイ」ができつつあると宣言した。アーヘンでは大がかりな建築工事もはじまっていた。宮廷が主導する教育計画によってカロリング帝国には大輪の文化が花開き、これに触発されたアルフレッド大王が、9世紀に自身のアングロサクソン文化改革を試みることになる（54ページ）。

生まれながらのリーダー

カール大帝は正規の教育をあまり受けていないが、頭脳明晰で知的好奇心が旺盛だった。現代では教育や資格取得が重視されているが、シャルル・ド・ゴールやジュゼッペ・ガリバルディなど、おもに生来の知性とリーダーシップの資質によって偉業をなしとげたリーダーは数多い。カール大帝もそのひとりである。

カール大帝の帝国

- 771年のカール大帝の王国
- 征服による拡大
- 戴冠式の地（ローマ）
- アーヘン

キリスト教徒統治者たちの手本

　カール大帝の帝国は、領土としては彼の死後長くは続かなかったが、影響力は中世を通じて、さらにそれ以降にまで深く息長く残った。カール大帝は西ローマ帝国を復活させ、ヨーロッパ統一が可能であることを立証し、その理念は以来数百年間にわたって生きつづけた。彼のもとで生まれた大規模な文化と教育の復興の影響も大きく、後世の同様の文芸復興の基礎を築いた。そしてカール大帝自身がその後の統治者たちの手本になった。生前「ヨーロッパの父」とたたえられた彼は、広く伝えられた多数の伝説の主人公となり、キリスト教世界の推進者、比類なき戦士、高徳のリーダーとして描かれている。

リーダーシップ分析

タイプ：野心家
特質：精力的、勇猛果敢
似たタイプ：アルフレッド大王、スレイマン大帝
エピソード：宮中の教育に尽力したが、カール大帝本人は読み書きを学ばなかった。

カール大帝　53

軍事

アルフレッド大王

学問と信仰を推進した精力的な改革者

出身：イギリス
業績：学問と法の整備を進める一方、デーン人の侵略を撃退した
時期：849〜899年

「大王」とよばれた唯一のイギリス人王、ウェセックス王アルフレッドは、軍事面でデーン人の侵略をくいとめることに成功しただけでなく、臣民の教育と福祉も推進した。法制度を改善し、読み書きを奨励し、イギリス史執筆の着手を指示した。

アルフレッドは知識欲のかたまりのような人だった。宮廷の知識水準を早急に上げる必要があると考え、自国を襲った野蛮なヴァイキングの侵略を神罰と見ていた。無知のために罪を犯し神の怒りをまねいたのだ、臣民が神の意志を理解し従うには、識字能力を身に着けて書物から学ぶことで知識を得るしかないと説いた。

878〜885年、ヴァイキングの襲来がしばらくおさまっているあいだに、アルフレッドはイングランドのウィンチェスターの宮廷にヨーロッパ本土やウェールズや中央イングランドのマーシア王国から学識者を招聘した。十分な経済力のあるイギリス人の若者はすべて英語の読み書きを学ぶべしと布告し、「すべての者が知っておくべき最重要書物」であるとした書物の英語訳を発行した。教育への思いはそれだけにとどまらず、宮廷に学校を設立し、自分の子どもや貴族の子弟、さらに見こみのありそうな貧しい子どもたちを教えさせた。率先して臣民に教育と文化をあたえるにあたって、アルフレッドは8世紀から9世紀前半に活躍したフランク人統治者カール大帝を手本とした。カール大帝も同じように宮廷内の教育向上につくし、その結果、王国内に学芸と文化の繁栄をもたらしている（50ページ）。

アルフレッドの推薦した書物に、パウルス・オロシウスの『異教徒に反駁する歴史（Histories Against the Pagans）』、7〜8世紀のイギリス人修道士だった尊者ベーダの『英国教会史（Ecclesiastical History of the English People）』がある。いずれも、歴史に証明された神の意志への理解を高める書物だった。またイギリス史が書かれはじめたのも、アルフレッドの功績である。古英語で書かれた年代誌（年間記録）を集めた『アングロサクソン年代記（Anglo-Saxon Chronicle）』は、890年頃にウェセックスで編纂がはじまった。記録の一部は、じつに1154年まで更新されている。

アルフレッド自身もラテン語を学び、グレゴリウス大教皇が聖職者のつとめを記した6世紀の書物『牧会規定（Pastoral Rule）』（42ページ）や、6世紀のローマの哲学者ボエティウス『哲学の慰め（Consolations of Philosophy）』、4〜5世紀の司教、聖アウグスティヌス『独白（Soliloquies）』など、重要な書物の翻訳を行なっている。王が学問に関心をよせた最大の理由は、臣民を教育してキリスト教の教えを広めるためだった。アルフレッド大王は宗教教育の推進計画に積極的に関与し、またその事業に心からの熱意を見せて、みずから範を

▲ 学問を栄えさせるために、アルフレッド大王は臣民を侵略者から守らなければならなかった。ウォルター・ハッチンソンが描くヴァイキングと戦う王の海軍。

示した。書物や文化そのものにも深い関心があった。

臣民の保護と国の防衛

　臣民を高めたいと望んだ王は臣民を守りたいとも願った。その一環として、彼は自国の法典の改訂を行ない、とくに腐敗と抑圧から弱者を保護するための対策をとった。誓約の不履行に対しては重罰を科した。

　アルフレッドは軍事的にも、略奪者デーン人のたび重なる容赦ない攻撃からできるかぎり臣民を防衛した。軍人として最大の功績を上げたのは、878年である。絶望的と思われた状況で、デーン人を破ったのだった。878年1月、侵略者たちは奇襲をかけてチッペナムを占領した。アルフレッドがクリスマスをすごしていた場所だった。街の人々の大半が殺されたが、アルフレッドは近くにあるサマセット低地の湿地帯に逃げこんだ。彼はその地のアセルニーに基地を作り、デーン人にゲリラ戦をしかけた。

年表

849年
ウォンテージに生まれる。

853/855年
ローマ訪問。

867年
ヴァイキングがヨークを占領し、王国を築く。

868年
兄のウェセックス国およびケント国の王エセルレッド1世とともにイーストアングリアでデーン人と対戦。

868年
マーシア王国の王女エアルフスウィスと結婚。

871年
エセルレッド死去、王位を継承する。ウェセックスでデーン人と戦闘、和平を結ぶ。

876～877年
デーン人がウェセックスを再攻撃する。

878年
イングランド南部のチッペナム近郊、エディントンの戦いでデーン人を破る。

885年
ケントに侵攻したデーン人を破る。

886年
ロンドンを攻撃し支配下におさめる。

887年
書物のラテン語訳に着手。

890年頃
『アングロサクソン年代記（Anglo-Saxon Chronicle）』の編纂がはじまる。

892/896年
デーン人の攻撃。

899年
死去、ウィンチェスターにて埋葬される。

将軍、戦略家、外交官

　アルフレッド大王は地元の民兵組織を少しずつまとめながら軍隊を強化し、ついに満を持してエディントンの戦いでデーン人と対決した。エディントンはウェストベリー（イングランドのウィルトシャー州）近郊だったと思われる。大王は878年5月6～12日のどこかで行なわれたこの戦いに勝利し、さらにチッペナムのデーン人を攻撃する。デーン人たちが街からの出撃で食糧を手に入れることができないよう、周到に食糧源を断っておいた。2週間後、デーン人は万事休すとなり、アルフレッド大王は和平を認める。首長のグスルムが洗礼を受け、キリスト教徒になることが条件だった。

ケーキを焦がした王

　アルフレッドの名声は何百年たっても色あせなかった。彼はイギリス最高のリーダーのひとり——そして軍人、立法者、教育者として記憶されている。ある有名な話——アルフレッドがケーキを焦がした逸話——が、彼の臣民への思いの強さを物語っている。この言い伝えによると、アルフレッドはサマセット低地に潜伏していたとき、ある山羊飼いの夫婦の家に身をよせた。山羊飼いの妻から、自分が用事をしているあいだケーキの焼け具合を見ていてほしいと頼まれたが、アルフレッドはチッペナムのデーン人を倒して国を救う計略を練るのに没頭するあまり、ケーキを焦がしてしまった。王は戻ってきた山羊飼いの妻にこってり油をしぼられたという。この話はアッサーの著書『アルフレッド大王伝』には出てこないが、12世紀の大王にまつわる物語に初登場する。

この成功により勝ちとった平和な時期は885年まで続く。しかしそれ以降、デーン人がふたたび脅威としての存在感をあらわにしてきた。アルフレッド大王はデーン人の襲来を許すまいと、巧みな戦略家、有能な外交官としての本領を発揮する。彼は既存の集落を強化したり、新たな砦を建設したりして、王国を守るために33のバーフ（要塞および要塞化した街）のネットワークを築き上げた。軍隊を再編し、みずから設計した大型船を導入して、海軍を防衛に活用した。また一連の外交的な同盟関係を結んだ。なかでもウェールズの君主たちとの同盟関係は有名である。

記録された生涯

　アングロサクソンの王としてただひとり、生前に本格的な伝記が書かれたという点でもアルフレッドは異例の人物だった。アルフレッドの生涯は、ペンブロークシャーの聖デイヴィッド修道院の修道僧でアルフレッドにラテン語を教え、のちに大王からデヴォンとコーンウォールの司教に任命された友人のアッサーによって記録された。893年に書かれた伝記は、晩年については記していないものの、好感のもてる人柄で、王としての責任感が強く、慈悲深く思いやりがあり、学問に打ちこんだアルフレッドの姿を後世に伝えてくれる。その後数百年にわたって、アルフレッドは真に偉大なリーダーとして記憶されることになった。それは熾烈さをきわめたデーン人の攻撃を撃退することに成功したからだけではない。むしろ臣民に見せた気づかいと、教育や法律の整備を推進して王国の生活の質を高めたことによってであった。

▲ アルフレッド大王にかんしてもっとも有名なのは、ケーキを焦がした逸話かもしれない。ジェイムズ・ウィリアム・エドマンド・ドイルによる想像画。

リーダーシップ分析

タイプ：改革者
特質：知的好奇心が旺盛、勇敢、学識豊か、機略に富む
似たタイプ：カール大帝、エリザベス1世
エピソード：アルフレッドは16世紀以降「大王」だけで名が通用していた。

13 チンギス・ハン

軍事

軍事力によって一大帝国を築いた恐るべきモンゴルの首長

出身：モンゴル
業績：モンゴル帝国を築いた
時期：1206〜27年

チンギス・ハンは非情な軍事リーダーで、世界をあまねく震撼させながら、北東アジアの多数の遊牧民族を融合し史上最大の帝国のひとつを築き上げた。

1206年にオノン川のほとりで開かれたモンゴル諸部族の大集会で、テムジンはすべての人の上に立つ君主、チンギス・ハンを名のった。意志の強さ、野心、そしてその名を知らしめた非情さで、テムジンは何年もかけて権力基盤を固めてきた。敵をことごとく抹殺し、モンゴル族を統一した。いまこそ世界征服に向けた軍事行動にのりだすときだった。

チンギス・ハンがまずねらいを定めたのは中国である。最初に西夏国の国境を攻撃し、1211年に本格的な猛攻を開始した。1214年にモンゴル軍の退去を願った相手から巨額の賄賂を受けとったが、にもかかわらず翌年ふたたび攻撃し、北京を陥落させた。また1219〜23年には中央アジアとペルシア（現在のイラン）にあったイスラム教国家ホラズムを攻撃し、街を次々に制圧しながら住民を殺戮し、生き残った者は強制的に自軍に参加させ、農地や美しく配置された灌漑設備を破壊し、瓦礫の山に変えていった。1227年に死去したときには、領土を大幅に広げ、世界最大の息の長い帝国の基礎を確立していた。

戦いでのチンギス・ハンは冷酷無比だった。チンギス・ハンとモンゴル軍の征服について現在わかっていることの大半は——1240年頃に書かれた英雄物語『元朝秘史』の記述は別として——侵略者に略奪された文明諸国の書記官たちが記した報告から得られたものだ。そこには、疾風怒濤のごとく移動するモンゴル軍が定住民族にあたえた数々の恐怖がつぶさに記録されている。そのなかに、ホラズムを攻撃したときのできごとがある。ハンはホラズムの王(シャー)と貿易関係を築こうと派遣した隊商をオトラルの街（現在のカザフスタンにある遺跡）の長官だったイナルチュクに攻撃され、腹をたてた。王(シャー)が損害を弁償しなかったため、ハンは20万の兵からなる全軍をさしむけた。オトラルを陥落させると、ハンはイナルチュクの目と耳に溶かした銀をそそぎこんで惨殺した。1226年にも襲来し、いまわしい復讐を果たしている。このときの相手は、ホラズムに対する攻撃に兵を提供するのをこばんだ西夏の統治者たちだった。ハンは首都を破壊し、王族を全員処刑した。

▲ 作者不明の年代記の絵に描かれた、1211年の中国北部における野狐嶺の戦いで中国軍と戦うチンギス・ハンとモンゴル軍。

二種類の忠誠心

　こうした逸話から真に迫って伝わってくるが、チンギス・ハンは自分を侮辱した相手にはことごとく罰をあたえた。敵でも臣下であっても、自分よりうわ手だと思うことを許さなかった。鉄拳支配によって忠誠を求めたのである。

　このような短期的なアプローチで忠誠心をもたせようとすると、少しでもこちらの力が弱まれば反乱が起きるという危険がひそむ。ところがチンギス・ハンは忠誠心の醸成に別の手段も使った。ときどきは情けをかけ、勇敢で技能に長けた敵を自分の軍に起用する心の広さを見せた。1201年に、彼はタイチウト族との戦闘で首に矢を受けた。戦いに勝って傷の手当を受けたのち、彼はタイチウト族の捕虜と対面して、矢を射たのはだれかと問うた。ジルゴアタイという名の戦士が、おそらくこれ以上失うものはないと考えたのだろう、前に進み出て堂々と名のりを上げた。テムジンはその気概と弓の腕に感嘆し、命を助けてモンゴル軍に位をあたえた。ジルゴアタイはやがてモンゴル最高の武将のひとりとなり、チンギス・ハンに忠誠をつくした。

　敗北した敵に対する非情な扱いによって、進軍する前から評判のほうが先立って伝わった。敵は戦いがはじまらないうちから恐怖のあまり絶望し、逃げも戦いもせず降伏した。1206年以前、モンゴルの諸部族のなかで権力基盤を確立しようとしていたときには残忍な一面も見せた。タタール族を制圧したのち、生き残った者のなかで荷車の車軸より背の高い者はすべて殺した。それより背の低い者はまだ影響を受けやすい子どもで、自分に心酔するよう育てることができるからだ。

年表

1162年
モンゴルのバイカル湖の近くで生まれる。

1171年頃
父親の死後、母親や弟たちともども部族から見すてられる。

1176年頃
異母弟のベクテルを殺害。

1178年
コンギラト族出身のボルテと結婚。

1184年
メルキト族に囚われたボルテを救出。

1177年頃
タイチウト族に捕らわれの身となるが、脱出。

1190年
モンゴルの部族連合をまとめる。

1206年
政敵をすべて倒し、モンゴルの単独統治者となる。

1211年
西夏を属国化したのち、中国の金朝と敵対。

1215年
金の首都、中都（北京）陥落。

1219〜23年
イスラム教のホラズム帝国を破壊。

1226年
西夏に対する軍事行動。

1227年8月18日
死去。

1240年頃
チンギス・ハンの業績を記した年代記『元朝秘史』が書かれる。

開放的な精神

このようなおそろしい評判がついてまわった人間にしては、チンギス・ハンは宗教にかんしては意外に寛容だった。彼自身は山と風と空の精霊を崇めるモンゴルのシャーマニズム信仰をもっており、最高神「永遠の蒼天」とブルカン・カルドゥン山を崇拝していることで知られていたが、キリスト教、仏教、イスラム教、道教、なんであろうと帝国領内の人々が自由に信仰をもつことを許した。彼は中国東部の山東省出身の道士、丘長春を招聘し、不老長寿の方法を議論した。丘長春に広大な帝国内の全真教［道教の一派］保護をまかせ、「不滅の魂」の称号をあたえた。

晩年には、帝国はアジア一帯に拡大しアドリア海にまで達していた。推定4000万人が彼の軍隊に殺戮された。モンゴルでは、1206年に草原の遊牧民全部族の統治者として建国を果たした国民的英雄とたたえられて

聞く耳をもつリーダー

チンギス・ハンといえば領土と栄光をひたすら求め、すぐに復讐に走り、おぞましい刑罰を科す人物というイメージがある。しかし助言に素直に耳を傾け、学ぶ意欲が旺盛な人物でもあった。彼は遊牧民だったため、当初は中国北部の耕作地など、馬に草を食べさせる以外にはなんの用途もないと考えていた。しかしかつて金朝の皇帝の顧問をしていた者から、畑や近郊の街に住む職人たちによって食物や商品ができ、それに税金がかけられると進言されると聞き入れた。また捕えた敵から街を包囲する方法や、モンゴル人にとってはまったくなじみのなかった石弓や投石器などの武器の使用法を熱心に学んだ。

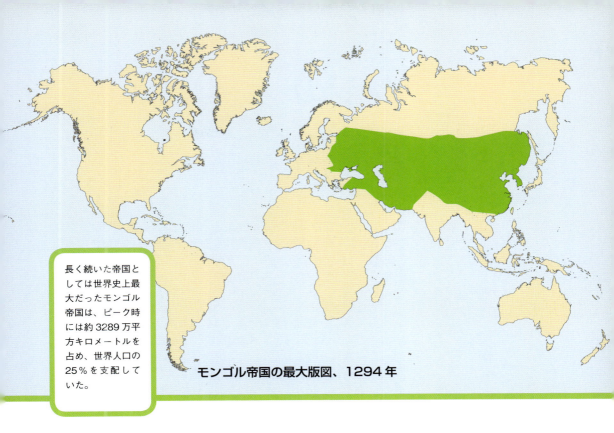

長く続いた帝国としては世界史上最大だったモンゴル帝国は、ピーク時には約3289万平方キロメートルを占め、世界人口の25％を支配していた。

モンゴル帝国の最大版図、1294年

いる。モンゴル帝国によってチンギス・ハンはアジアとヨーロッパ、東方と西方の中継路を拓いた。大局的に見れば、彼の征服はアジアの広大な領土に安定した政治環境を築き、6500キロメートルにおよぶヨーロッパから中国とインドにいたるシルクロード沿いに交易と文化交流の花を咲かせた。こうしたことから、チンギス・ハンは東西の地平を広げた功労者といえる。とはいえリーダーとしては、ハンは一般的に、権力の追求と行使において非情そのものだった残酷な武将の典型と考えられている。

リーダーシップ分析

タイプ：非情
特質：鉄の意志、非情、自制心
似たタイプ：フンのアッティラ、ナポレオン・ボナパルト
エピソード：もとの名のテムジンは「鉄の男」、すなわち鍛冶屋という意味。

チンギス・ハン　61

宗教

14 アッシジの聖フランシスコ

清貧を生きた謙虚な修道士

出身：スポレート公国生まれ（現イタリア）
業績：フランシスコ派修道会を創設
時期：1181～1226年

イタリアで説教活動をした修道士、アッシジの聖フランシスコは慈善と平和を広めながら質素な生活をつらぬき、中世の教会史を変えた。ゆるぎない心で自分を信じ高潔に生きた彼は、創設した3つのフランシスコ派修道会の修道者たちが仰ぎ見る手本だった。

　1206年1月、地元の司教の前で異例の審問が開かれた。アッシジの聖フランシスコは馬と高級布地を売って地元の教会に寄付をしたかどで、裕福な織物商人だった父親のピエトロ・ディ・ベルナルドーネによって当局の前によび出されたのだ。審問のあいだにフランシスコは衣服を脱いで真っ裸になり、怒り狂う父親に服を差し出した。その大胆なふるまいののち、彼は父親に告げた。「今日までわたしはあなたを地上の父とよんできました。でもこれからは、『天にましますわれらの父』と真実を言うことができます」。司教にマントをあたえられたフランシスコは立ち去り、生まれ故郷アッシジの近くの森のなかに暮らしながら信仰生活を送るようになる。

　フランシスコをつき動かしていたのは、イエスの生き方にならいたいという願いだった。前述の例からもわかるように、フランシスコは、イエスの生き方とは家族の絆をふくめた所有物をすて、おのれを低くし、清貧を受け入れることだと理解していた。それができれば、万人に熱い愛をそそいだイエスのように生きることができると信じていた。

信仰に導かれて

　フランシスコは夢見がちな理想主義者ではなかった。型にはまった生き方をこばみ、清貧と平和に生きることにしたとき、何をあきらめなければならないかを自覚していた。もともとは裕福な商人の息子として何不自由ない生活を送り、歌や音楽に熱中して仲間からも人気があった。後年は兵士たちに平和を説くようになるが、彼自身もペルージャとの争いではアッシジ側で戦い、1年間の捕虜生活を経験している。1205年に、神聖ローマ皇帝フリードリヒ2世と争っていた教皇の軍に参加しようと戦地に向かっていた途中、宗教的な幻視を得てアッシジに引き返す。このできごとが信仰への道のはじまりだった。やがて清貧の信仰生活に入ることになる。

　言い伝えによれば、フランシスコが修道生活で体験した何度かの幻視の最初がこのときのもので、フランシスコを使命に向かわせる強力な誘因となった。もっとも重要な幻視は、父親の馬と布地を売りはらうよう導いたものである。その行動がきっかけとなり、アッシジ司教との人生を変える出会いを果たす。

みずから範となることの力

聖フランシスコはフランシスコ会（小さき兄弟たちの修道会、聖クララ女子修道会、在俗会）の創立者兼代表としてだけでなく、さらに幅広い、13世紀の教会で清貧を説いた活動でも知られている。この活動は世俗の富に背を向け、聖書の福音書でイエスが教えた生き方に身を捧げることを奨励したものだ。いずれにおいても、聖フランシスコのリーダーシップの重要な特質は高潔さ、つまり彼自身が手本となる強さだった。

聖フランシスコは「マタイによる福音書」第10章でイエスが弟子たちにあたえたいましめに刺激を受けた。「行って、『天の国は近づいた』と宣べ伝えなさい。（中略）帯の中に金貨も銀貨も銅貨も入れて行ってはならない。旅には袋も二枚の下着も、履物も杖も持って行ってはならない。働く者が食べ物を受けるのは当然である」（「マタイによる福音書」10・7、9-10）。1208年に、アッシジの天使の聖マリア教会での説教でこの言葉を聞き、すでに清貧の信仰生活を送っていた聖フランシスコは、イエスのメッセージを伝えるのが自分のつとめだと確信した。若い頃に象徴として服を脱いだ行為を再現するように、彼は靴を脱ぎ、粗末なチュニックを着ると、布教をはじめた。

おそれず、強い意志で

聖フランシスコは意志が強く、権威に臆せず、独立独歩の人だった。1209年に彼は最初の弟子たち12人をともなってローマに行き、教皇インノケンティウス3世に対して堂々と、書き上げたばかりの修道会則の承認を求めた。それは聖書の言葉からとった簡潔な規則で、修道生活の基本理念を定めたものだった。教皇に会則を認可されたことにより、フランシスコ派修道会は正式に設立を果たした。後年、聖フランシスコは数人の弟子をつれて第5回十字軍が戦っていたエジプトにおもむき、十字軍とイスラム教のスルタン、アル・カーミルの双方に対してひるむことなく

フランシスコ派修道会の拡大

1209年 12人

1221年 5000人

2015年

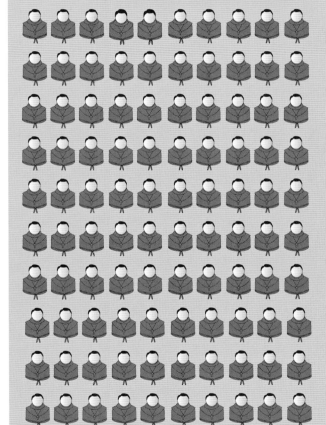

50万人

アッシジの聖フランシスコ

年表

1181年 ピエトロ・ディ・ベルナルドーネの息子フランチェスコとしてアッシジに生まれる。

1202/3年 ペルージャとの戦争でアッシジ側で戦う。

1205年 ローマ巡礼。

1208年2月24日 ある説教に触発され、布教活動をはじめる。

1208年4月16日 最初の弟子が活動にくわわる。

1209年 弟子が12人に増え、最初の修道会則を書く。

1209年 教皇インノケンティウス3世から修道会則を認可される。

1212年 女子修道会、サン・ダミアーノ清貧の貴婦人修道会を設立。

1219年 エジプトのダミエッタに行き、スルタンのマリク・アル・カーミルに説教。

1221年 修道士や修道女ではない信者のための在俗会を設立。

1223年11月29日 教皇ホノリウス3世からフランシスコの2つめの修道会則を認可される。

1224年9月14日 ラヴェルナ山で幻視、聖痕を受ける。

1226年10月3日 天使の聖マリア教会(アッシジ)で死去。

1228年7月16日 教皇グレゴリウス9世がフランシスコの列聖を宣言。

1979年 エコロジストの守護聖人となる。

平和を説いた。

信仰に全身全霊を捧げる生き方を示しつづけた聖フランシスコは、無数の人々に影響をあたえてきた。特筆すべきは2013年に選出されたフランシスコ教皇で、自身の教皇名をアッシジの聖フランシスコに敬意を表して選んだと表明している。フランシスコ教皇はこう述べた。「聖フランシスコは時の世俗の権力と教会権力の奢侈、驕慢、虚栄に対して、清貧の思想をキリスト教にもちこんだ。あの方は歴史を変えたのです」

後世への遺産

1209年に、自身の修道会に教皇インノケンティウス3世の支持を得ただけでなく、1223年11月29日には教皇ホノリウス3世から、フランシスコ派の修道士と修道女のためにみずから書き上げた行動規範への認可も受けた。この規範は修道士に「イエス・キリストの福音に従い、所有物をいっさいもたずに服従と純潔の生活を送る」ことを求めていた。

聖フランシスコはエコロジストだった?

聖フランシスコは、自然界の美しさは神の栄光を反映したものと考えていた。小鳥たちに説教し(イタリアの画家ジョット・ディ・ボンドーネがその姿を描き残している)、ある物語によれば、狼を説得して、住民が餌を用意してやるという条件でグッビオの街を襲うのをやめさせたという。聖フランシスコはアメリカの活動家ロバート・F・ケネディ・ジュニアをはじめとする現代の環境保護活動家にとりわけ影響をあたえてきた。1979年には教皇ヨハネ・パウロ2世が聖フランシスコをエコロジストの守護聖人と宣言している。

▲ 言い伝えによると1224年に聖フランシスコは聖痕を受けたという。カラヴァッジオ画。

また、代理人を決め、修道会の日常的業務にあたらせた。結果的に彼が創始した活動は今日まで残ったばかりか、源流であるカトリックの枠を越え、英国国教会やルター派などほかのキリスト教宗派にも広がっていた。

聖フランシスコの生涯は現代の世界にも影響をあたえつづけている。フランシスコ派修道会だけでなく、現代の環境保護活動家にもその精神は引き継がれ、詩や祈りにも彼の遺産は生きている。最近の例では、2015年3月1日に退任したウルグアイのホセ・ムヒカ大統領が聖フランシスコの質素な生き方を実践している。

リーダーシップ分析

タイプ：垂範型
特質：高潔
似たタイプ：ナザレのイエス、マザー・テレサ、フランシスコ教皇［現ローマ教皇］
エピソード：1205年にフランシスコの父親は息子が隠修士［修道会が成立する前に社会から離れて生活する修道士］にならないようにと、1カ月間フランシスコを地下室に鎖でつないでいた。

アッシジの聖フランシスコ

政治・社会

15 スレイマン大帝

改革と芸術を推進し、立法帝の名で知られた

出身：トルコ
業績：オスマン帝国の黄金期を統治した
時期：1520〜66年

　8年の建設期間をへて1558年、イスタンブールに壮麗なスレイマニエ・モスクが完成した。ずばぬけた才能に恵まれた建築家ミマール・スィナンが設計したこのモスクは、オスマン帝国のスルタン、スレイマン1世の名を高めるために建造された。スレイマン1世は輝かしい戦績をもつ武将であっただけでなく、建築と美術の後援にも力を入れた。

　スィナンは6世紀に建造された歴史あるアヤ・ソフィア寺院（イスタンブール）を下敷きに、スレイマニエ・モスクを設計した。新しいモスクは、皇帝とスィナンが大都市イスタンブールの再建でめざしたものを象徴していた。かつてはコンスタンティノープルとよばれ東ローマ帝国（ビザンティン帝国）の首都として知られたイスタンブールを、スレイマン1世が統治するいまだ成長を続けるオスマン帝国の首都にふさわしく造りかえようとしたのである。

　スレイマニエ・モスクは高さ57メートル、直径27.5メートルの巨大ドーム――当時のオスマン帝国内では最大――を戴き、病院、マドラサ（イスラム教の神学校）4校、食堂、医学校、浴場、厩舎、各種店舗が併設された複合施設の中央に屹立していた。スレイマニエは現在もイスタンブール最大のモスクである。

才能を育てた

　ミマール・スィナンはスレイマンが莫大な資金を出して後援した主席建築家で、イスタンブール市内と帝国全土に300以上の建築物その他の建造物を造った。モスクのほか、宮殿、学校、浴場、病院、水道橋、穀物倉、キャラバンサライ（隊商宿）も建てている。トルコ史上最高の建築家として名高く、同時代の西洋の同業者ミケランジェロとならんでも遜色ない存在だ。ミケランジェロは同じ時期に、ローマのサン・ピエトロ大聖堂再建のための図面を書いている。

　オスマン帝国の宮廷でスレイマンは幅広い芸術分野の才能を育て、各種芸術が大輪の花を咲かせて、大帝の名を世に知らしめた。スレイマン治世下のイスタンブールのトプカピ宮殿は宮廷芸術のサロンとなり、「才能の集う場所」として知られるようになる。スレイマンの統治がはじまってまだまもない1526年には、すでに40ものサロンが存在し、600人以上が在籍していた。18世紀のロシア、サンクトペテルブルクの女帝エカチェリーナ（86ページ）と同じく、スレイマン大帝は自分の宮殿を美術と学芸の中心として国際的に有名にしたいと固く心に決めていた。

見習い期間ののち年4回の俸給を出して経済援助をするというよびかけに惹きつけられ、帝国各地から——ヨーロッパの征服地からも——よりすぐりの芸術家や工芸家がイスタンブールにやってきた。画家、宝石職人、金細工師、製本家、毛皮職人などがスレイマン大帝の庇護下でイスタンブールで活躍した。繊細なカリグラフィー［装飾的な書体］が花開いた。スレイマン大帝の後援によって、オスマン芸術と文学がペルシア文化の影から脱し、独自の個性を輝かせるようになった。

自身も芸術をたしなんだパトロン

スレイマン大帝自身も金細工と詩をたしなみ、ムヒッビー（恋する者）というペンネームで創作した。トルコ語とペルシア語の二カ国語で書き、愛息メフメトの死を悼む詩や、キリスト教徒の愛妾でのちに正妻に迎えたヒュッレム・スルタンへの愛をうたった詩に佳品を残している。

▲ スレイマン大帝の名声は西洋にも広まった。1539年頃に描かれたこの肖像画は、著名なヴェネツィアの画家ティツィアーノ・ヴェチェッリオの作とされている。

こうしたことから詩人にはとくに理解があった。アルフレッド大王（54ページ）と同じく、自身も創作にたずさわったパトロンであり、その立場から自分が目をかけた者に影響をあたえ関与することができた。スレイマン大帝の宮廷で才能を開花させたオスマン帝国時代のおもな詩人に、ムハンマド・ビン・スレイマン（筆名フズーリー）とマフムト・アブデュルバーキー（通称バーキー）がいる。スレイマンの引き立てによりバーキーは、「亡きスレイマン大帝への哀悼歌（Elegy for his Excellency Süleyman Khan）」や「秋（On Fall）」などの作品で宮廷詩人として大成した。その成功から「詩人のスルタン」として名をはせた。

法律と教育を改革

スレイマン大帝は宮廷に、ケマルパシャザーデやアブ・アル・スードらイスラム法の専門家も集め、法律の大幅な見直しと成文化を行なった。帝国はシャリーア（イスラム法）によって統治されており、スルタンがそれを改訂することはできなかった。しかしスレイマン大帝はできるかぎりの範囲、とくに課税、土地、犯罪にかんする分野のカヌン（正統法）を編纂し改訂した。彼が起草したカヌーニー・オスマーニー（オスマン法）とよばれる法体系は、その後300年以上も効力を保った。また帝国内のキリスト教徒の窮状を改善するため、税法も改革、刑法では死刑の対象となる罪状の数を削減し、罰金と刑罰の法体系を立案した。

スレイマンは教育にも力を入れ、イスタンブールに初等学校を新たに開校し、宗教だけでなく天文学、哲学、文法、占星術を教える一連のマドラサの創設も指示した。官僚や政治家の任命にも選択眼を光らせた。パルガ［ギリシア］出身のイブラヒム・パシャ、リュステム・パシャ、ソコルル・メフメト・パシャなどの名宰相が高官として仕えた。帝国の運営はきわめて信頼のおける人々にゆだねられていたのである。

年表

1494年11月
トラブゾンに生まれる。

1520年9月
スルタンの位を継承する。

1521年
ベオグラードを占領。

1522年
聖ヨハネ騎士団からロードス島を奪う。

1526年8月
モハーチの戦いでハンガリー王ラヨシュ2世を破る。

1529年
ウィーン包囲。

1533年
フェルディナント大公と休戦条約を結ぶ。

1534年
フズーリーがスレイマン大帝のもと宮廷詩人になる。

1534～35年
サファヴィー朝ペルシアに対し第1回の攻撃。

1538年
海軍提督ハイレッディン(バルバロッサ)がギリシア沖の海戦に勝利し、オスマン帝国が地中海を支配下に置く。

1543年
愛息メフメトの死を悼む詩を書く。

1548～49年
2度目のペルシア戦役。

1554～55年
3度目のペルシア戦役。ほぼ失敗に終わる。

1558年
イスタンブールにスレイマニエ・モスク完成。

1565年
マルタ島占領に失敗。

1566年9月
死去。

常勝

　スレイマンは若い頃に神学、文学、科学、軍事史を学んだ。アレクサンドロス大王を崇拝し、アレクサンドロスの西洋と東洋にまたがる帝国建設(22ページ)に触発された。芸術家や職人、作家、法の専門家を幅広く庇護するにとどまらず、スレイマンは軍事リーダーとしても精力的で有能であり、「常勝者」とよばれた。

　即位1年目でベオグラードを占領し、聖ヨハネ騎士団からロードス島を奪い、ハンガリーでもモハーチの戦いで大勝利をおさめる。1529年にはウィーンに迫ったが、悪天候にもはばまれ包囲を断念した。中東と北アフリカの大部分も占領し、軍才に長けた海軍提督ハイレッディン——西洋では「バルバロッサ」の異名で知られた——のもと、1538年にギリシア北西沖のプレヴェザの海戦でヴェネツィアとスペインの連合軍を破ったのち、地中海も掌握した。スレイマンの軍事リーダ

万人に公正に

　リーダーの重要な資質は正義、つまり万人に公正だと思われることである。とくにスレイマン大帝のように多種多様な民族を擁する大帝国の支配者にして立法者、統治者をかねる人間には大切だ。この点でスレイマン大帝は一流だった。彼が行なった法改革によって帝国内のキリスト教徒への税負担は緩和され、貧しいキリスト教徒にとっては帝国外よりもむしろ生活が楽になった。このため、改革の恩恵を受けようとするキリスト教徒のオスマン領への移住をひき起こした。また1554年頃には、ユダヤ人に対する血の中傷(ユダヤ人が子どもをさらって儀式に使う血をとっているという事実無根の中傷)をとがめる法令を発布している。

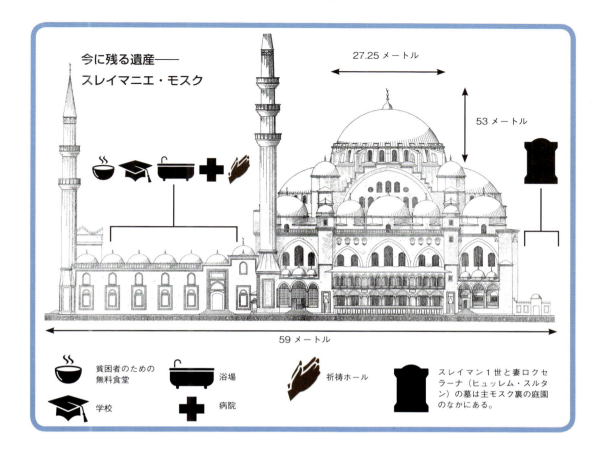

今に残る遺産——
スレイマニエ・モスク

27.25 メートル

53 メートル

59 メートル

- 貧困者のための無料食堂
- 浴場
- 祈祷ホール
- 学校
- 病院
- スレイマン1世と妻ロクセラーナ（ヒュッレム・スルタン）の墓は主モスク裏の庭園のなかにある。

ーとしての成功は、先進的なオスマン帝国軍と海軍力によるところが大きい。

　スレイマン大帝の治世は、その規模、芸術的業績、法改革、すぐれた政治運営においてオスマン帝国の絶頂期だった。宮廷での学問芸術の擁護によって、イスタンブールは知の一大中心地となった。彼のふたつの偉業は、今日まで伝わるふたつのよび名に表れている。西洋では「壮麗帝」、トルコおよび周辺地域では「スレイマン・カヌーニー（立法帝）」とよばれているのである。

リーダーシップ分析

タイプ：人材育成型
特質：勇敢、公正
似たタイプ：カール大帝、女帝エカチェリーナ、ムスタファ・ケマル・アタテュルク
エピソード：ハンガリーのセゲドで没したのち、スレイマン大帝の心臓は亡くなった場所に埋められた。いまだに見つかっていない。

政治・社会

16 エリザベス1世

みずから国の象徴になった誇り高きテューダー朝の女王

出身：イギリス
業績：スペインの無敵艦隊を撃破しイギリスの精神となった
時期：1558〜1603年

イギリスの象徴となった処女王エリザベス1世の45年にわたる治世には、1588年のスペイン無敵艦隊の撃破、帝国権力のはじまり、国内の演劇、詩、音楽、美術の例を見ない繁栄があった。

1601年11月、議会に対してエリザベス1世は「わたしを高位に引き上げてくださったのは神ですが、あなたがたの愛とともに統治してきたことこそが、わたしの王冠を飾る栄誉だと考えています」と述べた。40年以上にわたって在位したこの賢明で献身的なリーダーは独身をとおした。「処女王」という入念に作り上げた国民的神話のなかで、エリザベスは外国の王子とではなく自分の国、自分の臣民との結婚を選んだのである。

1558年の即位当時から、エリザベスの結婚問題は国民の心配の種だった。議会は女王に2度結婚を迫った。世継ぎがいないうちに彼女の身になにかあったら、イギリスはバラ戦争（1455〜87）時代のようにお家騒動でふたたび荒廃するだろうという懸念からである。しかしエリザベス女王は毅然として議員たちに、いまは結婚する意志はないと告げた。

> 臣民の愛と善意のほかに、わたしにとって大切なものはこの世にありません。（中略）生涯を終えたあと、大理石の墓石に、この時代を統治した女王は処女として生きて死んだときざまれれば、わたしにはそれで十分なのです。

即位の前にも後にも無数の求婚を受けたが、女王はすべて断わった。エリザベス女王が処女王(ヴァージン・クイーン)とよばれたゆえんである。

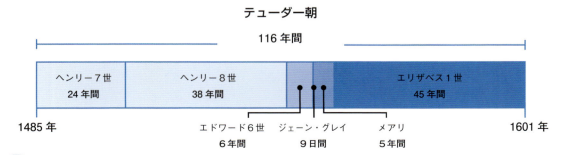

テューダー朝
116年間

| ヘンリー7世 24年間 | ヘンリー8世 38年間 | エドワード6世 6年間 | ジェーン・グレイ 9日間 | メアリ 5年間 | エリザベス1世 45年間 |

1485年 — 1601年

図説世界史を変えた50の指導者

▲ 1588年頃の「アルマダ・ポートレート」にはヴァージン・クイーンの最盛期が描かれている。背景には侵略してきたスペイン艦隊を撃退するイギリス艦隊。

関与の条件をコントロール

　エリザベス女王は結婚をこばんだから、自分自身と自分の国の独立を守れたのだといえる。妻は──支配者たる女王であっても──夫に従わなければならないという期待を彼女はかわすことができた。外国の支配者と結婚すれば、イギリスが他国からの介入を受ける可能性がある。イギリス人と結婚したとしても、貴族の派閥間に争いをまねきかねない。リーダーが自分の役割や部下たちとどう関与するか、その条件をみずからコントロールするメリットを教えてくれる絶好の例である。

　当時は、宮廷恋愛と騎士道精神という言葉やしきたりがイギリスの宮廷で信奉されていた。そうした環境で、エリザベス女王は愛を捧げられる対象として「騎士たち」に好意をあたえたりとり下げたりする権利をもつ女主人だった。エリザベス女王は女性権力者にとってやっかいな問題となりかねない状況を、わざとどちらつかずの態度をとることによって巧みに切りぬけた。

　彼女はレスター伯位をあたえたロバート・ダドリーやウォルター・ローリー卿など、代々の寵臣と親密な関係を楽しんだ。しかしつねに優位な立場を保った。廷臣のロバート・ノートン卿によれば、頼みごとをしようとしたレスター伯を、「わたしには愛人はいても主人はいない」と辛辣な言葉でぴしゃりとはねつけたという。

イギリスの象徴

　エリザベス女王は国民の象徴であり代表者であり、夢の担い手であった。彼女が君臨した時代は、スペインの無敵艦隊の撃破──1588年のスペインのフェリペ王による侵略──や発見と植民地をもたらした大胆な航海など、イギリスにとって栄光の時代だった。1584〜

年表

1533年9月7日
グリニッジ宮殿で誕生。

1558年11月17日
即位。

1559年1月15日
ウェストミンスター寺院で戴冠。

1572年
ニコラス・ヒリアードを女王公認のミニチュア肖像画（小型の肖像画）画家に任命。

1575年
「夏の巡幸」の一環としてウォーリックシャーのケニルワース城にレスター伯を訪ねる。

1575年
トマス・タリスとウィリアム・バードが『聖歌集』を出版。

1577～80年
フランシス・ドレイク卿が世界周航を果たす。

1584年
イギリス初の海外植民地「ヴァージニア」建設。

1585年
オランダのプロテスタント反乱軍を支援するため派兵。

1587年2月8日
スコットランド女王のメアリの処刑。

1588年
スペイン無敵艦隊の撃破を鼓舞する。

1589年
エドマンド・スペンサー卿より『妖精の女王』の最初の3巻をエリザベス女王に献上。

1597年
『ヘンリー4世』観劇後、シェイクスピアにジョン・フォルスタッフ卿を主人公にした新しい劇を依頼する。これが『ウィンザーの陽気な女房たち』となる。

1601年2月25日
かつての寵臣エセックス伯を反逆罪で斬首。

1603年3月24日
リッチモンド宮殿で死去。

89年にはイギリス初の海外植民地がロアノーク島（現在のアメリカ、ノースカロライナ州）に作られ、ウォルター・ローリー卿によってエリザベス女王にちなみ「ヴァージニア」と名づけられた。1570年代からはエリザベス女王が即位した日（11月17日）が祝日とされた。大きなかがり火が焚かれ、感謝

女神降臨

エリザベス女王の処女王としての輝くような高貴さは、1588年8月9日に彼女がとった行動を引きたたせ、いやがうえにも臣民を鼓舞し奮いたたせた。エリザベス女王はエセックス州ティルベリーで馬に乗って軍隊を謁見しながら、スペインの無敵艦隊を迎え撃つ彼らに活を入れた。その姿はまるで女神の降臨、あるいはその場面を見ていたジェイムズ・アスクの言葉を借りれば「聖将軍」であった。兵士らを奮いたたせたエリザベス女王の言葉は、1940年に同じく侵略に対して国民の団結をよびかけたウィンストン・チャーチルの演説とならび、イギリスの伝説となっている。

わたしがかよわく力なき女の身であることはわかっています。しかしわたしには王の心と思いがあります。それもイギリスの王の。パルマであれスペインであれ、いかなるヨーロッパの君主でもわが王国の国境を平然と侵すならば、それはまったくの侮辱であり、そのような不名誉に甘んじるくらいなら、わたしはみずから武器をとり、あなたがたの将軍に、審判に、戦場でのあなたがた一人ひとりの働きに報いる者になりましょう。

この名演説は、国民の庇護者としての役割に全身全霊で殉じたエリザベスのイメージとともに永久に語り継がれることだろう。

礼拝が行なわれ、ロンドンのホワイトホール宮殿では馬上槍試合や野外劇が催された。この日はプロテスタント国では聖人の日にあたっており、エリザベス女王の宮廷には贅をつくしたみごとな展示が飾られたが、それを彼女は中央イングランドにある邸宅（カントリーハウス）を夏に巡幸する際にもち歩いた。

さらにエリザベス女王は芸術の熱心な庇護者であり、イギリスの芸術は彼女の治世下で隆盛を誇ることになる。演劇ではウィリアム・シェイクスピア、クリストファー・マーロウ、ベン・ジョンソンが活躍し、肖像画の分野では精緻なミニチュア肖像画家のニコラス・ヒリアード、聖歌の作曲者としてはトマス・タリスとウィリアム・バードが才能を発揮した。またエドマンド・スペンサー卿は寓話的な長編物語『妖精の女王』をエリザベス女王に捧げている。この作品ではエリザベス女王を「妖精国の女王グロリアーナ［栄光の君の意］」、処女王を守る騎士団の勇敢な騎士たちの女主人になぞらえている。

母性的な権威

年齢を重ねるにつれ、効果的に演出された処女王のイメージは自己犠牲と献身を強調した新たな方向性にシフトした。女王は臣民への愛のため結婚の機会をあきらめた、とするものだ。宮廷恋愛の女主人のイメージは影をひそめ、聖処女マリアの献身的な愛をはっきりとにおわせる母性的なイメージが強められた。真珠と三日月——伝統的に聖処女マリアの象徴とされてきた——がエリザベス女王に結びつけられた。

慈愛の処女王のイメージは最後まで続いた。1602年12月、逝去のわずか半年前にロバート・セシル卿が上演した劇では、エリザベス女王を古代ローマの詩人ヴェルギリウスの『牧歌（Eclogues）』に登場する聖処女アストラエアとして表した。アストラエアは地上に平和な黄金時代と終わりなき春をもたらす。1601年11月の議会に対する演説——議員たちへの最後の演説であり、残っている草稿に「この演説は黄金の文字で印刷すべし」と書かれていたことから、のちに黄金演説として知られるようになる——で、エリザベス女王は「わたしの命と統治があなたがたのためにならないのであれば、もう生きることも統治も望みません」と宣言した。

エリザベス女王は1603年3月24日の早朝に世を去った。異例の45年という治世のあいだ、彼女は国民の崇敬を集めつづけた。これほど国民に愛されたイギリス王は後にも先にもいないだろう。処女王グロリアーナの治世は代々のイギリス国民の心に黄金時代としてきざまれ、その輝きを失うことはなかった。黄金演説でエリザベス女王が行なった宣言をイギリス人は喜んで信じたたえてきたのだ。「祖国に対してわたし以上に熱い思いをもち、臣民に対してわたし以上に心をかけ、わが身よりもあなたがたの幸せと安全のために命を投げ出す覚悟のある女王がこの玉座にすわることはないでしょう」

リーダーシップ分析

タイプ：矜持型
特質：カリスマ性、魅力的
似たタイプ：スレイマン大帝、女帝エカチェリーナ
エピソード：エリザベス女王は、先代の王や女王の時代に国を二分した宗教闘争をなんとか制限しようと固く心に決めていた。

芸術・文化

ウィリアム・シェイクスピア

ロンドン演劇界に君臨し英語に新たな命を吹きこんだ、多作な劇作家

出身：イギリス
業績：史上最高のイギリス人劇作家
時期：1592～1611年

ストラトフォード・アポン・エイヴォンの手袋職人で市長もつとめた人物の息子として生まれたウィリアム・シェイクスピアは、役者・劇場支配人として成功するためにあらゆるチャンスを逃さず、やがてはロンドン随一の劇作家になった。彼の作品群は英語で書かれた戯曲の史上最高傑作である。

ウィリアム・シェイクスピアとリチャード・バーベッジ率いる国王一座は1603年5月19日、国王ジェイムズ1世から設立勅許状を交付された。シェイクスピアはその非凡な劇作の才能で大出世し、わずか10年あまりで、ロンドンの傑出した劇作家、国王一座の中心的人物、グローブ座の共同所有者となっていた。

国王一座は劇団としての頂点をきわめた。ジェイムズ王の戴冠式の行列にふさわしいよそおいができるようにと、団員一人ひとりに約4メートルの赤い服地が支給され、一座は1604年3月15日、行列に予定どおり参加した。宮廷からはひんぱんにおよびがかかり、1604年11月から1605年2月にかけて、シェイクスピアの劇『オセロ』、『尺には尺を』、『恋の骨折り損』、『ヘンリー5世』、『ヴェニスの商人』はすべて宮廷で上演された。

シェイクスピアは恵まれているとはいえない境遇から身を起こし、イギリスとスコットランドの国王からひいきにされ称賛されるまでになった。戯曲を見れば、シェイクスピアが作家としてたぐいまれな才能をもっていたことは明らかだが、その才能にくわえ、意欲と野心とチャンスをみきわめる目をかねそなえていたのが大きい。シェイクスピアはストラトフォード・アポン・エイヴォンに生まれ、妻アン・ハサウェイとのあいだに娘のスザンナと双子のハムネットとジュディスという3人の子どもをもうけた。演劇人、詩人として名を上げようと決意してロンドンに出てきたのはその後のことである。

借り物の羽根で着飾った、なりあがり者のカラス

リーダーを志す者ならみなそうだが、シェイクスピアにも行動を起こす勇気と覚悟がみられる。さらにゆるぎない自信があった。しかし成功は試練とも無縁ではない。1592年に同業の劇作家、ロバート・グリーンから「なりあがり者のカラス」と攻撃されている。

この言葉による攻撃はシェイクスピアの成功への反応だったようだ。この頃にはシェイクスピアは、役者兼劇作家としての地位を確立していた。グリーンにこのような皮肉を言われるということは、それまでに演劇界の重鎮何人もの攀鷟をかっていたにちがいない。シェイクスピアは自己宣伝にも巧みなところを見せた。彼は力のあるパトロンたちと知遇を得ていた。それぞれ1593年と1594年に発表した詩「ヴィーナスとアドニス」と「ルークリース凌

数字で見るシェイクスピアの業績

17 作：喜劇

2 篇：物語詩

10 作：悲劇

10 作：歴史劇

118,406 本：セリフの数

154 篇：ソネット

884,647 語：シェイクスピアが世に送り出した新語

辱」は3代目サウサンプトン伯ヘンリー・リズリーに捧げられている。当時、作家として成功するにはパトロンの後援が不可欠だった。ほかにもエセックス伯ロバート・デヴァルーとペンブローク伯ヘンリー・ハーバートがシェイクスピアのパトロンになっている。

劇作家のリーダー

　1594年には宮内大臣一座の重要メンバーとなっていた。宮内大臣一座はのちに設立勅許状を交付され、国王一座と改名している。シェイクスピアはその才能、機知、行動力によって一座のリーダーのひとりにのぼりつめた。一座の筆頭脚本家であり、ときどき役者として出演もし、共同経営者でもあった。収益はすべて一座のメンバーと劇場の共同所有者（「ハウスキーパー」とよばれた）で分けあうが、共同所有者にバーベッジ、バーベッジの父親とともにシェイクスピアも名をつらねていた。

　シェイクスピアは自分の才能を開花させることにまず最大限の努力をそそいだが、出会ったチャンスは絶対に逃さず、自分の芸術には頑固なこだわりを見せた。1590年代前半に宮内大臣一座はショアディッチの劇場座をおもな上演の場としていた。劇場が建っていた土地の借地契約が切れると、団員は自分たちの演劇へのこだわりから、劇場の建物を解体してまるごと川べりの倉庫に移設した。翌年、この建物を模して、サザークの新しい場所にグローブ座を開業した。

年表

- **1564年4月23日**
  ストラトフォード・アポン・エイヴォンに生まれる。

- **1594年**
  宮内大臣一座のメンバーになる。『ルークリース凌辱』と『タイタス・アンドロニカス』を発表。

- **1594年**
  『まちがいの喜劇』をグレイズ・イン法学院で上演。

- **1599年**
  サザークにグローブ座を新築。

- **1601年**
  グローブ座で『リチャード2世』を上演。

- **1602年**
  ミドル・テンプル・ホールで『十二夜』を上演。

- **1603年**
  宮内大臣一座が国王一座に改名。

- **1608年**
  国王一座がブラックフライヤーズ座とグローブ座で上演。

- **1608年**
  『リア王』を発表。

- **1609年**
  『シェイクスピアのソネット』を発表。

- **1610年**
  宮廷で『テンペスト』を上演。

- **1611年**
  ストラトフォードで引退生活に入る。

- **1613年6月29日**
  『ヘンリー8世』上演中にグローブ座焼失。

- **1616年4月23日**
  ストラトフォード・アポン・エイヴォンにて死去。

- **1623年**
  『ウィリアム・シェイクスピアの喜劇、史劇、悲劇』刊行。この作品集は「ファースト・フォリオ」とよばれている。

努力と献身

　全員が獅子奮迅の働きをした。なかでもよく働いたのがシェイクスピアで、1594年から1611年にかけて年間2本の戯曲を書きながら役者もつとめ、劇場の経営にもたずさわった。初期の作品に『真夏の夜の夢』、『タイタス・アンドロニカス』、『ヴェニスの商人』、『ロミオとジュリエット』、『まちがいの喜劇』がある。劇団はまたたくまに成功していった。宮内大臣一座はロンドン随一の人気劇団となり、1595年には宮廷で女王エリザベス1世の御前で上演している。

　1596年にシェイクスピアの父親のジョンが紋章を授与されているが、息子の資金援助があったのはまちがいないだろう。1597年にシェイクスピアは、ストラトフォード・アポン・エイヴォンのチャペルストリートに大邸宅ニュー・プレイスを購入した。故郷に錦を飾ったわけである。翌年、イギリスの牧師で作家でもあったフランシス・ミアズが、シェイクスピアはイギリス最高の喜劇・悲劇作家だと評している。

至高の才能

　シェイクスピアが結実させた才能のなかでも最たるものは、直観力、機知、詩的創造力だった。歴史などの原典から材をとり、忘れがたい印象を残す人物を登場させ、躍動的で美しいセリフがひっぱる、生き生きと真に迫った劇場作品を生み出す。1610年に宮廷で上演された『テンペスト』は最後の作品とされる。主役のプロスペローが劇の最後に魔法の力をすてるのは、シェイクスピアの劇作家としての引退宣言と解釈されてきた。次のくだりはグローブ座についてふれているともとれる。「宴は終わった。この役者たちは、前にも言ったように精霊たちだ。みな空気に溶けてしまった。（中略）大いなる世界そのもの（グローブ）も（中略）やがて消えるだろう」。1611年以降、シェイクスピアはストラトフォード・アポン・エイヴォンでほぼ引退したといってよい生活を送った。

その非凡な生涯で、シェイクスピアはふたつの世界でリーダーとなった。ひとつは1590年代以降、彼が名声を確立したロンドンの演劇シーンのリーダー、もうひとつは後世の人々にくりかえし上演され、愛され、再解釈されつづける時代を超越した世界のリーダーである。同時代の詩人・劇作家のベン・ジョンソンは、シェイクスピアについてこう書いている。「彼は一時代の人間ではない。あらゆる時代に通用する人間だ！」

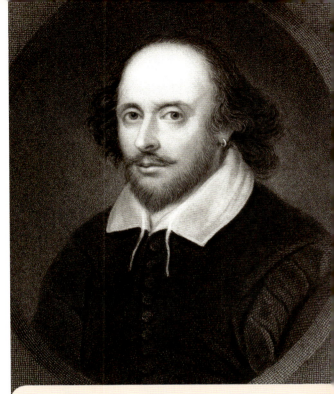

▲ あらゆる時代を通じて最高の作家のひとりとたたえられるシェイクスピアは、現在でも使われている言葉を多数生み出し、英語に後世に残る影響をあたえた。

チャンス

『ジュリアス・シーザー』のセリフには、使えるチャンスはかならずものにするのが肝心だというシェイクスピアの固い信念が表れている。ブルータス「人の世には潮の満ち引きがある。満ち潮にのれば幸運にたどりつくが、逃せば人生の船旅は浅瀬にのりあげてみじめに終わる」。要するに、満ち潮の波にのらなければチャンスを逃しかねないということだ。

シェイクスピアがストラトフォードを出て1590年代のロンドンの演劇界で、中心的人物、ロンドン最高の劇作家としてまたたくまに名をなし出世する過程で、あらゆるチャンスをつかんだように、リーダーはチャンスが来た瞬間に目を光らせ、リスクをいとわず即決する意志をもたなくてはならない。

リーダーシップ分析

タイプ：革新者
特質：野心、発明の才、意欲
似たタイプ：パブロ・ピカソ、ウィンストン・チャーチル
エピソード：シェイクスピアの作品は作家として最多の80言語に翻訳されている。

18 ピョートル大帝

軍事

ロシアを近代国家の仲間入りさせた野心的な改革者

出身：ロシア
業績：ロシアの近代化を果たした
時期：1684年〜1725年

ツァーリ［スラヴ語圏の君主の称号］、のちにインペラートル［皇帝］となったピョートル1世は、独裁的な支配者として文化改革で近代化を進め、ロシアを生まれ変わらせた。大北方戦争でロシア軍がスウェーデンに勝利したことにより、ロシアはヨーロッパの大国としての地位を確立した。

1700年1月1日、ピョートル1世はロシアの社会と文化を西欧に近づける近代化政策の一環として、新暦導入を命じた。軍、貴族、政府、教育、教会の改革とロシア産業の育成によって、ピョートル1世は中世的な慣習を、啓蒙時代にふさわしい近代的で開明的な慣行に置きかえていった。

旧暦は名目上の天地創造を元年としていたが、ピョートル1世は7207年をキリスト誕生を元年とする1700年にあらため、ロシアの暦を西暦に合わせた。また新年の日付をユリウス暦に合わせて変更した。近代化改革にはもうひとつ、1710年の世俗文字導入がある。それまでは教会スラヴ語が用いられていた。

同年、初のロシア語新聞「ヴェドモスチ」（「記録」の意）が創刊された。ピョートル1世の統治下で西欧の文学作品の翻訳が奨励され、ロシア科学アカデミーが設立された。ピョートル1世の肝入りで世俗学校の創設も進められ、この学校は貴族の子弟だけでなく、司祭や聖職者、軍人、政府の行政官の子どもも受け入れた。

独裁者と大貴族の戦い

ピョートル1世の改革政策のかなめは貴族改革だった。1722年にピョートル1世は、貴族の位を授与する新制度、官等表を制定する。従来は世襲貴族でなければ国家官僚になれず家柄で昇進も決まっていたが、ピョートル1世が導入した新制度では、海軍、陸軍、文官共通の14の等級を定めた。最低等級の14等官から8等官になれば、生まれに関係なく貴族の地位を得られた。新しい貴族の出現により、中世からの支配層であった大貴族の権力は大幅に弱まった。

ピョートル1世は中央政府に独裁体制を敷き、既存のやり方を更改していった。1711年には貴族会議を撤廃し、国政の最高機関として元老院を設立してツァーリの勅令の執行にあたらせた。政府の運営業務には1718年に9つの参議会を作り、約80あった非効率的な従来の官庁を廃止した。

現場主義の現実主義者

　ピョートル1世は独裁支配をつらぬく一方で、仰々しさとは無縁の人物だった。華美なよそおいを好まず、古い帽子と靴という質素な身なりか軍服を着ていることが多かった。新しい首都として建設したサンクトペテルブルクでは、外国船から上陸した水夫や造船工らとテーブルを囲んで、ビールを飲みながら時をすごすのがお気に入りだった。さまざまな職業の臣民との交流を楽しむ、地に足の着いたリーダーだったピョートル1世だが、非常に頭がよく、勇気にあふれ強固な意志の持ち主でもあった。状況の変化には現実的に対応したが、一本筋が通っており、つねに国益を考えて行動した。同じように先進的なリーダーとしてムスタファ・ケマル・アタテュルクがいるが、アタテュルクと同じようにピョートル1世も、自分が率いている人々とじかに向きあおうとする人だった。この姿勢は、リーダーが部下を動機づけするうえで非常に効果的なツールとなる。

ピョートル大帝の近代軍

49隻の戦艦

800隻の小型戦艦

- 日常的な軍事訓練
- 軍服
- ロシア製マスケット銃を使用

　ピョートル1世は、ロシア正教会の管理についても改革にのりだした。教会は従来はモスクワと全ロシアの総主教の管轄下にあったが、アダム総主教が1700年10月に逝去すると、ピョートル1世は総主教座を空位とすることを決めた。1721年には総主教座そのものを廃止し、10名の聖職者からなる評議員会である聖務会院を設立し、教会の統治にあたらせた。この評議員会には近代化政策を支持する人物を配置し、ツァーリが任命する聖務会員総監という役職を作って活動の監督をさせた。反対する者には厳しい処罰をあたえ、出版物は検閲した。さらには修道院と教会の財産を没収し、農奴と30歳未満の男性が修道士になることを禁じる布告をして、教会権力を制限した。

軍改革、ロシア海軍を創設

　この最後の施策は、修道士になる男性が多すぎて軍の弱体化をまねいているという懸念によるところもあった。ロシアが国際舞台で活躍するためには、強い軍事力がなくてはならない。ピョートル1世はそれまでの地主の民兵組織と王室近衛兵に代わって、近代的な正規軍を創設した。新しい軍隊は制服を着用し、日常的な軍事訓練を行ない、ロシア製のマスケット銃と迫撃砲と大型銃を装備していた。武器の一部はピョートル1世みずから設計したものだった。1696年には、49隻の戦艦をふくむ大規模な海軍も創設している。

　こうした武器や戦艦を作るためにはロシアの産業育成が必要だった。ピョートル1世は熱心に研究してこの事業に全力で取り組んだ。彼の保護育成策により、企業経営者や実業家が農奴を買って工房や工場で働かせることができるようになった。新たな社会階級が生まれようとしていた。

年表

1672年6月9日
モスクワに生まれる。

1684年
異母兄イヴァン5世と共同統治。

1696年
イヴァン5世死去によりツァーリとなる。

1697〜98年
大使節団の一員として偽名で、オランダ、イギリス、オーストリアに外遊。

1698年
ロシアに帰国、ストレリツィ（皇室親衛隊）の反乱を鎮圧。

1700年
トルコと和平を結ぶ（コンスタンティノープル条約）。

1700年
北方戦争勃発。ナルヴァの戦いで敗北を喫する。

1703年
サンクトペテルブルクの建設開始。

1704年
ロシア軍がナルヴァを制圧。

1709年7月8日
ポルタヴァの戦いでスウェーデンのカール12世に勝利。

1712年
サンクトペテルブルクをロシアの新しい首都とする。

1714年
ガングートの戦いで海戦における初の大勝利。

1721年9月10日
ニスタット条約により大北方戦争終結。

1721年11月2日
インペラトール就任を宣言。

1724年
ロシア科学アカデミー設立。

1725年2月8日
サンクトペテルブルクにて死去。

実務家としての一面

　この近代化政策を成功させるため、ピョートル1世は工業の知識と西欧の近代的な慣行を実地に学ぶ必要があると考えた。1697年から98年にかけて、彼は身分を隠し大使節団の一員として海外各地をまわる。目的はトルコに対抗する同盟の維持強化と実地調査の二本立てだった。兵曹長ピョートル・ミハイロフの偽名で、オランダのサールダムにあったオランダ東インド会社所有の造船所で4カ月間船大工の修業をし、ロンドン近郊のデプトフォードにあったイギリス海軍の造船所でも働いた。数人の専門家をロシアに招聘し、博物館、学校、武器庫、工場を見学、さらにはロンドンの貴族院の会議にまで同席している。

　ピョートル1世のリーダーシップを特徴づける要素のひとつが、大使節団同行の際の現場主義的なアプローチである。彼の治世で最大の軍事行動となった対スウェーデンの北方戦争では、海軍、造船所、戦場とあらゆる面にエネルギーをそそいだ。北方戦争初期のナルヴァの戦いでの敗北をふりかえり、「必要に迫られて怠惰は追いやられ、わたしは昼夜なく働いた」と語っている。

下の立場からの視点

　ピョートル1世は大使節団に偽名で参加した際、造船所の仕事を一労働者の視点から見る体験をした。軍隊でも最下級からスタートしている。リーダーがもっとも低い地位の人間の立場をほんとうの意味で理解していると、部下全員を利するよい意思決定をしやすくなる。この点で、ピョートル1世はナポレオン・ボナパルトに似ていた。ナポレオンは一砲兵士官の地位から権力の座にのぼりつめたため、将兵とは肩の力を抜いた交流をし、いっしょに焚火を囲んですごしたことで知られている（96ページ）。

ピョートル1世（この肖像画はフランス人画家ジャン・マルク・ナティエによる）は幼時から戦争ごっこを好み、航海に関心をもっていた。

　ピョートル1世はみずから立てた戦略によって、1709年のポルタヴァの戦いでスウェーデンのカール12世軍に対しロシアの大勝利をもたらした。1714年には現在のフィンランドのハンコ半島近くにあたるリーラハティ湾で行なわれたガングートの戦いで、彼が心血をそそいで育て上げたロシア海軍がスウェーデンとの海戦で初の大勝利をおさめた。ピョートル1世は北方戦争中の講和条約調印にもすべてみずから目をとおした。その最後となったのは1721年9月10日のニスタット条約で、この和約によりロシアはバルト海東岸の支配権を手に入れた。

　しかしこの現場主義が彼の死をもたらすことになる。1724年にピョートル1世はフィンランド湾で座礁し立ち往生していた船を目撃し、水夫たちを助けようと凍てつく海に果敢にも飛びこんだ。それがもとで風邪にかかり、完治しないまま1725年2月8日に死去した。ピョートル1世の軍事面での業績によってロシア帝国は領土を拡大し、彼が行なった各種の改革によってロシアという国とその未来は変わった。彼はロシアを、ヨーロッパで重要な役割を果たす近代国家にしたのである。

リーダーシップ分析

タイプ：改革者
特質：現場主義、勤勉
似たタイプ：ムスタファ・ケマル・アタテュルク
エピソード：西欧化政策の一環として、ピョートル1世は農民と聖職者以外の者がひげを生やすことを禁じた。

軍事

19 フリードリヒ大王

絶対権力を行使して帝国の近代化を果たした支配者

出身：プロイセン
業績：絶対権力を濫用することなく活用し、プロイセンを大帝国に育て上げた
時期：1740〜86年

フリードリヒ大王は訓練のいきとどいた軍隊を率い、七年戦争で空前の成功をおさめ、プロイセンをドイツの強国にする一方、啓蒙的な専制君主として国を統治した。

　1763年2月15日に調印されたフベルトゥスブルク条約によってドイツの七年戦争は終結し、プロイセンのフリードリヒ2世はシュレージエンを手に入れ、ヨーロッパの大国としてのプロイセンの地位を固めた。軍事の才に恵まれ規律に厳しかったフリードリヒ2世は、プロイセン軍を他国の手本と認めさせるまでにする。また啓蒙的な専制君主として絶大な影響力をふるった。
　七年戦争の争点となった問題は、フリードリヒ2世の統治がはじまった直後に端を発している。1740年に即位したフリードリヒ2世は、プロイセンを強国にしようと大きな野心をいだいていた。オーストリアの国力が弱まったと見て——神聖ローマ帝国皇帝カール6世が逝去し、娘のマリア・テレジアが後継者となっていた——フリードリヒ2世は大胆な軍事行動を重ね、1745年には裕福で戦略的な要衝だったオーストリアのシュレージエン地方を手中におさめていた。
　1756年夏、フリードリヒ2世はオーストリア、ロシア、フランスによる攻撃が計画されていることに気づき、先制攻撃に出る。ザクセンに侵攻し首都のドレスデンを占領したのである。これが七年戦争のはじまりとなった。プロイセンはフランス、オーストリア、ザクセン、ロシア、スウェーデンと何度となく対戦し、プロイセン支援にまわったのはイギリスとハノーファーのみだった。この戦争では遠い北米とインドまで戦場となり、フランスとイギリスが戦った。
　フリードリヒ2世は大胆に戦争を指揮した。彼の（そしてプロイセンの）命運は大きく上下した。ロスバッハの戦いとロイテンの戦い（ともに1757年）では大勝利をおさめるが、ホッホキルヒの戦い（1758年）とクネルスドルフの戦い（1759年）では惨敗する。1759年以降はプロイセンの立場はしだいに絶望的な様相を呈し、フリードリヒ2世は自殺まで考えた。しかし敵国は有利な情勢を生かしきれず、フリードリヒ2世はかろうじて望みをつないだ。1762年にロシアのエリザベータ女帝が逝去し、甥のピョートル3世が即位すると、フリードリヒ2世の運命は変わった。ピョートルはフリードリヒ2世の崇拝者だったため、対プロイセン同盟から撤退したのである。このロシアの行動により、フベルトゥスブルク条約の調印が実現した。フリードリヒ2世は強い決意と一歩もしりぞかぬ信念によって、プロイセンにとって決定的な勝利をものにしたのである。

勇敢ですぐれた戦略家

フリードリヒ2世はいつもみずから軍隊の指揮をとった。戦時にはプロイセンの一般の兵士が着るような飾り気のない青い上着を着て、将兵と困難や苦しみをともにした。軍人としてのキャリアのあいだに、乗っていた馬を6頭も撃ち殺されている。

彼は史上最高の将軍のひとりに数えられている。ナポレオン・ボナパルトはフリードリヒ2世を深く尊敬していた。フリードリヒの戦術もよく研究しており、1807年にはポツダムにある彼の墓を訪れたことでも知られている。そこでナポレオンは将校たちにこう言った。「諸君、この偉大な人がいま生きていたら、わたしはここにこうしてはいないだろう」

プロイセンの軍事理論家で『戦争論』（1816～30）の著者カール・フォン・クラウゼヴィッツは、フリードリヒ2世とナポレオンを将軍のなかでも傑出した存在とたたえた。とくにフリードリヒ2世について、巧みで迅速な部隊の動かし方を称賛している。

▲ 画家アントワーヌ・ペーヌによるこの肖像画は1736年、即位前の若きプリンスだったフリードリヒ2世24歳のときのもの。はじめての従軍の直後だった。

規律正しい軍隊

ナポレオン同様、フリードリヒ2世は規律に厳しかった。敵国よりも速く行進し、マスケット銃の装填と射撃を速く行なうよう自軍の兵士たちを訓練した。彼は規律を徹底させることの効果を信じていた。失敗への恐怖心を植えつけるからだ。兵士は敵より上官をおそれるべきだと公言している。

フリードリヒ大王といえばかならず連想される斜行戦術は、スピードと規律が決め手だった。司令官は敵が移動できないよう小規模な部隊を後ろにひかえさせておき、主力部隊を敵の側面の攻撃に集中させる。側面攻撃を使えば、数の上でおとる軍隊でも大規模な軍を圧倒できた。フリードリヒ2世はホーエンフリートベルクの戦い（1745年）とロイテンの戦い（1757年）でこの戦術を使った。後者の戦闘では、彼の約3万6000の軍が8万強のオーストリア軍を破っている。

フリードリヒ2世の持論は、戦争は「短くあるべき、迅速に終わらせるべき」だった。すべてを賭して決然と全力で攻撃をしかけることが多かった。それだけ自分の軍を信頼していたのである。どの分野のリーダーも、なんらかの措置や戦略を実行する際、迅速かつ効果的に行なうには準備と規律が必要だということを覚えるものだ。ここぞというとき、成功するリーダーは決断力と勇気で行動を起こす。ユリウス・カエサル、フリードリヒ大王、ナポレオンがそうだった。

年表

1712年1月24日
ベルリンに生まれる。

1730年
プロイセンからの逃亡をはかるも捕えられ、幽閉される。

1734年
初の従軍。

1740年5月31日
父親のフリードリヒ・ヴィルヘルム1世の死により王位継承。

1740年12月16日
シュレージエン侵攻、オーストリア継承戦争の口火をきる。

1745年6月4日
ホーエンフリートベルクの戦いでオーストリアとザクセンの連合軍を破る。

1745年12月25日
ドレスデン条約でシュレージエンを獲得。

1756年
ザクセンを侵攻、七年戦争勃発。

1757年11月5日
ロスバッハの戦いでフランス・オーストリア連合軍を破る。

1757年12月5日 ロイテンの戦いで自軍をはるかに上まわる規模のオーストリア軍を大敗させる。

1758年10月14日
ホッホキルヒの戦いでオーストリア軍に惨敗する。

1759年8月12日
クネルスドルフの戦いでロシア・オーストリア連合軍に惨敗する。

1763年2月15日
フベルトゥスブルク条約により七年戦争終結。

1772年
第1回ポーランド分割により領土獲得。

1786年8月17日
ベルリン近郊のポツダムにて死去。

敵の意表をつく

フリードリヒ2世は臨機応変に動いて敵の意表をつくことを重視し、こう述べている。「敵がもっとも予想していないことをやるほど、成功の確率が高い」。敵が山脈で背後を守る布陣を敷いたら、山脈を迂回して思いがけない方角から攻撃し、不意打ちをくらわせる。敵が川沿いに軍を配備し特定の渡河地点を防御していたら、浅瀬を探して相手がまったく予想していない場所から攻撃をしかける。

リーダーは反対派やライバルを動揺させるため、予想外の行動をとる能力を養うとよい。強さだけでなく老獪さもリーダーには必要だ。フリードリヒ2世自身の言葉を借りれば、戦いにおいてはライオンの皮もキツネの皮もかぶるべきなのだ。

王としての使命感

父親のフリードリヒ・ヴィルヘルム1世やイギリスのヴィクトリア女王と同じように、フリードリヒ2世には国王としての強い使命感があった。彼は君主を「国家の魂」になぞらえ、自分の個人的な欲求よりも、国にとって必要なものを優先させることに徹した。グループ、部門、会社にとって必要なことを優先できる能力は、リーダーとして重要かつ周囲に好印象をあたえる資質であり、部下の忠誠心を醸成して鼓舞し、仕事に邁進させる。規律と自分や部下の業績を伸ばしたいという欲求によって育てることができる資質だ。リーダー自身に規律が身についていれば、部下にも規律を期待し要求できる。

芸術のパトロンとして

軍事以外にも、フリードリヒ2世はプロイセンの行政や法の近代化に取り組み、芸術の大パトロンとして首都ベルリンの主要な建築物を残している。ベルリン国立歌劇場、ベルリン国立図書館、聖ヘトヴィヒ大聖堂はいずれも彼の治世に建設された。また、ポツダムの夏の離宮としてサンスーシ宮殿をロココ様式で建てた。

音楽にも傾倒し、フルートを演奏したほか、4つの交響曲とフルートのためのソナタを100曲書いている。宮廷音楽家にはC・P・E・バッハがいたが、その父親のJ・S・バッハは1747年にポツダムでフリードリヒ2世と会っており、フリードリヒ2世が作曲したテーマをもとにフーガとカノンの曲集『音楽の捧げもの』を書いている。哲学にも関心をもち、啓蒙主義の中心人物たちと文通を続け、ロシアの女帝エカチェリーナと同じく、ヴォルテールと親交を結んだ（86ページ）。

フリードリヒ2世の統治はドイツの発展にも大きな影響をあたえた。ドイツの覇権をめぐるオーストリアとの長年にわたる激しい確執の端緒を作ったのはフリードリヒ2世であり、その決着をつけたのは時代が下って1866年、プロイセンの宰相オットー・フォン・ビスマルクがオーストリアに屈辱的な敗北をあたえた電撃戦だった（114ページ）。専制君主ながら啓蒙主義時代の思想運動に影響を受けたフリードリヒ2世は、啓蒙君主として知られる女帝エカチェリーナと神聖ローマ皇帝ヨーゼフ2世に大きな影響をあたえた。また、彼がかかわった建築物群は後世に残る財産となっている。

フリードリヒ2世は数百年にわたって、ドイツのリーダーたちの理想となってきた。ナチ時代にはアドルフ・ヒトラーの先駆者とされたたえられている。使命感と規律を大切にした彼の信念はドイツとヨーロッパ全土に生きつづけている。

▲ 芸術家でもあった王——アドルフ・フォン・メンツェルの絵には、サンスーシ宮殿でのコンサートで、音楽家に交じってフリードリヒ2世がフルートを演奏している姿が描かれている。

リーダーシップ分析

タイプ：野心家
特質：規律正しい、大胆
似たタイプ：ユリウス・カエサル、女帝エカチェリーナ、ナポレオン・ボナパルト
エピソード：プロイセンの人々はフリードリヒ2世に親しみをもち、デア・アルテ・フリッツ（老フリッツ）の愛称でよんだ。

政治・社会

女帝エカチェリーナ

ロシア帝国が世界のリーダーとなる下地を作った啓蒙主義の改革者

出身：プロイセン
業績：芸術の大パトロン、ヨーロッパの大国としてのロシアの地位を固めた
時期：1762～96年

女帝エカチェリーナはピョートル大帝の業績を足がかりに、ヨーロッパの大国としてのロシアの地位を固めた。芸術と学問の大パトロンでもあった彼女は、同時代の偉大な思想家の多くと交流した。

女帝エカチェリーナは1795年、かつてフランス王妃マリー・アントワネットの宮廷画家だったルイーズ・エリザベート・ヴィジェ・ルブランをサンクトペテルブルクに熱烈に迎え入れた。文学、教育、芸術の大パトロンだったエカチェリーナは、ロシアにきらびやかな貴族社会を築き上げた。ロシアの領土が大幅に拡大し、大規模な行政改革も行なわれた彼女の専制支配の時代は、ロシアの黄金時代とされている。

ヴィジェ・ルブランは貴族や王族の肖像画を何枚か描いているが、そのなかにエカチェリーナの孫娘アレクサンドラとエレナのものがあった。1835～37年に出版されたヴィジェ・ルブランの回想録には、間近に見た女帝の姿が生き生きと描写されている。「公の場にお出ましになるときの女帝は、頭を高く上げ、鷲のようなまなざしで、命令することに慣れた者の表情をしておいでだった。その風格はまるで全世界の女王であられるかのようだった」とエカチェリーナについて書いている。

みずから芸術への愛を公言していたエカチェリーナは、回想録、喜劇、小説を執筆し、オペラの作曲に取り組んだことさえあった。プロイセンのフリードリヒ大王やオスマン帝国のスレイマン大帝と同じく、彼女も芸術のパトロンであり、またみずからも積極的に芸術にかかわった。その治世のあいだにロシアにおける文学評論を確立し、科学の発展を奨励した。15年にわたって文通したフランスの文筆家ヴォルテールは、彼女を「北方の星」とたたえた。

スキャンダラスな出発

エカチェリーナの即位は正統な形ではなかった。そもそもロシア人ではなく、プロイセンの君主の娘だった。ロシアの皇太子ピョートル大公と結婚し、1762年に夫が帝位を継いでピョートル3世になると、エカチェリーナも皇后になった。しかし1年たらずのち、彼女はクーデターで帝位につき、夫は退位を余儀なくされまもなく殺害される。エカチェリーナには軍と西欧志向の啓蒙派貴族たちの支持があった。ロシアでもっとも教養が高い人間のひとりという評判をすでに築いていたからである。エカチェリーナは全ロシアの女帝・専制君主

を宣言した。

啓蒙主義とのかかわり

　エカチェリーナは西欧を手本にロシアを作りかえようとした際、フランスと啓蒙思想家たちにヒントを求めることが多かった。エカチェリーナがリーダーとして成功するうえで欠かせない要素となったのは、重要な支援者からヒントを引き出し、接触をもつ能力である。フランスの啓蒙主義とかかわりをもち、ロシアの宮廷にヨーロッパの著名な芸術家や作家や思想家を招き入れたことで、統治者としておおいに箔がつき、啓蒙主義の君主としての評判が高まった。

　エカチェリーナの文通相手はヴォルテールだけではない。ディドロやダランベールというフランスの啓蒙思想家もいた。またパトロンとして実際に支援の手をさしのべた。帝位についてまもない1762年、1751年からディドロとダランベールが発行してきた『百科全書』（正式には『百科全書、または学問・芸術・工芸の合理的事典』）にフランス政府が圧力をかけていると聞きつけると、ディドロに書簡を送り、ロシアに移住して自分の宮廷で百科全書を完成させればよいと申し出ている。

　芸術と文化の振興に対するエカチェリーナの肩入れぶりは、サンクトペテルブルクにあるエルミタージュ美術館のコレクションとして後世に残っている。そのもととなったのは、エカチェリーナが個人的に所有していた膨大な数の絵画だった。

チャーミングでエネルギッシュ

　エカチェリーナは大きな魅力と高い知性、そして多大なエネルギーの持ち主だった。つねに愛人を絶やさなかったところにもそれが

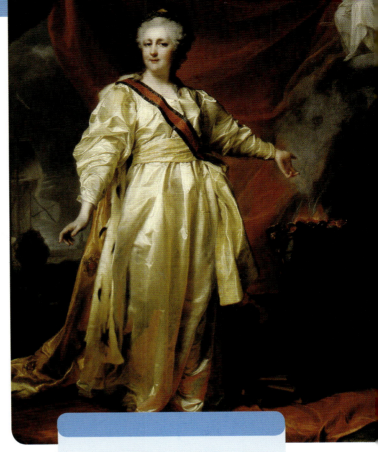

形として示す

　リーダーの権力と威光を形として示すのは、状況さえまちがわなければ非常に効果的である。もちろん、実際の権力の裏づけがなければ滑稽にみられる危険がある。1787年にエカチェリーナの元愛人で当時トップクラスの大臣だったグリゴリー・ポチョムキンは、1783年にロシアがトルコから併合したクリミアへの行幸を計画する。エカチェリーナはその一部を川で旅し、彼女の一行は「クレオパトラの船団」として知られた。複数の外交官とオーストリア皇帝などの大物がご機嫌とりに訪れた。

　上の肖像画はドミトリ・グリゴリエヴィッチ・レヴィトリによる1780年のエカチェリーナ。

年表

1729年5月2日
プロイセンのシュテッティンに生まれる。

1745年8月21日
ロシア帝国皇太子、ピョートル大公と結婚。

1762年1月5日
エリザベータ女帝死去、ピョートルが皇帝に即位。

1762年7月9日
ピョートル退位、エカチェリーナが単独支配者となる。

1762年7月17日
ピョートルが殺害される。

1762年
聖職者の財産を国有化する。

1764年
スモーリヌイ女学院創設。

1767年
モスクワにて立法委員会開催。

1773年
農民とコサックの反乱を鎮圧。

1774年
グリゴリー・ポチョムキンが愛人となる。

1774年
ディドロがロシアを訪問。

1783年
クリミアを併合。

1785年
貴族への特許状。

1786年
ロシア国民教育法。

1787年
クリミアに行幸。

1796年11月17日
サンクトペテルブルク近郊にて死去。

表れている。そのひとりで貴族のグリゴリー・ポチョムキンは彼女の側近として輝かしい経歴を築いた。

　エカチェリーナはロシアで啓蒙思想を実践しようと考えた。1767年に、モスクワに農奴を除くあらゆる階級から652名を招集して委員会を開き、ロシア帝国の新しい法制度について意見を求めた。また「ナカース（訓令）」という法典・憲法の草稿を執筆した。これはフランス啓蒙主義の理想、とくに政治哲学思想家モンテスキューの『法の精神』に大きな影響を受け、彼女の言によれば「わが帝国のためにぶんどってきた」ものであった。エカチェリーナはフランス語に訳した「ナカース」をヴォルテールに、ドイツ語訳をプロイセンのフリードリヒ大王（82ページ）に送り、ディドロは1774年にロシアを訪れた際に草稿を読み、批評を書き残している。しかし委員会は数カ月にわたって200回以上開かれたものの、審議の結果が実行に移されることはなかった。

　1773年に、元コサック兵エメリヤン・イヴァノヴィッチ・プガチョフ率いるコサックと農民による大規模な反乱が起こり、エカチェリーナは考えをあらためる。一時は農奴の解放も検討していた彼女だったが、むしろ貴族支配を強めることにした。1785年の「貴族への特許状」によって、貴族の権力は強固なものとなった。

教育改革

　教育の分野では、エカチェリーナは西欧のモデルにヒントを得た学校教育の新しい理論と制度によって、より開明的で先進的な新生ロシアを建設できるはずと考えていた。この目標に向かって教育委員会を設立し、委員会は農奴を除くすべての臣民（5〜18歳）のための学校制度の創設を提言した。

　委員会による改革の提言は実行に移されな

かったが、エカチェリーナは教育のほかの分野の改革に尽力した。子どもの教育の手引きを執筆し、貧困家庭や望まれなかった子どものための孤児院をモスクワに設立し、貴族の子女のための学校、スモーリヌイ女学院を1764年に創立した。この厳格な女子校では、若い女性にフランス語、音楽、ダンスを教えた。成長期の体を温めるのは害になると考えられていたため質実剛健な生活ぶりで、走ったり遊んだりすることは禁じられた。

　当初の教育委員会で実行に移されなかった改革案のいくつかは1766年に実施され、士官学校、海軍士官学校、工学砲術学校の履修課程と実習の改正が行なわれた。1786年には別の教育委員会の報告書にもとづき、国民教育法が布告され、すべての自由民（つまり農奴を除く）に開放された無料の初等学校と中等学校が地方の中心都市に開校した。学校には学年ごとに詳細な履修課程がとりきめられていた。

軍事による領土拡張

　エカチェリーナは重要な行政改革も遂行し、29の地方を再編し、100以上の新たな町を創設した。ロシアの国境を南と西に大きく拡大し、ベラルーシ、リトアニア、クリミアなどの土地を併合していった。1772年と1793年と1795年にプロイセンとオーストリアとのあいだでポーランドを三分割し、ポーランドという国は1918年の国家再建まで完全に消えさることになる。

　エカチェリーナは1796年11月16日に脳梗塞により死去した。ルブラン女史の回想録によると、エカチェリーナの遺体は金の帝冠と銀の錦織のドレスを着せられ、ロシア全土の町の紋章に囲まれた棺に6週間安置されていたという。エカチェリーナは啓蒙専制君主として絶対権力で支配する一方、行政と教育には改革をもたらそうとした。イギリスのエリザベス1世やヴィクトリア女王と同様、エカチェリーナも国家の歴史に一時代として名を残した。エカチェリーナ朝である。彼女の業績はロシアにおいて——ソ連時代でさえ——領土拡張とヨーロッパ中から偉大な文人を集めたきらびやかな宮廷文化と貴族が栄華をきわめた黄金時代として、大きな国民の誇りとともに記憶されている。

リーダーシップ分析

タイプ：人材育成型
特質：精力的、野心的
似たタイプ：フリードリヒ大王、スレイマン大帝
エピソード：ピョートル3世の暗殺を命じたのはエカチェリーナではなかったと思われるが、暗殺者たちとのかかわりからそれが疑われた。

軍事

21 ジョージ・ワシントン

アメリカを統一し独立に導いたカリスマリーダー

出身：アメリカ
業績：アメリカ独立戦争で大陸軍を勝利に導いた／初代アメリカ大統領
時期：1775〜83年、1789〜97年

アメリカ独立戦争で大陸軍の総司令官をつとめ、初代アメリカ大統領となったジョージ・ワシントンは、アメリカ建国の父とたたえられ、あらゆる時代を通じリーダーのロールモデルとなっている。

　1781年10月19日、ヨークタウンでジョージ・ワシントン率いる大陸軍は、イギリス軍のコーンウォリス将軍に降伏を迫った。アメリカ独立戦争の行方を決定した瞬間だった。勇敢かつ高潔で自制心に富み、愛国心の強かったこのリーダーは、ともすれば崩壊しそうになる、装備も貧弱なアメリカ軍をみごとにまとめあげ鼓舞して、強大なイギリス軍に対する勝利に導いた。1789〜97年まで初代アメリカ大統領という最高の栄誉をつとめ上げると、ワシントンの名声はさらに高まった。
　1781年の夏、ワシントンはニューヨーク州ドブス・フェリーで1778年春から連盟していたフランス軍と、マンハッタン島のイギリス軍に対する攻撃計画を練っていた。フランソワ・ジョゼフ・ポール・ド・グラス率いるフランス艦隊が、ヴァージニアにいたコーンウォリス伯率いる別のイギリス軍への攻撃を支援できるという一報を受けると、ワシントンはすぐさま南に行軍し、兵士たちをド・グラスの戦艦に乗せてチェサピーク湾を横断させ、ウィリアムズバーグに上陸させた。
　ヴァージニア州ヨークタウンにいたコーンウォリス軍の包囲は9月28日にはじまった。ワシントン率いる5500の大陸軍は、5000のフランス軍と3500のヴァージニアの民兵団の支援を受けた。コーンウォリスは援軍を期待してできるかぎりもちこたえたが、ワシントン軍は陣地を一つひとつ奪っていき、ついにイギリス軍の将軍は降伏を強いられ、8000の将兵と240の銃がアメリカ側の手に落ちた。アメリカ独立戦争の全面勝利だった。1782年4月に和平交渉がはじまり、1783年9月3日にパリ条約が調印された。

▶ 国家リーダー。ワシントンは晩年、「建国の父」と称されるのを喜んだ。右はギルバート・ステュアートが多数描いた肖像画の一枚。

年表

- **1732年2月22日**
  ヴァージニア州ウェストモアランド郡に生まれる。

- **1753〜55年**
  ヴァージニア植民地軍に従軍。

- **1755年8月**
  ヴァージニア部隊の司令官に任命される。

- **1758年**
  ヴァージニア植民地議会に選出される。軍を除隊。

- **1774年**
  大陸議会の代議員となる。

- **1775年5月**
  第2次大陸議会の代議員となる。

- **1775年6月15日**
  大陸軍の総司令官に選出される。

- **1776年**
  3月、ボストンを占領。
  8月、ロングアイランドの戦いで敗北。
  12月、年末にニュージャージー州トレントンの戦いで勝利。

- **1777年1月3日**
  プリンストンの戦いで勝利。

- **1781年10月19日**
  ヨークタウン包囲戦で勝利。

- **1783年**
  和平条約により戦争終結。軍務をしりぞく。

- **1787年5月25日〜9月17日**
  憲法制定議会の議長をつとめる。

- **1789年4月30日**
  初代アメリカ大統領に就任。

- **1793年3月4日**
  アメリカ大統領2期目に就任。

- **1799年12月14日**
  ヴァージニア州マウントヴァーノンにて死去。

垂範型のリーダー

　ワシントンは模範的な軍事リーダーだった。頑健で勇敢な彼は軍隊生活の危険や困難をすべてともにすることで、部下たちの忠誠心をつちかった。ナポレオン・ボナパルトやプロイセンのフリードリヒ大王のように、そこにいるだけで将兵の士気が上がった（82ページ、96ページ）。

　従軍してまもない1755年、エドワード・ブラドック将軍率いる植民地のイギリス軍兵士としてデュケイン砦でフランス軍と戦っていたとき、ワシントンは重病だったにもかかわらず馬で戦闘に参加し、乗っていた馬を2頭も撃ち殺されている。上着を4発もの弾丸が貫通したが無傷だった。ブラドックが戦死しイギリス軍が敗北すると、ワシントンが部隊を率いて撤退させた。1777年、独立戦争中のプリンストンの戦いでは、アメリカ軍とその支援をしていた民兵組織が当初劣勢となり敗走したが、ワシントンが激しい戦闘のさなかに馬で突撃するのを見て兵士たちはわれに返りふたたび攻撃にくわわった。ワシントンは重圧の下でも、自分を信じ冷静にふるまえることを何度も証明しているのである。

　外見も堂々としてたくましかった。身長188センチメートルあり、背筋がまっすぐ伸びて肩幅が広く、筋肉質だった。一般市民に戻れば——ヴァージニア州マウントヴァーノンに土地を所有する農民だった——乗馬と狩猟の名手として知られていた。

　ワシントンは自分の信じる正義に身を捧げ、なんのためらいもなく個人の利益より公益を優先した。大陸軍の総司令官になったときも、自分が代議員をつとめていた大陸会議が費用を負担するとわかっていたため、報酬の支払いを辞退している（戦後、軍の任務をしりぞいたときに詳細かつ正確な費用明細書を提出したが、その合計はわずか16万74ドルだった）。

▲ トレントンで敵を撃破する直前の1776年のクリスマスに、軍を率いて氷の浮かぶデラウェア川を渡るワシントン。エマヌエル・ロイツェ画。

集団をまとめることに長けた、規律の人

　初期の英雄的活躍によってワシントンの軍人としての名声は不動のものとなり、それが1775年に大陸軍の総司令官に選出された理由のひとつともなった。植民地のイギリス軍に従軍した経験も、独立戦争を指揮するうえで役に立った。戦時中は、集団をまとめる彼の能力が大きな強みになった。まさかの敗北が現実の可能性として迫ることもたびたびあった5年にわたる戦いをとおして、軍と国民を団結させたのである。

　ワシントンは厳格な規律の人で、報酬がわずかで食糧も不十分なうえ装備がおとっていても、将兵は気骨をもつべきだと考えていた。非効率と規律違反、とりわけ部隊間の内紛は厳しく取り締まった。その反面、兵士の待遇と食事の改善を議会に熱心に訴えて、兵士にしたわれた。

障害をものともせず

　まったく勝算のない状況で、ワシントンが軍を大勝利に導いたり部隊の士気を維持したりしたことは一度や二度ではない。1776年末から77年初めにかけて、戦況がどん底にあったときにワシントンがトレントンとプリンストンの戦いで勝利したことは国民を元気づけ、志願兵が続々と参加した。1777年9月にイギリス軍がフィラデルフィアを占領すると、見通しにはふたたび暗雲が立ちこめるが、ワシントンはヴァレーフォージの凍える寒さのなか、飢えに苦しむ疲弊した軍の結束を維持した。

厳しい規律を維持しつつ部下たちを鼓舞するまさにこの能力ゆえに、ワシントンは成功するリーダーの典型といえる。人徳と勇敢さにくわえ、愛国心の強さと無私の献身をかねそなえている、これがワシントンの人物像だ。

使命感

1783年、パリ条約によって平和が訪れた。イギリス軍の撤退に続きアメリカ軍のニューヨーク入りを見とどけて、ワシントンは部下の将校たちに別れを告げ、メリーランド州アナポリスの大陸議会で軍務をしりぞいた。翌日のクリスマスイブに、彼はマウントヴァーノンの広大な地所に帰宅した。

ワシントンは農夫として地主としての生活に戻ることを望んでいたが、1787年5月から9月にかけて、フィラデルフィアで開かれた憲法制定議会の議長として公の場によびもどされる。この議会でアメリカ合衆国憲法が批准された。アメリカ大統領の候補者選びでも、国をまとめ、新国家に対するヨーロッパの尊敬を勝ちとれる候補者は彼しかいないと見られた。ワシントンは選挙人の満場一致で大統領に選出され、ためらいつつも大統領職を受け入れた。

ワシントンは使命感が強く、責任から逃げようとは絶対にしなかった。1回目の大統領就任演説で、次のように述べている。「経済と自然界において、徳と幸福、義務と利益のあいだに分かちがたい結びつきが存在するのは証明されつくした真実です」。ワシントンは清廉潔白できわめて高潔な人物だった。大統領となってからは、国をまとめることに全身全霊で取り組んだ。まず北部を、続いて南部をみずから訪問してまわった。

独立を保つ

大統領となったワシントンは、他国間の戦争にアメリカをまきこまないことに尽力した。1793年にフランスとイギリスが戦争に突入すると、ワシントンはフランスとの同盟を放棄する案を支持する。「他国との政治的しがらみや（中略）影響から自由であるアメリカを望む。（中略）ヨーロッパの列強から、アメリカ人は他国のためでなく自分たちのために行動する、と思われるような国民性を望む」とワシントンは書いている。

1792年、ワシントンは2期目（4年間）に再選されるが、1796年の3期目就任の要請は断わった。1797年3月、彼はふたたびマウントヴァーノンでの引退生活に身をおちつける。1799年12月14日にワシントンは帰らぬ人となった。厳寒のなか数時間馬に乗ってすごしたあと急性咽頭炎に倒れ、2日後のことだった。死去の知らせに国中が悲しみに沈んだ。存命中「建国の父」とたたえられた彼は、死後も敬慕の対象でありつづけた。1861年から65年まで大統領をつ

最高の人材と仕事をする自信

大統領1期目の内閣に、ワシントンはトマス・ジェファーソンやアレグザンダー・ハミルトンのような優秀な人材を指名した。おそらく彼らのほうが能力的には上だったが、ワシントンは彼らをおそれなかった。リーダーの属性として自信がきわめて重要である理由のひとつは、自信があるからこそ最高の人材を集めたチームを作ってマネジメントすることが可能になるからである。イギリスの労働党内閣におけるクレメント・アトリー、アップルにおけるスティーヴ・ジョブズも同じだった（164ページ、215ページ）。

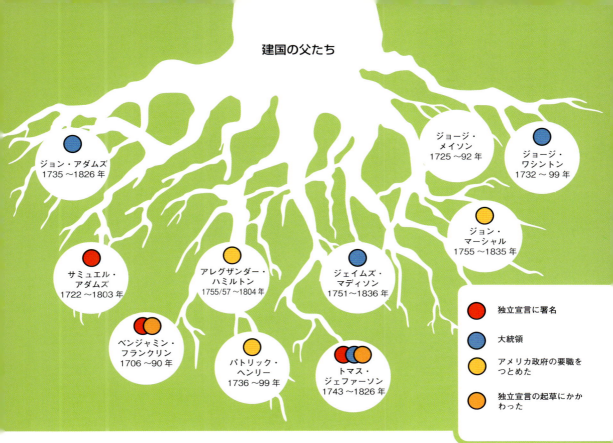

建国の父たち

- ジョン・アダムズ 1735〜1826年
- ジョージ・メイソン 1725〜92年
- ジョージ・ワシントン 1732〜99年
- サミュエル・アダムズ 1722〜1803年
- アレグザンダー・ハミルトン 1755/57〜1804年
- ジェイムズ・マディソン 1751〜1836年
- ジョン・マーシャル 1755〜1835年
- ベンジャミン・フランクリン 1706〜90年
- パトリック・ヘンリー 1736〜99年
- トマス・ジェファーソン 1743〜1826年

凡例:
- 赤: 独立宣言に署名
- 青: 大統領
- 黄: アメリカ政府の要職をつとめた
- オレンジ: 独立宣言の起草にかかわった

とめたエイブラハム・リンカーンの登場まで、ワシントンはアメリカ史で肩をならべる者のない偉大なリーダーとされた。

軍人として尊敬され、大統領として後世の模範となり、リーダーとして愛されたワシントンは、大陸軍の騎兵士官で1791〜94年のヴァージニア州知事となったヘンリー・リー3世が書いた追悼演説の言葉を借りれば、「戦時に一番、平時に一番、国民の心のなかで一番」だった。

リーダーシップ分析

タイプ：まとめ役
特質：独立心、自信、使命感
似たタイプ：ウィンストン・チャーチル、クレメント・アトリー
エピソード：ジョージ・ワシントンにちなんで名づけられたワシントン州は、アメリカで一個人の名前がついた唯一の州である。

軍事

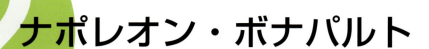

ナポレオン・ボナパルト

ヨーロッパにフランスの覇権を確立した野心あふれる知将

出身：フランス
業績：フランス帝国を築いた
時期：1804〜15年

戦闘では大胆、軍事作戦では才智に長けたコルシカ島出身の将軍ナポレオン・ボナパルトは、軍と国民の熱狂的な支持を勝ちとってフランス皇帝にのぼりつめ、ヨーロッパの大部分を征服した。

「鋭い一撃で戦争は終わる」。1805年12月2日、この言葉とともにナポレオン皇帝は、アウステルリッツの戦いでプラツェン高地を占領していたロシア・オーストリア連合軍に対する困難な攻撃を命じた。ナポレオンの軍事的天才ともち前の大胆さが、フランスに圧倒的な勝利をもたらした。彼の輝かしい戦績のなかでももっとも有名な勝利のひとつである。

1805年夏、ロシアとオーストリアの脅威に対抗するため、ナポレオンはイギリス侵攻計画を断念し、フランス沿岸部から引き返した。10月20日、バイエルンのウルムの戦いであざやかな軍事作戦によってオーストリア軍の裏をかき、将軍カール・マック・フォン・ライベリヒを3万の兵とともに捕虜にした。11月にはウィーンがフランス軍の手に落ちる。アウステルリッツの戦いでは、ナポレオンはわざと右翼を手薄にした布陣にしてロシアとオーストリア連合軍の攻撃を誘い、敵軍の中央部をたたく戦略をとった。

作戦はあたった。敵陣の中央部への攻撃によってプラツェン高地は陥落した。ロシア・オーストリア連合軍は分断され、フランス軍の圧勝となった。死傷者数1万5000、1万1000人が捕虜となった。この勝利で第3次対仏同盟は解体し、歴史ある神聖ローマ帝国は滅亡した。そしてドイツ諸侯がナポレオンを庇護者としてフランス支配のもとに連合した、ライン同盟が成立した。神聖ローマ帝国のフランツ2世は退位したが、オーストリア皇帝フランツ1世として帝位にとどまった。

ナポレオンは、ちょうど1年前のパリでのみずからのフランス皇帝戴冠式と同じ日に起こったアウステルリッツの戦いを将軍として指揮した最良の戦いだったと考え、勝利を記念してパリに高さ50メートルの凱旋門の建設を発注した。

大胆さ、決断力、勇気

アウステルリッツの戦いで見せた大胆さとリスクをいとわない姿勢が、将軍として、リーダーとしてのナポレオンの真骨頂だった。自分に分があると見れば決然と行動に出る。敵軍の弱い部分めがけて自軍の主力を一気に突撃させる。それによって自軍の布陣に弱い部分が

できるとしてもためらわなかった。戦術が成功すれば、ナポレオンの兵は敵陣に切り開いた空隙になだれこみ、後部か側面から残りの敵を攻撃する。

　緩急自在に力を集中させ、敵の最大の弱点をピンポイントでたたく技術によって、ナポレオンは数の上ではおとる軍隊でも勝つことができた。その秘訣は、軍隊を機動力のある独立したグループに分割して、敵の情報伝達をかく乱し、多方向から同時に攻撃させたことである。ウルムの戦いでマック将軍に屈辱的な敗北をあたえた1805年秋の軍事作戦では、こうしたテクニックをみごとに駆使した。動きが速く、部下に自律的に行動する権限をあたえるリーダーは、大きな成果を得ることが多い。相手が迷っているあいだに、優位に立ったり完全な勝利をものにしたりできるのだ。「戦争には好機は一度しかない。それをつかむのが腕というものだ！」とナポレオンは言っている。

　しかしナポレオンはもちろん無謀ではなかった。時機を待つすべを知っていた。そのうえで大胆に行動するのである。そのコツは、ナポレオンの言によれば、敵が過ちをおかすのを邪魔しないことだという。敵のミスを待って、その恩恵を享受するのだ。軍事力がおとっているなら、時間を稼ぐのが戦争の技術である、とナポレオンは発言している。

▲ 英雄的ポーズをとるナポレオン。1800年にフランス軍を率いてグラン・サン・ベルナール峠を通ってアルプス越えをしているところをジャック＝ルイ・ダヴィッドが描いた。

明晰さと威厳

　ナポレオンをつき動かしていたのは野心――自分自身のため、そしてフランスのため――だった。敵はナポレオンの身長の低さ――167センチメートル――をおおげさに言い立てたが、これは当時としては平均的な身長である。ナポレオンには強烈な存在感があり、その意志の強さは並大抵ではなかった。事実や地図を記憶するのが得意で、チェスの達人のような戦略的知性の持ち主であり、今日にいたるまでトップクラスの軍事戦略家に数えられている。

　ナポレオン自身は、戦争の指揮官として重要な資質は平常心と明晰な頭脳だと考えていた。よい知らせに浮足立ったり悪い知らせに自暴自棄になったりしないことが、リーダーには肝要だという。情報は時々刻々と入ってくる。それをしまっておいて後で活用するのが、成功するリーダーである。

　ナポレオンは、軍事作戦の成功は情報を逃さないことにかかっていると考えていた。みず

年表

1769年8月15日
コルシカ島に生まれる。

1798年
ピラミッドの戦いに勝利しカイロ占領。

1799年
フランスに帰国、クーデターを起こし第一執政となる。

1800年
マレンゴの戦いでオーストリアに勝利。

1802年
アミアンの和約。終身執政となる。

1804年
元老院によりフランス皇帝に即位。

1805年
ウルムの戦いとアウステルリッツの戦いでオーストリアに勝利。

1806年
イエナ・アウエルシュタットの戦いでプロイセンに勝利。

1807年
フリートラントの戦いでロシアに勝利。

1808～14年
半島戦争。

1812年
ロシア侵攻、ボロジノの戦いに勝利するも壊滅状態で撤退。

1813年
ライプツィヒの戦いでロシア・オーストリア・プロイセン・スウェーデン連合軍に敗北。

1814年4月
連合軍がパリを占領。退位、エルバ島に追放される。

1815年
エルバ島を脱出、百日天下。8月にワーテルローの戦いに敗れ退位、セントヘレナ島に追放される。

1821年5月5日
セントヘレナ島にて死去。

から指名した若手将校を情報収集と偵察に送りこんだ。あたえる命令は明確で詳細だった。説明不足から生じた誤解のために時間をむだにしたり、チャンスを逃したりしたくなかったからだ。これはどの分野のリーダーも見習いたい点である。

直観力

ナポレオンは軍事戦略を、アレクサンドロス大王、ユリウス・カエサル、フリードリヒ大王（22ページ、26ページ、82ページ）など過去の名将たちに学んだ。しかし戦闘を率いる者のすぐれた真髄は、本からは学べないとも言っている。つきつめれば勝敗を左右するのは、戦闘のさなかで行なう決断の巧拙、すなわち直観力や天賦の才ということになる。戦場では、ナポレオンは将兵たちと緊密な絆を築いた。1796年にイタリアのフランス軍の司令官に任命された直後、彼はオーストリア軍が守っていたロンバルディアのロディ橋

勝利の誇示

アウステルリッツの戦いに勝利したのち、ナポレオンはパリに凱旋門を作らせただけでなく、ヴァンドーム広場に戦利品の大砲を材料にした円柱を建てさせた。リーダーの権力が安泰であるかぎりは、勝利を誇示することがリーダーシップにふさわしい場合もある。ナポレオンは戦況報告の発信や戦勝メダルの発行など、積極的なプロパガンダで自分のイメージを醸成した。前述の戦勝記念建造物では、全能者のイメージを作り出そうとした。そのもくろみは成功した。ナポレオンの名声は敵軍に恐怖をあたえたのである。

の攻撃を指揮したが、この戦いは軍事史の語り草となっている。彼は無防備な位置に馬で飛び出し、「共和国万歳（ヴィヴ・ラ・レピュブリック）」という歓呼のなか、将兵たちを勝利へと鼓舞する熱烈な演説を行なった。のちに兵士たちはナポレオンを、親しみをこめて「小伍長（ル・プティ・カポラル）」の愛称でよぶようになった。

後年もナポレオンは、焚火を囲む将兵たちのあいだをまめにまわった。彼自身も一介の砲兵から高位にのぼりつめた人間だったから、兵士たちと自然に心をかよわせることができた。兵士たちはナポレオンのためならなんでもしようという気概にあふれていた。ナポレオンは、兵士たちを自分が歴史を作っているという気持ちにさせたからだ。

ナポレオンは自分が大胆に動くときは、配下の部隊にも大胆さを求めた。勇気と気迫は数の不利を補ってあまりあるという信念があった。「精神が3とすれば、肉体は1だ」と言っている。ナポレオンは自軍に信頼を置いていた。彼の自信と楽観的な態度——くわえて将軍としての実績——が兵士たちの忠誠心を勝ちとり、つなぎとめた。彼は兵士たちに絶対の信頼をよせ、兵士たちも献身的な戦いぶりでそれにこたえた。

ナポレオンが自信をもって行動する大切さを理解していたのはまちがいない。ナポレオンはこんな言葉を残している。将軍は自分の状況の問題点は見えるが、敵のかかえる問題点まで見えるわけではない。不安を表に出してしまう者は敵やライバルをつけあがらせるが、自信を見せる者は相手を不安にさせる。性格の強さと名声そのものがナポレオンの武器だった。イギリス軍司令官ウェリントン公は、ナポレオンが戦場にいるだけで4万の兵力に値すると述べている。ナポレオンは上から下まですべての兵士を奮いたたせて大きな働きをさせたからだ。

ナポレオンの遺産

軍の司令官として、独裁的統治者として、ナポレオンはヨーロッパの様相を一変させた。戦場を離れると、彼はフランスに後世まで続く大改革をもたらした。フランス銀行の設立、カトリックの再国教化、ナポレオン法典という大きな影響力をもつ法制度の導入などである。ナポレオンが軍事の天才だったことは疑いの余地がない。当代随一の名将はだれかと問われ、ウェリントン公は「当代も、過去の世も、いつの世も、ナポレオンだ」と断言した。軍と国を結束させ、この人のため、フランスのためにと勇猛果敢に戦わせた手腕において、ナポレオンは史上最高のリーダーのひとりといわざるをえないだろう。

リーダーシップ分析

タイプ：戦略家
特質：大胆、リスクをおそれない
似たタイプ：アレクサンドロス大王、ユリウス・カエサル、フリードリヒ大王
エピソード：当時のイギリスの童謡には、「ボナパルトが来るよ」と言って泣いている子どもを泣きやませようとするものがある。

23 シモン・ボリバル

ラテンアメリカに自由を勝ちとった意志の強い革命家

軍事

19世紀初頭にラテンアメリカのスペイン支配に抵抗する戦いを率いた「解放者」、シモン・ボリバルは、先を見通す目をもった政治家でもあった。不屈で機略に富んだボリバルは、ラテンアメリカ解放の夢を実現するまで奮闘を続けた。

出身：コロンビア
業績：ベネズエラ、コロンビア、パナマ、エクアドル、ペルー、ボリビアをスペイン支配から解放した
時期：1808～30年

　1815年、母国ベネズエラの支配権奪還に失敗し、ジャマイカに亡命したシモン・ボリバルは、絶望の底に沈んでもおかしくなかった。しかし、戦いを続ける決意を固めていた彼は気力をふりしぼって「ジャマイカ書簡」を執筆し、そのなかで「対スペインに向け団結していたわれわれの絆は断たれた」と言明し、スペイン語圏のアメリカ全土に立憲共和国を建国するというヴィジョンを描いた。
　ボリバルらはベネズエラ第一共和国樹立を宣言し、スペイン支配下にあったアメリカ植民地の独立を志したが、この最初の試みは1812年7月、休戦ののちベネズエラがふたたびスペイン支配下に戻ることで挫折に終わっていた。その後、ヌエバ・グラナダ王国（現在のコロンビア）のカルタヘナへの亡命期間をへて、ボリバルは独立をめざし大胆な軍事行動を開始する。ベネズエラ国内で6度もの戦いに勝利し、1813年8月6日、カラカス入りを果たす。カラカスでは「解放者」として迎えられ、政権をにぎった。しかし、このベネズエラ第二共和国も長続きはせず、1814年にカラカスは、ホセ・トマス・ボベス率いるスペイン王党派軍の手に落ちた。敗北したボリバルはヌエバ・グラナダに落ちのび、さらにジャマイカに渡った。

自由へのヴィジョン

　「ジャマイカ書簡」——先見の人、ボリバルの著作のなかでも最高傑作とされる——はジャマイカ在住のイギリス人ヘンリー・カレンに宛てた公開書簡である。スペイン支配への抵抗は正当なものである、なぜならスペインはこれまでラテンアメリカ人に対して奴隷同然の扱いをしてきたからだ、とボリバルは説いた。直近の挫折をものともせず、ボリバルは独立運動は成功すると絶対的な自信をもって予言した。
　彼の熱意は現実主義と結びついていた。独立後の政府の形態については現実的な見方をとった。長年奴隷として扱われてきたラテンアメリカ人に自由主義制は時期尚早であり、父権的統治が必要だとボリバルは考えた。ラテンアメリカにおける未来の独立国家には、憲法と議会だけでなく終身権をもつ強い支配者を置くべきである。「アメリカが富や規模ではなく自由において世界でもっとも偉大な国家となることを、わたしはだれよりも強く願っている」、そのためには団結が必要だとボリバルは雄弁に述べた。団結は良識ある計画によって果たされ、ひとたび団結が実現すれば、「そのあかつきにはわれわれは南米の宿命たる大い

南米諸国の独立記念日

大胆不敵な軍事作戦

　ボリバルが書簡のなかで描いたヴィジョンは、自由をめざす戦いの次なるステージへと彼を駆りたてた。ここでボリバルが見せた動きは実際的かつ大胆なもので、まずフランスの植民地支配から解放されたばかりのハイチの支持をとりつけ、それからベネズエラ南部の容易には足をふみこめないオリノコ地帯に拠点をかまえ、スペイン軍の接近を遠ざけた。アイルランド人とイギリス人を主力とした優秀な外国人部隊を集め、ほかの自由派グループと同盟を結んだ。次にとった行動は、過酷な土地を横断して奇襲攻撃をかけるというじつに大胆不敵な作戦だったが、みごとに実行され、1819年8月7日のボヤカの戦いでスペイン軍を破る。3日後にはボゴタ入りして大コロンビア共和国を樹立し、みずから大統領となった。

年表

1783年7月24日
カラカスに生まれる。

1801年
マリア・テレサ・ロドリゲス・デル・トロ・イ・アライサと結婚。

1804年
マリア・テレサが黄熱病で死去。ヨーロッパに旅立つ。

1807年
アメリカを経由しベネズエラに帰国。

1810〜12年
ベネズエラ第一共和国樹立を宣言。

1812年7月
共和国崩壊後、ヌエバ・グラナダのカルタヘナへ亡命。

1813年
ベネズエラの支配権掌握。

1814年
亡命に追いこまれる。

1819年8月7日
ボヤカの戦いでスペイン軍を破る。大統領兼最高司令官を宣言。

1821年9月7日
大コロンビア共和国樹立。

1824年12月9日
ペルーでスペイン軍が降伏。

1825年
ボリビア共和国樹立。

1826年
パナマ会議開催。

1830年4月27日
大統領退任。

1830年12月17日
コロンビアのサンタ・マルタにて死去。

ベネズエラのスペイン軍を一掃したのは、ようやく1821年6月のカラボボの戦いの勝利においてであった。1821年9月7日、コロンビアの大部分とパナマ、ベネズエラ、エクアドル、ペルー北部を統合した大コロンビアが正式に成立する。翌年、モンロー大統領下のアメリカが大コロンビア共和国を正式に承認した。

ボリバルは次にペルーに目を向け、すでにペルーを部分的にスペイン支配から解放していたアルゼンチンの革命家ホセ・デ・サン・マルティンと手を結んだ。ペルー議会はボリバルを独裁権をもつ大統領に指名し、ボリバルは名将アントニオ・ホセ・デ・スクレの支援もあってスペイン軍に完全に勝利する。

着想のヒント（インスピレーション）

どんなリーダーにもインスピレーションは必要だが、何度もの挫折に耐えなければならないであろう革命家や先見家（ヴィジョナリー）にはとくに大切である。ボリバルも例外ではなかった。彼は若い頃のヨーロッパ遊学中の読書からインスピレーションを得た。1804年、結婚後わずか3年でスペイン生まれの妻が急死すると、ボリバルはヨーロッパへの旅に出て、ジョン・ロック、トマス・ホッブズ、ヴォルテール、ジャン・ジャック・ルソー、モンテスキューら、ヨーロッパの政治哲学思想家の著作を教えてくれたかつての家庭教師と再会する。「ジャマイカ書簡」では自由民を奴隷にするほうが奴隷を自由民にするより簡単だというモンテスキューの言葉を引用し、ラテンアメリカ人には強い父権的支配が必要だと論じた。

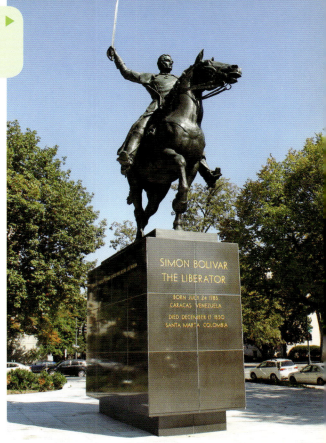

ワシントンD.C.に立つシモン・ボリバルのブロンズ像。フェリックス・デ・ウェルドンによるこの像はベネズエラから贈られた。

1825年、高地ペルーはボリバルの名にちなみボリビア共和国と名づけられた。彼は成功の頂点に立った。

1826年に、ボリバルは当初から思い描いていた夢の実現に向かってさらに一歩をふみだし、パナマでスペイン語圏アメリカ独立共和国群の議会を主催した。大コロンビア、ペルー、中央アメリカ連邦、メキシコが参加して協定に署名し、年2回の会合と相互軍事防衛が計画された。結局この計画は実現にいたらず、大コロンビアが条約を批准するにとどまった。

大コロンビア共和国でのボリバルの統治は最後の数年間、反対派勢力の高まりに苦しめられた。つねに現実主義者だった彼は、大コロンビアをベネズエラ、コロンビア、エクアドルの3つの共和国に分割すべきと主張した。自分の存在そのものが混乱をまねいていることに気づくようになったボリバルは、身を引くことを決意し、1830年4月27日に大統領を退任する。亡命先のヨーロッパに向かうが、その途上のサンタ・マルタ（現在のコロンビア）で結核で死去した。波瀾万丈の生涯で「解放者」ボリバルは、ベネズエラ、コロンビア、パナマ、エクアドル、ペルー、ボリビアをスペイン帝国の支配から解放し、スペイン語圏アメリカの民主主義国の建国の父たちのひとりに名をつらねたのである。

リーダーシップ分析

タイプ：革命家
特質：先見の明、現実主義、勇敢
似たタイプ：ジョージ・ワシントン、フィデル・カストロ、ウィリアム・モリス
エピソード：2005年にはじめて観測された小惑星ボリビアーナは、ボリバルにちなんで命名された。

シモン・ボリバル　103

軍事

24 ジュゼッペ・ガリバルディ

イタリア統一をめざし不屈の戦いを続けた理想に燃える革命家

出身：イタリア
業績：イタリア統一の基礎を築いた
時期：1834～70年

将軍として華麗な戦歴を誇るジュゼッペ・ガリバルディは、イタリア統一の理想を熱心に広めた。ゲリラ部隊「赤シャツ隊」の長として戦いで数々の成功をおさめ、称賛された彼は、イタリア王国の成立に中心的な役割を果たし、国民的英雄として名を残した。

1860年10月26日、南イタリアのテアーノで、ガリバルディはピエモンテ・サルデーニャ国王ヴィットーリオ・エマヌエーレ2世と握手をかわし、彼をイタリア国王とよんだ。熱烈な愛国者だったガリバルディはイタリア統一を優先し、イタリアに共和国を創設する夢をあきらめたのである。

「千人隊(イ・ミッレ)」と称され、制服がわりに赤いシャツを着用したことから「赤シャツ隊」としても知られた1000人強の義勇兵の司令官時代に、ガリバルディは統一前のイタリアで最大の王国だった両シチリア王国の支配権をにぎった。両シチリア王国はシチリアとナポリのふたつの王国からなり、イタリア半島の南半分を占めていた。今日「テアーノの握手」の名で知られる会見で、ガリバルディはヴィットーリオ・エマヌエーレ2世にこの地域の支配権を献上する。1861年3月17日に新しいイタリア王国樹立が宣言された。

ガリバルディは名誉や報酬をすべて断わって、サルデーニャの沖合のカプレーラ島に引退した。このときすでに愛国の士、軍事リーダーとして彼の名は国際的に有名になっていた。ガリバルディが「ふたつの世界の英雄」とよばれたのは、1836～48年まで南米で亡命生活を送っていた時期にウルグアイとブラジルの独立運動を指揮し、1848年と1860～61年にいわずと知れたイタリア統一を果たしたことによる。

反逆の闘士

ガリバルディは信念をもった闘士だった。部下たちにこのために燃える思いで戦うのだという大義を植えつけた。正規軍に何度も勝利した実績をもつゲリラ部隊の司令官として、彼は生涯反逆者として人心に訴える力と立場をもちつづけた。死ぬまで南米のガウチョ（カウボーイ）の服を身に着け、自由への戦いそのもののような人間だった。ジョルジュ・サンドや『レ・ミゼラブル』の著者ヴィクトル・ユゴーなどの有名作家に称賛された彼は、革命の歩く広告塔のような存在だった。この点は、のちのキューバ革命におけるフィデル・カストロの同志のひとり、エルネスト・「チェ」・ゲバラに似ている。

政治結社「青年イタリア」の創設者でリソルジメント（再興の意）と称されたイタリア統一運動のリーダー、ジュゼッペ・マッツィーニと出会った1834年以降、ガリバルディはイ

タリア民族主義のために戦ってきた。その年ピエモンテで起きた反乱に参加したものの、失敗に終わり、ガリバルディは亡命する。まずフランスにのがれ、その後南米に渡って、1848年までその地にとどまった。イタリアに戻れば死刑になる可能性があったからである。

南米では、リオ・グランデ・ド・スル共和国とウルグアイの独立運動にくわわり、将軍として、解放運動家としてその名を知らしめた。とくに有名なのが、サンアントニオの戦い（1846年）と1847年のモンテヴィデオ防衛戦である。ガリバルディの名は、『モンテ・クリスト伯』や『三銃士』の著者アレクサンドル・デュマによって広められ、1846年にはウルグアイで戦っていたイタリア義勇軍での彼の活躍をたたえ、イタリアでガリバルディの名をきざんだ剣が募金によって制作された。

リソルジメントの英雄

1848年、ガリバルディはリソルジメントという大義のために戦おうと、イタリア義勇軍の仲間たちとともにイタリアに帰国した。ローマではスイス衛兵隊が解散して、教皇ピウス9世は実質的に幽閉の身となっていた。11月、教皇はもはや自分の支配力がおよばないとさとり、ローマを脱出した。教皇のローマ逃亡後、ガリバルディはローマ議会から代表に選出され、ローマの独立共和国化を提案する。その後、ローマをとりもどすためにフランスとナポリ王国が派遣した軍を相手にローマ防衛に奮闘したがかなわず、義勇軍をつれイタリアを縦断して難をのがれた。この一連のできごとはリソルジメントの有名な事件となった。

1861年、新しいイタリア王国が首都をローマとすることを宣言した。しかし政府は、教皇の管理下にあり教皇領の首都であったローマを手中におさめることができなかった。宣言ののち、ガリバルディはローマ奪回のため2度の軍事作戦を指揮する。1862年に軍隊の結成に成功するが負傷し、イタリア王国軍との衝突後に作戦は立ち消えとなった。1867年にふたたび義勇軍を率いてローマに立ち向かうが破れ、同年11月3日のメンターナの戦いでまたも負傷し、撤退を強いられた。

国際的に著名な将軍として「ヘッドハント」される

教皇からのローマ奪回の試みには失敗したが、ガリバルディの名は国際的に知れわたった。1861年には、アメリカ大統領エイブラハム・リンカーンがアメリカ南北戦争での北軍の司令官職を打診したほどだった。しかしガリバルディが統帥権を希望したのと、戦争の目的が

▲ 1860年に「両シチリアの支配者」をみずから宣言したナポリでのガリバルディ。「両シチリア」とはナポリとシチリアの両シチリア王国領と南イタリアをさした。

年表

- **1807年7月4日**
  ニースに生まれる。

- **1833〜34年**
  ピエモンテ・サルデーニャ王国の海軍に従軍。

- **1834年**
  「青年イタリア」運動に参加。ピエモンテに共和国革命を起こす計画に参加するも失敗。死刑判決を受け、アメリカに逃亡。

- **1834〜48年**
  南米にて亡命生活。

- **1848年**
  イタリアに帰国、ローマ攻略の部隊を指揮する。

- **1849年**
  ローマ防衛戦、義勇団をつれ逃走。

- **1855年**
  カプレーラ島に居を定める。

- **1859年**
  ピエモンテ軍で戦う。

- **1860年9月7日**
  ナポリ占領、両シチリアの支配者を宣言。

- **1860年10月26日**
  テアーノの握手、南イタリアの支配権をヴィットーリオ・エマヌエーレ2世に献上。

- **1861年7月**
  リンカーン大統領からアメリカ南北戦争において北軍の司令官になることを打診される。

- **1862年**
  ローマ攻略に失敗。

- **1870年9月20日**
  イタリア王国がローマを占領。ガリバルディは関与せず。

- **1882年6月2日**
  イタリアのカプレーラ島にて死去。

奴隷制廃止であると宣言することをリンカーンに求めたため、この申し出は実を結ばなかった。リンカーンにこの時点でそこまで断言する意思はなかったのである。

しかし、1863年1月1日に奴隷解放宣言が公布されると、ガリバルディは大統領に次のような書簡を送った。「後世の人々は貴殿を偉大なる奴隷解放者とよぶでしょう。これはいかなる王冠よりも羨望され、この世のいかなる財宝よりもかけがえのないものです」

スローガンの天才

ガリバルディの英雄的な軍事作戦は、彼が自分の理念を劇的に表現したり部下たちを元気づけたりするために考えた、プロパガンダ的なスローガンと結びついている。1849年に義勇兵たちを率いてローマを撤退する際には、「われわれがどこへ行こうと、ローマは存続する！」と心を奮いたたせるスローガンとともに行進した。1862年には「ローマか、さもなくば死」というスローガンのもと、ローマ攻略のための兵をつのった。ガリバルディの時代、このようなスローガンは兵士たちのかけ声や演説に使われた。大義名分のもと、人々を団結させるのに役立ったのである。ガリバルディがプロパガンダを効果的に利用したことは、同じ目的のもとに結束した一体感を醸成したいリーダーにとっておおいに学ぶべき点である。

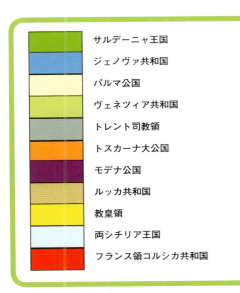

1796年、統一前のイタリアの諸地域

最期まで道義をつらぬく

ガリバルディは晩年、重いリウマチと関節炎と戦争の傷の後遺症に悩まされ、カプレーラの自宅を出ることはほとんどなかった。しかし、女性解放と労働者の権利のために運動し、1879年には民主主義同盟を設立、教会資産の廃止と普通選挙権つまり選挙権を万人に拡張することを訴えた。彼は自身を社会主義者であるとし、戦争に対する意見をあらためて、平和主義寄りの考え方をするようになった。彼が後世に残したのはその礎を築いたイタリア王国だった。ヴィットーリオ・エマヌエーレ2世と新王国の初代首相カヴール伯カミッロ・ベンソとならんで、ガリバルディは祖国イタリアの父、国民的英雄とたたえられた。

リーダーシップ分析

タイプ：革命家
特質：勇敢、情熱的、道義心
似たタイプ：シモン・ボリバル
エピソード：ガリバルディはプロパガンダの道具として部下たちに赤シャツを着せた。一説には、亡命中に目にしたニューヨーク市の消防士が赤いフランネルシャツを着ていたことにヒントを得たという。

ジュゼッペ・ガリバルディ

政治・社会

25 エイブラハム・リンカーン

戦時の偉大なリーダーにして奴隷制廃止論者、市民の自由につくした

出身：アメリカ
業績：南北戦争に勝利し奴隷制を廃止した
時期：1861～65年

エイブラハム・リンカーン大統領はアメリカの奴隷制を廃止し、南北戦争という国家的危機の時代にアメリカのリーダーをつとめた。その影響力は不朽である。

1863年1月1日、リンカーン大統領は奴隷解放宣言を布告した。これにより、連邦から脱退していた南部連合の諸州の奴隷が解放された。この法律は、のちにくわえられたアメリカ合衆国憲法修正第13条とともに、アメリカの奴隷制の終焉をもたらした。信念をもちながらも現実的なリーダーだったリンカーンは、「偉大な解放者」とよばれている。

奴隷解放宣言は当初、戦時措置だった。南部連合の南部州と合衆国側の北部州のあいだで起こった南北戦争は、1861年4月に勃発した。開戦のきっかけは、奴隷制反対派として1860年に出馬したリンカーンが大統領に就任したことにより、奴隷制の上に成り立っていた自分たちの生活がおびやかされるのではないかと懸念した南部州が合衆国を脱退したことだった。

当初、北部州の最大の戦争目的は南部州の脱退をとり消させ、合衆国を維持することだった。奴隷解放宣言はおおむね象徴的な布告だったといってよく、南部連合支配地域の奴隷のみを解放するものだった。しかしこれによって合衆国軍の士気はおおいに上がり、ヨーロッパでも合衆国側の大義への支持を広く集めた。この布告により、合衆国側の戦争目的が、合衆国の維持にくわえて奴隷解放であることが明確になったのである。

その後リンカーンは「この巨大な悪」である奴隷制を「廃止し永久に禁ずる」アメリカ合衆国憲法修正第13条を掲げ、1864年の大統領選に再出馬した。選挙戦で勝利したことを修正案の実現を託されたのだととらえ、定評ある政治手腕と交渉力を駆使して、議会で法案成立に必要な3分の2の支持をとりつけた。

▶ 1860年の選挙の際、11歳の少女グレース・ベデルからの手紙でアドバイスされたのをきっかけに、リンカーンがあごひげを生やすようになった話は有名である。

108　図説世界史を変えた50の指導者

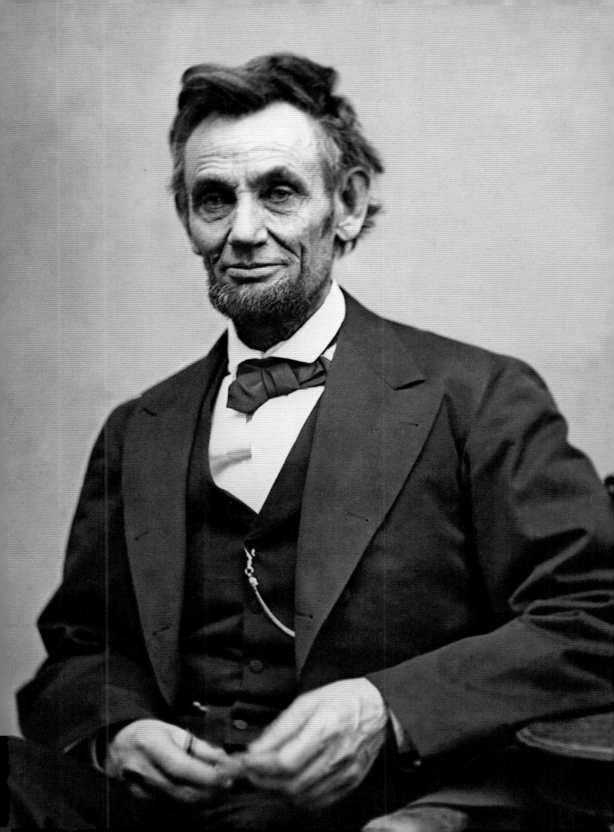

年表

1809年2月12日
ケンタッキー州ホージェンヴィル近郊に生まれる。

1836年
弁護士の資格を取得、イリノイ州スプリングフィールドで働く。

1834〜42年
州議会議員。

1846年
下院議員に選出。

1856年
共和党に入党。

1860年5月18日
共和党の大統領候補になる。

1860年11月6日
大統領に選出。

1861年4月12日
南北戦争勃発。北部州の合衆国軍が南部州の連合軍と戦った。

1863年1月1日
奴隷解放宣言を布告。

1863年7月1〜3日
ゲティスバーグの戦い。

1863年11月19日
ゲティスバーグ演説を行なう。

1865年4月9日 南部連合軍のロバート・E・リー将軍が降伏、戦争終結のきっかけとなる。

1865年4月15日
ワシントンD.C.のフォード劇場で撃たれ、死去。

1922年5月30日
ワシントンD.C.にリンカーン記念館完成。

ほんとうの心情を言葉で伝える

　リンカーンの有名なゲティスバーグの演説は、南北戦争が合衆国を維持し、万人の平等を推進する新たな自由を生み出すための戦いであると位置づけた。この演説が行なわれたのは1863年11月19日、1863年7月1日から3日にかけてのゲティスバーグの戦い（南北戦争で最多の犠牲者を出した）で戦死した合衆国軍の兵士たちの追悼式でのことだった。リンカーンは力強い言葉でアメリカの成り立ちをふりかえり、より明るい未来を展望した。

　47年前、われわれの父たちはこの大陸に、自由の理念のもと、万人は平等に創られたという命題に捧げられた新たな国家を建設しました。いま、われわれは大規模な内戦を戦っています。この国が、いや、自由と平等の理念にもとづいて建国された国が、持続するのかどうかが試されています。（中略）ここに眠る死者たちの死をけっしてむだにはしない。神の名のもとに作られたこの国が新たな自由の誕生を実現することを、そして人民の、人民による、人民のための政府を地上から消滅させないことを、ここにいるわれわれは固く決意しましょう。

　リンカーンはコミュニケーション能力がずばぬけてすぐれていた。ゲティスバーグ演説は多くの歴史家から、かの雄弁家の代表、アテネの政治家ペリクレス（14ページ）の戦死者追悼演説になぞらえられてきた。リンカーンのもっとも重要な特質のひとつは、聞く者を納得させる力だった。「オネスト（実直者）・エイブ」として知られ、聞く者にほんとうの心情を言葉で伝える能力があった。

最多の犠牲者を出したアメリカ南北戦争

アメリカがかかわった戦争と犠牲者数

- 南北戦争：62万人
- 第2次世界大戦：40万5339人
- 第1次世界大戦：11万6516人
- ベトナム戦争：5万8209人
- 朝鮮戦争：3万6516人
- 独立戦争：2万5000人
- 1812年戦争（米英戦争）：2万人
- メキシコ戦争：1万3283人
- イラク・アフガニスタン戦争：6626人
- スペイン・アメリカ戦争：2446人
- 湾岸戦争：258人

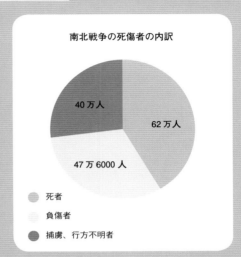

南北戦争の死傷者の内訳
- 死者：40万人
- 負傷者：47万6000人
- 捕虜、行方不明者：62万人

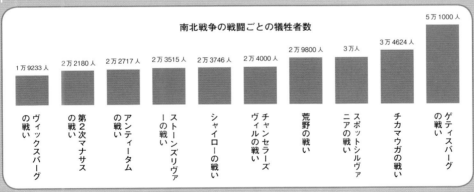

南北戦争の戦闘ごとの犠牲者数

戦闘	犠牲者数
ヴィックスバーグの戦い	1万9233人
第2次マナサスの戦い	2万2180人
アンティータムの戦い	2万2717人
ストーンズリヴァーの戦い	2万3515人
シャイローの戦い	2万3746人
チャンセラーズヴィルの戦い	2万4000人
荒野の戦い	2万9800人
スポットシルヴァニアの戦い	3万人
チカマウガの戦い	3万4624人
ゲティスバーグの戦い	5万1000人

倫理観を核とした現実主義者

　政治家、戦時のリーダーとして、リンカーンは現実主義者だった。イギリス首相ウィンストン・チャーチルやアメリカ大統領フランクリン・D・ローズヴェルトのような偉大な戦時のリーダー（138ページ、158ページ）と同じく、リンカーンはきわめて現実的かつ柔軟に事態に対応した。当初決められていた計画にしばられることはなかった。「方針をもたないことがわたしの方針だ」と書いている。しかしこれは日和見であるとか、困難な行動を完遂

できないという意味ではない。リンカーンは毅然たる決意の人だった。

　リンカーンは日々の戦況に密接に関与し、彼なら勝利をもたらしてくれると見こんだユリシーズ・S・グラントを見つけるまで、司令官の解任をくりかえした。この戦争の行方は、南部海岸線の海上封鎖の維持と統制のとれた大規模攻撃の開始にかかっていた。リンカーンは意志の強さで知られ、かつての大統領ジョージ・ワシントンと同様、高潔な人柄でも有名だった（90ページ）。つねに冷静で判断力に非常にすぐれていた。南北戦争中、「ワシントン・クロニクル」紙はリンカーンをワシントンになぞらえ、リンカーンの「冷静沈着さ、ゆるぎない目的意識、高潔な理念、強い愛国心」を称賛した。

　リンカーンは場合によっては、強硬かつ非情にもなれる人間だった。戦時中は、一部の新聞の弾圧と市民の自由の制限を支持した。戦争に勝利して合衆国を維持し、ひいては憲法を救うために、憲法の一部を犠牲にすることはやむをえないという考えからだった。

人材マネジメントの巧者

　リンカーンは反対派ともいっしょに仕事ができるタイプのリーダーだった。交渉して合意にもちこむことに長けていたばかりでなく、かつて敵対した相手を自分の陣営に迎え入れるのも巧かった。たとえば、1860年の大統領選で共和党内の指名争いをして打ち負かしたライバル、ウィリアム・H・スワードを1861年に国務長官に任命している。スワードとは当初いく度となく衝突したが、やがて彼は大統領にもっとも近しく重要な側近になった。

　政党内で対立する個人やグループのマネジメントにもすぐれていた。戦争賛成派の民主党員（南北戦争では南部よりも北部を支持）の支援を維持しながら、自分を支持していない「和平派民主党員」、そのなかでも強硬な「コッパーヘッド」とよばれる一派の懐柔にもできるかぎり努めた。共和党内でも、自分が属する保守派の要求と、戦争末期になって敗北した南部州に厳しい処遇を求めるようになった急進派の調停に腐心した。

殉教者

　リンカーンが懐柔に努めたにもかかわらず、南部諸州の離脱維持を望む頑固な離脱派の残党がいた。連合軍の司令官ロバート・E・リーの降伏により戦争終結のきざしが見えたわずか6日後の1865年4月14日聖金曜日、離脱派の一員だった俳優のジョン・ウィルクス・ブースが、ワシントンD.C.のフォード劇場で芝居上演中にリンカーンを撃つ。大統領は翌朝未明に、この傷がもとで世を去った。

　リンカーンの暗殺は彼を自由という大義の殉教者に祭りあげた。戦時のリーダーとして、自由の擁護者としての彼の名声は不動のものとなった。リンカーンの訃報に、陸軍長官エドウィン・M・スタントンは、「いまや彼は

ユーモアのセンス

　エイブラハム・リンカーンは当時の公人としては非常にめずらしく、ジョークを飛ばしたり笑い話を披露したりするのが好きだった。それが息抜きになっていた。閣僚が感心しない顔をすると、彼はこう言ったという。「なぜ諸君は笑わないのかね？　日夜おそろしい重圧がかかっているのだ、笑わなければわたしは死んでいるよ。わたしと同じくらい君たちにもこの薬は必要だ」。リンカーンは自分を笑いとばすこともできる人だった。1858年にイリノイ州議会の民主党候補スティーヴン・ダグラスと論争中、相手からふたつの顔を使い分けていると非難されると、リンカーンはこう答えたという。「もしわたしに顔がふたつあったら、こっちの顔を人前にさらしますかね？」

▲ 1862年、テネシー州マーフリーズボロの合衆国軍に参加する砲兵増援部隊。

時代の人となった」という言葉を残したとされる。リンカーンの名声は1900〜20年代にかけて頂点をきわめ、1922年にワシントンD.C.にリンカーン記念館が建設されたほどだった。しかし20世紀をへて21世紀にいたるいまでも、アメリカ史上もっとも称賛され崇敬される偉人のひとりであることに変わりはない。ジョージ・ワシントンとフランクリン・D・ローズヴェルトとならび、アメリカ史の3人の偉大な大統領のひとりとしてたびたび名前があがる存在となっている。

リーダーシップ分析

タイプ：説得型
特質：人道的、道義心、高潔
似たタイプ：ジョージ・ワシントン、ウィンストン・チャーチル、フランクリン・D・ローズヴェルト
エピソード：リンカーンは身長193センチメートルあり、平均身長がはるかに低かった当時としては大男だった。

政治・社会

26 オットー・フォン・ビスマルク

ドイツ帝国を築いた巧みな人心操縦家にして辣腕外交官

出身：プロイセン
業績：ドイツ帝国を樹立、ヨーロッパの和平を維持した
時期：1862〜71年

プロイセンの豪腕政治家オットー・フォン・ビスマルクはドイツの諸国家を統一し、大帝国を樹立した。さらに、節度と巧みな外交によって20年間近くヨーロッパの平和を維持した。

1871年1月18日、フランスのヴェルサイユ宮殿の鏡の間における荘厳な儀式で、オットー・フォン・ビスマルクはドイツ帝国樹立を高らかに宣言した。プロイセンの首相に就任してわずか9年で、ビスマルクはヨーロッパ情勢を一変させていた。

政治戦術と外交戦略に長けていたビスマルクは、ドイツ南部の4つの国を既存の北ドイツ連邦に組み入れてドイツ帝国を成立させるための手段として、フランスを挑発して戦争に誘いこんだ。戦争のきっかけは、プロイセンのヴィルヘルム1世のいとこにあたるホーエンツォレルン・ジグマリンゲン家当主のレオポルトにスペイン王位継承の話がもちあがったことだった。ビスマルク主導下のプロイセンがヨーロッパの大国として急速に頭角を現しつつあり、すでに不安をいだいていたフランス皇帝ナポレオン3世は、フランスがホーエンツォレルン家に囲まれてしまうという理由からこれに反対する。ビスマルクはレオポルトに即位を勧める一方、レオポルトへの即位要請の撤回を求めたフランス大使からプロイセンへの私信を公開し、フランスをさらに挑発した。このもくろみが成功し、1870年7月19日にフランスはプロイセンに対して宣戦布告した。

戦況は急展開する。プロイセンはたてつづけに戦いに勝利し、1870年9月1日のセダンの戦いでナポレオン3世と彼が指揮していた全軍を捕虜にした。無残な敗北はパリでのクーデターを誘発し、ナポレオン3世は退位、第三共和国樹立が宣言される。しかしその勢いもフランスを救うことはなく、プロイセンはパリを占領し、屈辱的な和平条約を押しつけた。フランスはアルザスとロレーヌ地方のドイツ語圏を失ったうえ、50億フランの賠償金の支払いを強いられた。1807年の第四次対仏大同盟戦争後、ナポレオン・ボナパルトがプロイセンに支払わせたのとぴったり同じ金額である。ドイツ人にとって胸のすく報復だった。プロイセンのヴィルヘルム1世はドイツ皇帝に即位し、ビスマルクは宰相となった。

血と鉄

ビスマルクはサンクトペテルブルクとパリで大使を歴任したのち、1862年にプロイセンの首相になった。当時ヴィルヘルム1世は、軍事支出計画をはばむ議会と対立していた。ビスマルクは歴史に残る演説をし、プロイセンの軍備の重要性を訴えた。「ドイツにおけるプロイセンの立場は自由主義によってではなく武力によって決まるのです。（中略）プロイセ

ンはここぞというときのために力を結集し、維持しておかねばなりません。（中略）ウィーン条約以来、プロイセンの国境は健全な国家を営めるものではありませんでした。今日の問題は言論と多数決ではなく、（中略）血と鉄によって解決されるのです」

「血と鉄」という言葉は、この断固とした豪腕政治家についてまわることになる。続く9年間に彼はプロイセンを、ドイツ帝国の前身となるドイツ諸国連邦のなかでも突出した地位に押し上げた。まず1864年、シュレースヴィヒ公国とホルシュタイン公国をめぐりデンマークと戦争をする。その結果、シュレースヴィヒ公国がプロイセンの支配下に、ホルシュタイン公国はオーストリア支配下におさまることになった。次にビスマルクはオーストリアを相手に戦争をひき起こそうと、1866年6月にホルシュタイン公国に侵攻する。オーストリアが宣戦布告してからのプロイセンの動きは電光石火だった。電撃戦とよばれた軍事作戦——ちょうど第2次世界大戦初期のナチのように——により、ケーニヒグレーツの戦いで決定的勝利をおさめる。

▲ 1881年のオットー・フォン・ビスマルク。政治家になってからはまたたくまに出世し、1850年代後半には外国大使になっていた。

節度ある戦勝者

強引な手法でプロイセンに覇権をもたらしたビスマルクは、しかしここにいたって彼のリーダーシップの特徴のひとつである節度を示す。ヴィルヘルム1世と将軍らは優勢に乗じたウィーン攻略を望んだが、ビスマルクは自粛して戦争を早期終結させるべきだと主張した。講和条約でプロイセンは、フランクフルト、ハノーファー、ナッサウ、ヘッセン・カッセルを併合する。続く1867年に、ビスマルクは北ドイツ連邦を樹立させ、マイン川以北の21の国をプロイセンの首相兼宰相の統治下に置いた。

ヨーロッパの様相は一変した。オーストリアは覇権国プロイセンの隣にある二流国になり下がった。次の一手はフランスと戦争を起こし、ドイツ帝国を形成することだった。

外交官として

1871年から1890年にかけての帝国宰相時代、ビスマルクのトレードマークは節度と巧みな外交だった。彼は平和を維持するための同盟形成のため、休むまもなく働いた。1873年にロシアとオーストリア・ハンガリーとのあいだに三帝協定を締結する。露土（ロシア・トルコ）戦争後の1878年にはベルリン会議を主催し、バルカン半島をめぐる、イギリス、ロシア、オーストリア・ハンガリーの国益を調停した。その後、三帝協定が無効化すると、ビスマルクは1879年のオーストリア・ハンガリーとの二国同盟、1882年にはオーストリア・ハンガリーとイタリアとの三国同盟を締結し、平和維持とドイツの地位の強化に努めた。

年表

1815年4月1日
プロイセン王国（現在のドイツ）アルトマルク地方のシェーンハウゼンに生まれる。

1849年
プロイセン衆議院議員に選出。

1859年
プロイセンのロシア大使になる。

1862年5月
プロイセンのフランス大使になる。

1862年
プロイセン首相に就任。

1864年
対デンマーク戦争。

1866年
対オーストリア戦争。

1867年
北ドイツ連邦樹立。

1870年7月19日
フランスがプロイセンに宣戦布告。

1871年1月
ドイツ帝国成立、宰相に就任。

1873年
ロシアとオーストリア・ハンガリーとのあいだに三帝協定を締結。

1878年
ベルリン会議。

1879年
オーストリア・ハンガリーと二国同盟。

1882年
オーストリア・ハンガリーとイタリアとのあいだに三国同盟。

1890年
宰相を辞任。

1898年7月30日
ハンブルク近郊のフリードリヒスルーにて死去。

　こうした平和への努力により、ビスマルクはヨーロッパ中から尊敬を集めた。警戒心と節度を絶妙に使いこなしたビスマルクは、政治リーダーとしてのずばぬけた手腕を証明したといえる。ドイツ帝国成立後の1870年代と1880年代を通じて、彼はすぐれた現実主義者ぶりを発揮し、ドイツの拡張政策を慎重に舵とりした。

著述家、政治家として
　1890年、新皇帝ヴィルヘルム2世とそりが合わなかったビスマルクは、75歳で宰相を辞任した。公の仕事をしりぞいて執筆した回想録はベストセラーとなり、「ビスマルク崇拝」がはじまる。ブームはドイツで数十年間続いた。

回想録の執筆

　ウィンストン・チャーチルと同じく、ビスマルクも世界屈指の政治家であるだけでなく、明快な文章を書く名文家でもあった。ふたりの名声は、自分の業績と遺産をみずから文章化できたことによるところが大きい。これはユリウス・カエサルについてもいえる。また、タイプはまったく異なるが、モーハンダース・ガンディーとネルソン・マンデラのようなリーダーも同様で、このふたりも自伝で自分たちの信念と行動を明らかにした。どんなリーダーも、自分の行動と記憶がどう評価されるかをコントロールして損はない。

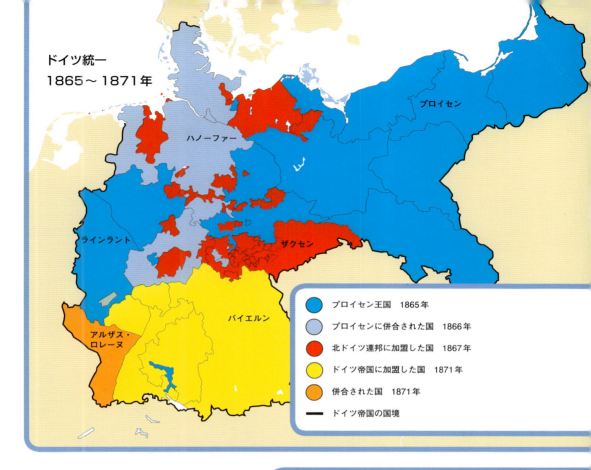

ドイツ統一
1865～1871年

プロイセン
ハノーファー
ラインラント
ザクセン
バイエルン
アルザス・ロレーヌ

■ プロイセン王国　1865年
■ プロイセンに併合された国　1866年
■ 北ドイツ連邦に加盟した国　1867年
■ ドイツ帝国に加盟した国　1871年
■ 併合された国　1871年
— ドイツ帝国の国境

　ビスマルクは厳しく威圧的になることもあったが、これはおそらく自分と祖国のために偉業をなしとげるには必要だった強い意志力の副産物といえよう。しかし彼がすぐれた政治家だったことはまちがいない。彼が後世に残した遺産はドイツの統一と、ヨーロッパの強国のひとつとしての地位を確立したことである。ビスマルクはそれをドイツ帝国成立後の外交と節度によって実現した。彼はヨーロッパの地図を書き換え、時代に足跡を残したのである。

リーダーシップ分析

タイプ：戦略家
特質：知的、かけひき上手、豪腕
似たタイプ：ウィンストン・チャーチル
エピソード：オーストリアとの戦争中からビスマルクは騎兵大将となり、公の場ではかならず将軍の制服を着ていた。

オットー・フォン・ビスマルク

政治・社会

27 カール・マルクス

より平等な世界をめざして不断の努力を重ねた社会改革者

出身：ドイツ
業績：マルクス主義と共産主義の創始者
時期：1848〜83年

歴史家で経済学者だったカール・マルクスは、共産主義の綱領的文書と考えられている『共産党宣言』の共著者であり、また、現代経済学と資本主義制度について論述し多大な影響力をもった『資本論』の著者である。この2冊の著作で彼が打ち出した革新的な思想が20世紀の世界を方向づけた。

マルクスはよりよき社会をめざす戦いのリーダーだった。1871年5月30日、ドイツ生まれのジャーナリストで革命家でもあった彼は、制圧されたばかりのパリ・コミューンに捧げる感動的な哀悼文を発表した。「歴史のなかにあの偉業にならぶ例はほかにない。（中略）パリ・コミューンの殉教者たちは、労働階級のおおいなる心のなかに永遠に祀られるのだ」。パリ・コミューンは普仏戦争中の1870年、ナポレオン3世の敗北を受け、フランス政府に対して起きた反乱だった。パリ・コミューンの革命家たち――コミュナール――は自治体を形成したが、5月下旬の「血の一週間」の戦闘で政府軍によって制圧された。マルクスの友人で共著者のフリードリヒ・エンゲルスは、コミューンは「プロレタリアート独裁」の史上初の例であると宣言した。

急進的な理論家だったマルクスとエンゲルスは、1843年にパリで出会った。5年後、ふたりは後世に大きな影響をおよぼすことになる『共産党宣言』を共同執筆する。この宣言で彼らは、歴史は階級闘争の連続であり、現在の資本主義制度はプロレタリアート――賃金とひきかえに労働力を売る、産業社会の労働者たち――が支配する社会にとって代わられる運命にあると主張した。宣言は心を奪いたたせる言葉で蜂起をよびかけた。「プロレタリアは自分たちをしばる鎖以外に失うものは何もない。彼らには勝ちとるべき世界がある。全世界の労働者たちよ、団結せよ」

労働者のために

1849年にロンドンに移り住んだマルクスは、1864年9月28日にロンドンで設立された国際労働者協会の初代会員のひとりだった。彼はその綱領的文書である「創立宣言（Address）」と「国際労働者協会規約（Provisional Rules of the International Working Men's Association）」を起草し、総評議会の委員とドイツ担当書記をつとめた。協会の規模が大きくなり世間にその存在が知られるようになると、マルクスは指導的役割を担うようになる。協会はヨーロッパの多数の労働組合の雇用主との闘争を支援し、1869年には会員約80万名を擁していた。協会は「第一インターナショナル」の名でよばれることが多かった。

『フランスの内乱』と題された35ページの小冊子に、パリ・コミューン弾圧に対する第一

▲ 第2次世界大戦でナチ・ドイツに対するロシアの勝利を記念し、モスクワの赤の広場に掲げられた横断幕に描かれた、レーニン、フリードリヒ・エンゲルス、カール・マルクス。

　インターナショナルの公式声明として書かれたマルクスの声明は、彼の名をヨーロッパ中に知らしめた。マルクスは第一インターナショナルのリーダー、コミュナールの活動に火をつけた革命精神の代表とみなされた。
　しかしこの頃、第一インターナショナル内部でのマルクスの立場は風あたりが強くなっていた。とくに扇動的なロシアの革命家でアナキズムを推進していたミハイル・アレクサンドロヴィッチ・バクーニンからは、マルクスと総評議会は権威主義的だと非難された。その結果、権力闘争が発生した。マルクスはバクーニンの組織「国際社会民主同盟」の第一インターナショナル参加阻止に成功し、1872年にハーグで開かれた第一インターナショナル大会でバクーニンの追従者たちを打倒した。しかし、ほどなくして総評議会はアメリカに移転するが、勢力は広がらなかった。第一インターナショナルは1876年にフィラデルフィアで解散する。

年表

1818年5月5日
ドイツのトリーアに生まれる。

1835～41年
ボン、ベルリン、イェーナの大学で学ぶ。

1842年
ケルンでジャーナリストとして働く。

1843年10月
パリに移住、共産主義者となり、エンゲルスと出会う。

1845年
フランスから追放されブリュッセルに移住。エンゲルスと共著で『聖家族』を出版。

1846年
『哲学の貧困』を出版。

1848年
ケルンに帰国し、エンゲルスと共著で『共産党宣言』を出版。

1849年6月
「新ライン新聞」第1号創刊。

1849年8月
ロンドンに居を定める。

1859年
『経済学批判』を出版。

1864年
国際労働者協会の設立。

1867～73年
『資本論』第1巻をドイツ語で出版。

1883年3月14日
ロンドンにて死去。

1885年
エンゲルスが編集した『資本論』第2巻出版。

1888年
マルクスの『フォイエルバッハに関するテーゼ』、エンゲルスの『ドイツ古典哲学の終結』出版。

人生を捧げつくす

　第一インターナショナルが挫折に終わったのちもマルクスはロンドンにとどまり、『資本論』の執筆に邁進した。政治活動からは身を引いたが、社会主義者や労働運動のパイオニアたちが指導を仰ぐ中心人物でありつづけた。1879年には創立されたばかりのフランス社会主義労働者党のリーダー、ジュール・ゲードがロンドンを訪れてマルクスと会談し、党の綱領について重要な助言を受けている。

　晩年は健康状態が悪化し、それにともなって創作意欲もおとろえた。貧困にも長年苦しめられた。ロンドン時代には、第一インターナショナルで指導的役割を果たした前も後も、彼と家族は財政難にあえいだ。マルクスは着手していた著作に専念したが、それはお金にはならなかった。唯一の収入源は「ニューヨ

情熱をそそぐエネルギー

　マルクスは変革──資本主義社会の打倒とプロレタリアートの解放──をもたらすための仕事に精力的に取り組んだ。ジャーナリストとして、戦いをよびかけるパンフレットの著者として、第一インターナショナルのような組織の委員会で、そして『資本論』で資本主義の仕組みを解明し解説しようとする情熱において、マルクスは経済的苦境のなかにあってとてつもないエネルギーと献身ぶりを見せた。このエネルギーこそ、絶望してもおかしくない時期をリーダーにのりこえさせるものであり、リーダーシップの大事な条件である。マルクスのように、思想家、コミュニケーターとしての才能を最大の強みとしながらも、無関心や反対にあって戦わねばならないリーダーにとっては、とくに必要な資質である。

ーク・トリビューン」のロンドン特派員としての稼ぎと、経済的に余裕のあったエンゲルスからの援助がほとんどだった。家族の食事はパンとジャガイモ程度しかないことが多く、狭い住居に身をよせあって暮らし、つねに借金とりに追われた。マルクスの妻イェニーは一度ならず倒れ、こうした生活難もあって7人の子どもたちのうち成人できたのは3人だけだった。

1883年1月11日、成人した子どものひとり、イェニー・ロンゲに先立たれるとマルクスは悲しみにうちひしがれた。1881年12月2日の妻の死に追い打ちをかけた不幸だった。マルクスも1883年3月14日に世を去った。

偉大な思想家にして闘士

1883年3月17日に行なわれた葬儀で、盟友エンゲルスは、マルクスの死によって「現代のもっとも偉大な思想家が思想を止めた」と哀悼の辞を述べた。マルクスは思想界のリーダーだった。コミュニケーターとしてすぐれたリーダーたちの多くと同様、マルクスの遺産はその後数十年にわたって広まりつづけた。『資本論』でマルクスは資本主義制度の機能を分析し、自滅に向かう性質があるとした。エンゲルスは、マルクスが「人類史の発展の法則」を発見したとたたえた。しかしマルクスは、理論をもとに行動する必要性も重視した。『フォイエルバッハに関するテーゼ』（死後1888年に刊行）の第11テーゼで彼は、「哲学者たちは世界をさまざまに解釈してきたにすぎない。だが重要なのは世界を変革することだ」と書いている。この言葉はロンドンのハイゲート墓地にあるマルクスの墓石に、『共産党宣言』からとったよびかけ「全世界の労働者たちよ、団結せよ」の下にきざまれた。

マルクスは社会変革という大義を掲げて粘り強く戦った闘士だった。その戦いの場はおもに思想と文化の世界だったため、死後も長く影響力のあるリーダーでありつづけた。マルクスの信奉者たちはいまも社会変革に身を捧げている。エンゲルスが次の言葉で称賛したように、「マルクスはだれよりも前に革命家であった。彼の名は時代を超えて残り、彼の著作もまた残るだろう」

リーダーシップ分析

タイプ：革命家
特質：コミュニケーター、革命家
似たタイプ：聖ペトロ、シッダールタ・ゴータマ
エピソード：マルクスは偽名をよく使った。ロンドンでは「A・ウィリアムズ」、パリでは「ムッシュー・ランボス」と名のっている。おそらく借金とりからのがれるためだろう。

カール・マルクス

政治・社会

28 ヴィクトリア女王

君主制を強化し大英帝国を築いた、本分に忠実でありながら強大な女王

出身：イギリス
業績：イギリス王室の将来を安泰なものとした
時期：1837〜1901年

イギリスで統治期間がもっとも長かった女王の時代はその名もヴィクトリア朝とよばれ、イギリスが偉業をなしとげ大変革をとげた時代だった。ヴィクトリア女王は君主制を安定させつつ、世界最大の帝国となった大英帝国の構築と強化に采配をふるった。

　1897年6月22日、在位60周年を祝う記念式典「ダイヤモンド・ジュビリー」でロンドン市内を10キロメートルにわたって行なわれた華々しいパレードで、群衆はヴィクトリア女王に盛大な歓声を送った。安定と威厳を体現し、大英帝国を築き上げたこの誇り高いリーダーは、イギリス王室の威信をとりもどしたのである。
　ヴィクトリア女王が即位したときは、ハノーヴァー家から出た最初の4人の王の失政と不品行によって王室の地位と評判が大きくそこなわれ、先代の国王で伯父にあたるウィリアム4世によってようやくある程度失地回復したところだった。1837年に王位を継承した若き女王は、事態を正す決意を固めていた。王としての本分を守ろうとする強い意識は、彼女の性格の中心的要素のひとつであり、リーダーとしての偉大さの裏にある大きな動機となっていた。

使命感をいだいて即位──「よき女王になります」
　ヴィクトリアは国王ジョージ3世の第4王子だったケント公エドワード・オーガスタス──ジョージ4世とウィリアム4世の弟にあたる──の唯一の嫡子として王位を継いだ。ヴィクトリアが生まれてまもなく父親は亡くなり、彼女は母親のケント公妃ヴィクトリアと気むずかしいドイツ人家庭教師ルイーズ・レーツェン（のちにハノーファー王国女男爵）の養育のもと、孤独な子ども時代を送る。
　王女は当初、自分に王位継承権があることを知らされていなかった。本来の立場を知ったときの彼女の反応には、生涯もちつづけたゆるぎない覚悟と使命感が表れている。「よき女王になります」と言いきったのだ。
　ヴィクトリア女王は正直で活力にあふれ、まっすぐな態度で君主制に強く関与した。王位の威厳回復に大きく役立ったのは、ザクセン・コーブルク・ゴータ公子アルバートとの結婚とふたりで築いた家庭だった。この結婚はもともとヴィクトリア女王の伯父のベルギー王レオポルドがお膳立てしたものだったが、最初のうちヴィクトリア女王は結婚をせかされるのを嫌がって抵抗した。しかし1839年10月にアルバート公がウィンザーを訪れているあいだに恋愛感情をもつようになり、日記に「美しいアルバートを見るときは特別な感情が生じ

122　図説世界史を変えた50の指導者

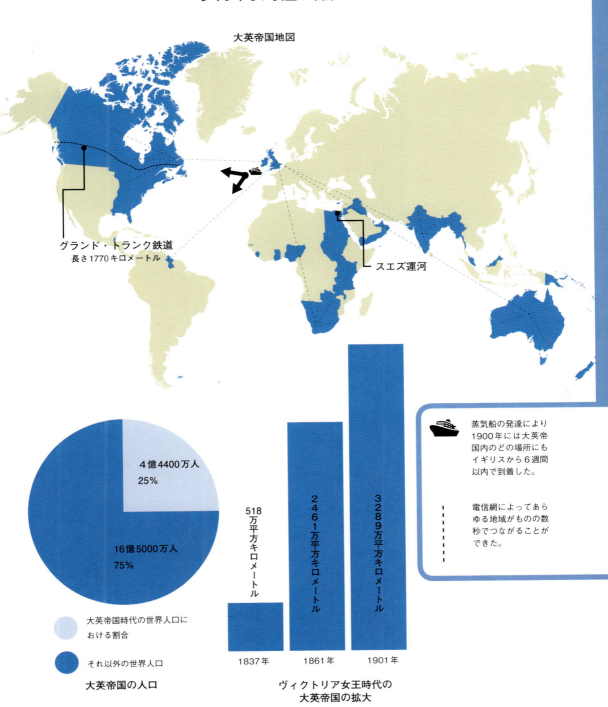

年表

1819年5月24日
ロンドンのケンジントン宮殿に生まれる。

1837年6月20日
即位。

1838年6月28日
戴冠式。

1840年
ザクセン・コーブルク・ゴータ公子アルバートと結婚、第一子ヴィクトリア・アデレード王女誕生。

1841年11月9日
のちの国王エドワード7世となるアルバート・エドワード王子誕生。

1842年
2度の狙撃にあうが無傷でのがれる。

1849年5月
乗っていた馬車に発砲される。

1851年5月1日
アルバート公により万国博覧会開催。

1854～56年 クリミア戦争。戦闘中の勇敢な行為に対しヴィクトリア十字勲章を創設。

1861年12月14日
アルバート公死去。

1871年4月8日
ロイヤル・アルバート・ホールを創設。

1877年1月1日
インド女帝に即位。

1887年6月20～21日
在位50周年記念式典（ゴールデン・ジュビリー）。

1897年6月22日
在位60周年記念式典（ダイヤモンド・ジュビリー）。

1899～1902年
ボーア戦争。

1901年1月22日
ワイト島のオズボーン・ハウスにて死去、フロッグモアに埋葬される。

る」と記している。10月15日に彼にプロポーズし、1840年2月10日、ロンドンのセント・ジェイムズ宮殿で結婚式が行なわれた。

理想の家族のモデルに

女王夫妻には9人の子どもが生まれ、全員がぶじに成人した。この時代、富裕層にあってすらめずらしいことだった。そのひとりで1841年11月9日に生まれたアルバート・エドワード王子が、のちにエドワード7世として母親から王位を継ぐ。ウィンザー城、スコットランドのバルモラル城、ワイト島のオズボーン・ハウスで営んだヴィクトリア女王とアルバート公の家庭生活は、世間から幸せな家庭のモデルと見られた。

アルバート公はヴィクトリア朝を代表するイベント、万国博覧会の開催を働きかけた。これは1851年にハイドパークに造られた巨大な水晶宮を会場として行なわれた国際見本市で、イギリスの技術的業績と富を見せつけるものだった。ヴィクトリア女王は「愛する

誇り高き姿

ヴィクトリア女王は使命感から、1837年にわずか18歳で即位するとその新たな役割に熱心に取り組んだ。身長150センチメートルしかなかったが、誇り高く高貴なたたずまいと、耳に心地よい声の持ち主だった。第一印象は非常に重要である。リーダーはヴィクトリア女王のように、新しい状況や課題について内心どう感じていようと、表向きは冷静さとおちついた態度を保つよう配慮しなければならない。統治期間が長くなるにつれ、ヴィクトリア女王は大英帝国の確固たる象徴となり、その世間的なイメージは強さを増していった。

アルバートのすばらしい頭脳が考え出したアイディアをほんとうに誇りに思います」と述べている。

1861年12月14日にアルバート公が腸チフスで急死すると、ヴィクトリア女王は悲嘆の底に沈んだ。「彼はわたしの人生そのものでした」とのちに書き、「何もかも、すべてを彼に頼っていました」と回想している。彼女はアルバート公をしのんで、ロンドンのケンジントンにロイヤル・アルバート・ホール（1871年竣工）を建設した。さらに高さ53メートルのアルバート記念碑を名建築家ジョージ・ギルバート・スコットに設計させ、総工費12万ポンドかけて1872年に完成させている。

強い意志と率直さ

ヴィクトリア女王は政府の大臣たちに対して、主体的かつ率直につきあった。けっして言いなりにはならなかった。即位後は、「大切な、優しいメルバーン子爵」とよんでいた首相とは緊密な関係を構築したが、1839年にメルバーン子爵が辞任に追いこまれると、彼が後継者に推した保守党のロバート・ピール卿には非協力的で、むしろ阻止に動いた。結局ヴィクトリア女王が勝ち、ピール政権発足はならずメルバーンが復帰した。

結婚後もヴィクトリア女王は当初、主体性を維持するためアルバート公を政治に参画させないつもりでいた。しかし結婚生活を続けるうちにアルバート公の助言を仰ぐようになり、とくに妊娠中はアルバート公が主導的な役割を果たした。後年、1861年にアルバート公が薨去してからは、悲しみに親身によりそったベンジャミン・ディズレイリと親しく重要な関係を築いた。ディズレイリは1868年と1874～80年の2度、首相をつとめた。

ヴィクトリア女王はときとして手ごわい存在ともなり、多くの人々に畏敬の念をあたえた。絶対に忘れない人として有名で、最後までアルバート公の喪に服しつづけたのはもちろん、側近の無礼や失態もいつまでも覚えていた。

ヴィクトリア女王は動じない性格で、身体的にも強かった。この剛毅さは統治の初期、女王の身に危機が迫ったときものをいった。共和主義が台頭した時期に、ヴィクトリア女王は襲撃を受けている。1度目は1840年6月、2度目は1842年夏で、反体制派がロンドンで彼女に近づき、ピストルを発砲した。1848年、ヨーロッパ大陸で革命の嵐が吹き荒れ、ふたたび女王への攻撃がはじまる。混乱の渦中で、従兄弟のフランス王ルイ・フィリップも王位を追われた。ヴィクトリア女王は自身を神から使命をあたえられた支配者と考えており、次のように書いている。「革命はいつの世も国に悪をもたらす。（中略）法と君主に従うことは、国民の幸福のために神が定めた崇高なる力に従うことである。君主の幸福のためではない、君主にも同じように義務と責任があるのだから」

▲ 1897年、在位60周年記念式典（ダイヤモンド・ジュビリー）の際、写真撮影のためポーズをとるヴィクトリア女王。

▲ 1851年の万国博覧会での王室パレード。ヴィクトリア女王とアルバート公に年長のふたりの子どもがつきそった。

　国に対する君主のつとめという大切な使命感は、ヴィクトリア女王の子孫エリザベス2世に受け継がれることになる。そしてこれは女性君主の先駆けとなったエリザベス1世の統治の信条の軸でもあった。

勝利の女王

　1897年に在位60周年の記念式典パレードが行なわれた頃には、ヴィクトリア女王は行く先々で歓呼を浴びるようになっていた。女王は日記に書いている。「忘れがたき一日。これほどの喝采を受けた者はかつていなかっただろう。(中略)歓呼の声はとどろくばかりで、どの顔も心からの喜びにあふれていた」。パレードにはイギリス領アフリカ、カナダ、インド、オーストラリアなど大英帝国の各地から招かれた代表が参加していた。11人の植民地政府の首相が祝賀に参列した。

　生前、ヴィクトリア女王は、古代ローマ人に抵抗してブリテン島のケルト人の反乱を率いたブーディカ女王になぞらえられることがあった。これはふたりの女王の名前がともに「勝利」を意味したからという点も大きい。ヴィクトリア女王はまさにその名のとおり、史上最大の帝国を支配し、帝国の力の象徴となった。

　1877年からはインドの女帝となり、ヴィクトリア・レジーナ・エ・インペラトリクス（女王にして女帝ヴィクトリア）と称された。1900年には大英帝国は地球上の陸地の2割を領土とし、世界人口の約4分の1（23パーセント）を統治していた。しかしヴィクトリア女王の最大の遺産はまちがいなく、イギリス王室の将来を安泰にしたことだった。女王は政治の最高権力者から儀式上の最高権力者への大きな移行——現代の立憲君主制への動き——を見守った一方、イギリス国王の威厳と立場を回復させ、その将来を守ったのである。

リーダーシップ分析

タイプ：矜持型
特質：勤勉、自立心が強い、使命感
似たタイプ：ウィンストン・チャーチル
エピソード：よく引用される「面白うない(We are not amused)」はヴィクトリア女王の言葉とされることが多いが、実際にそのような発言をしたという証拠はない。

芸術・文化

29 ウィリアム・モリス

生活のなかの芸術というかけがえのない価値観を
広めた、ものづくりの世界の革命家

出身：イギリス
業績：アーツ・アンド・クラフツ運
動のリーダー
時期：1875～96年

イギリスのデザイナーで工芸家だったウィリアム・モリスは、アーツ・アンド・クラフツ運動の革新的なリーダーとしてヴィクトリア朝のイギリスの装飾芸術に新たな息吹を吹きこみ、その強い影響力は21世紀の現在にもおよんでいる。モリスは社会主義の革命家でもあり、その著作は後世の人々に変革に向けた活動をうながした。

ウィリアム・モリスは美の力は人々の生活を変えると信じていた。1880年の講義では、「使い道のわからないものや美しいと思わないものは、なにひとつ家のなかに置いてはいけない」とアドバイスしている。モリスは創造の世界の革新者であり、美術工芸制作、文学、革命思想のリーダーであっただけでなく、社会変革のパイオニアでもあった。

モリスは19世紀の産業化がもたらしたものに幻滅していた。これに対抗して、装飾芸術とデザインに新たなアプローチをする運動を創始した。中世の工芸品にヒントを得たアーツ・アンド・クラフツ運動は、作品そのものの価値、自然素材の美に目をとめる大切さ、職人技の喜びを重視した。

デザインの天才

運動のリーダーとしてモリスは、芸術の天賦の才と莫大なエネルギーをかねそなえていた。求める水準の製品を作るプロセスを理解しマスターすることに献身的に取り組み、すべての工程にみずからかかわった。なにごともいとわなかった。

またデザイン、製造、室内装飾の会社「ザ・ファーム」の育成にすぐれたビジネスの才を発揮した。1861年にモリス・マーシャル・フォークナー商会として設立された同社は、1877年からロンドン中心部でも有数の洗練されたショッピング街だったオックスフォード街449番地に店舗とショールームを開設した。モリスがこの会社を設立したのは、美しいものづくりへのやむにやまれぬ思いからだった。そのひとつのきっかけとなったのは、既製品の調度や装飾品の質の低さに失望し、自宅の内装を手がけた経験である。

会社はたちまち成功し、1862年にサウス・ケンジントンで開催された万国博覧会でふたつの金メダルを獲得し、1866年にはセント・ジェイムズ宮殿の内装計画を手がけた。1875年には同社の所有権をモリスが引きとり、自分でデザインした壁紙と織物の生産を拡大した。

ウィリアム・モリス 127

年表

1834年3月24日
ロンドンのウォルサムストウに生まれる。

1856年
『オックスフォード・アンド・ケンブリッジ・マガジン』を発行。

1858年
処女詩集『グウィネヴィアの抗弁』を出版。

1859年
ジェーン・バーデンと結婚。フィリップ・ウェッブがモリスのためにベクスリーヒースのレッド・ハウスをデザインする。

1861年
モリス・マーシャル・フォークナー商会を設立。

1862年
最初のモリスの壁紙をデザイン。

1866年
ケンブリッジ大学ジーザス・カレッジ礼拝堂のステンドグラス窓のデザインと制作を手がける。

1875年
モリス・マーシャル・フォークナー商会をモリス商会として再設立。

1877年
古建造物保護協会を設立。オックスフォード街にモリス商会の店舗をオープン。

1879年
バーミンガムで「民衆の芸術」について講演。

1883年
社会民主連盟に加入。

1884年
社会主義同盟を結成。

1885〜91年 社会主義同盟の機関紙『コモンウィール』編集長に就任。

1891年
ケルムスコットプレスを設立。

1896年10月3日
ロンドンのハマースミスにて死去。

アーツ・アンド・クラフツ運動のコミュニティ

モリスがアーツ・アンド・クラフツ運動のリーダーとして活躍したのは、会社が起点となって、モリスが推進するテイストを伝える目ききのコミュニティができたことに負うところが大きい。このコミュニティは社会階級を超えて——貴族階級から中産階級まで——拡大し、国際的な影響力を残した。北米のクラフツマン様式に重要な影響をあたえ、ヨーロッパ大陸ではアール・ヌーヴォー、デ・ステイル、バウハウスに発展する流れを作った。日本でも1920年代から1930年代にかけての民芸運動にその影響がみられる。

美への渇望

モリスが構想した運動の趣旨のかなめは、職人に自分が制作した製品への責任を自覚させ、画一的な工程で生産される工場の製品とは一線を画すことだった。鉢や絨毯、戸棚やタペストリーを作る職人の喜びこそ、品質の核となる要素だった。

1890年にモリスは、自分が所属していた

精力的な創造活動

モリスは新たな創作の方向性につねに心を開いていた。独学で木彫と刺繍を覚え、タペストリー制作を試みた。1877年には中世に建てられたグロスターシャーのテュークスベリー修道院の「修復」の話がもちあがったことを受け、古建造物保護協会を設立している。1891年からはハマースミスでケルムスコットプレス〔出版社〕の運営にもたずさわった。このように多分野でリーダーとして活躍できたのは、モリスのたぐいまれな能力と意欲の高さ、現場主義の取り組み、創造力の豊かさと幅の広さのなせるわざであった。

社会主義同盟の機関紙「コモンウィール」にユートピア・ファンタジー『ユートピアだより』を発表した。彼が思い描いたのは、民衆によって芸術が生み出される革命後の未来だった。「芸術は（中略）人々のなかにある、（中略）手もとにある仕事で最高のことをしようという、一種の本能から（中略）生まれてくる」。人々にこのような自由があるのは、革命が実現したあかつきには「つらく苦しい過重労働」に追いやられていると感じずにすむからだ。人々は、モリスが自然にやってくると信じたもの——すなわち仕事、ただし資本主義社会のような他人の利益のための仕事ではなく、個人の富を追求するためでもなく、美しいものを創造するための仕事が自由にできるようになるはずだった。

▲ モリスの業績は多数あるが、さらにファンタジー文学の生みの親としての顔もあった（写真は1887年）。

モリスの進歩的な思想は、芸術制作に対する理解と不可分だった。革命政治にかかわるようになったのは1883年からで、この年に社会民主連盟（SDF）に加入している。彼はまずSDFの一員として、その後もとを分かって結成した社会主義同盟の創設者として、熱心に活動した。この分野での彼は、おそれを知らず大胆なリーダーだった。一度ならず逮捕され、1887年11月にはロンドンのトラファルガー広場で禁じられていたデモの先頭に立ち、劇作家のジョージ・バーナード・ショーとならんで行進した。このときのデモは警察と軍隊がデモ参加者を武力で広場から排除し、「血の日曜日」として記憶されている。

創造の世界の革命家

モリスは創造的な表現の世界のパイオニアであり、国際的な評価を得たリーダーだった。自分の事業を育てながら、彼は19世紀の工業生産方式に対する反乱を主導した。21世紀のイギリスの室内装飾と家を飾る美術品の世界は、モリスの功績なしには考えられない。芸術家、工芸家、実業家、店舗経営者、詩人だったモリスはまた、『ユートピアだより』をはじめとする著書で、まったく古びない刺激的な思想を生み出した革命思想家でもあった。

リーダーシップ分析

タイプ：革新者
特質：先見性、創造性
似たタイプ：シモン・ボリバル、クレメント・アトリー、シルヴィア・パンクハースト［イギリスの女性参政権運動家］、テレンス・コンラン
エピソード：モリスはサウス・ケンジントン博物館（現ヴィクトリア・アンド・アルバート博物館）がペルシア（イラン）から絨毯を購入した際、アドバイザーをつとめた。

ウィリアム・モリス　129

政治・社会

30 モーハンダース・ガンディー

インドを解放した、非暴力による抵抗の先駆的提唱者

出身：インド
業績：インドを独立に導いた／非暴力による抵抗の中心的提唱者
時期：1920〜47年

インド人弁護士モーハンダース・ガンディーは大英帝国の力に立ち向かい、祖国を独立に導いて、「マハトマ（偉大なる魂）」の尊称を贈られた。

インドが独立した1947年8月15日を、モーハンダース・ガンディーは質朴と自分が行なったすべてのことを教えてくれた神への献身を示し、コルカタで断食と祈りをしてすごした。街なかではヒンズー教徒もイスラム教徒も肩をならべて独立を祝った。現場に居あわせた人々はそのようすを「コルカタの奇跡」とよんで喜んだ。

イギリスの支配からインドを解放するための戦いにおいて長年にわたり指導者をつとめたガンディーは、ヒンズー教徒が多数を占めるインドとイスラム教徒が多数を占めるパキスタンとにインド亜大陸が分断されることに強く反対してきた。しかし分離が進むと、このふたつの宗教集団の分断を和解させる努力に身を投じる。独立の数日前、彼は和平の構築をめざしてコルカタにいた。1947年9月にヒンズー教徒とイスラム教徒間の暴動が勃発すると、ガンディーは平和が戻るまで断食すると宣言した。彼はコルカタにおちつきをとりもどすことに成功し、デリーでも1948年1月、断食によって宗教間の争いをなだめた。

自己犠牲

ガンディーはつねに自分の身を危険にさらすことをいとわなかった。自分がはらおうと思わない犠牲を他人に求めようとは考えなかった。彼はみずから範を示した──ただし自分の行動のもつ象徴的な力は十二分に意識していた。1947年9月にこう述べている。「わたしの断食は悪の力を孤立させる。孤立した瞬間に悪は死ぬ。悪にはそれ自身には拠って立つ足がないからだ」。彼の断食が果たす役割は、ガンディー自身の説明によれば、「浄化すること、無気力と怠惰を克服することによってエネルギーを解き放つこと」であった。変革の力は、個人の外に生まれたり集結したりするものではありえない、とガンディーは考えていた。それは、個人の内なる変化を通じてもたらされなければならないのだ。

ガンディーが自己浄化の方法として平和と断食の大切さを知ったのは、グジャラートですごした幼年時代、信心深かった母親のおかげだった。ガンディーの家ではヒンズー教を信仰していたが、そこには「アヒンサー」（生きとし生ける者への非暴力の原則）を軸とした、インドに深く根を下ろした伝統宗教、ジャイナ教の影響が色濃く混じっていた。ガンディーは内気な性格で学校の成績もとりたててよくはなかったが、幼少時から向上心が強く、そのためにさまざまな方法を試そうという意欲があった。

▲ ジャワハルラール・ネルー（独立後のインド初代首相、1947〜64年）と会談するガンディー（右）。

　倫理的にも精神的にも自分を高めたいという意欲は、ガンディーをナショナリズムの指導者および宗教上の模範として到達した高みに引き上げる、大きな動機づけとなった。生涯を通じて彼は、自分は信仰心と意欲の強さ以外はすべてにおいてごくふつうの人間であると強調してきた。自分がなしえた変革はだれにでもできる。「同じだけの努力をし、同じだけの希望と信念をつちかえば、どんな人でもわたしにできたことができる。一点の疑いもなくわたしはそう考える」と彼は書いている。

　ガンディーはロンドンで法律を学び、ロンドンを拠点とする菜食主義者協会で中心的活動をするようになる。この協会で理想主義者や現代社会を批判する人々と出会い、英訳されたヒンズー教の聖典『バガヴァッド・ギーター』（神の歌）をはじめて知る。この書が人生に深い影響をあたえた。研究に打ちこんだ『バガヴァッド・ギーター』からガンディーは、「アパリグラハ（非所有）」すなわち所有や自分の仕事の成果に執着しないことや、「サマバヴァ」（平静さあるいは朗らかさ）という重要な概念を得る。「動機が純粋で手段が正しければ、自分の行動が望む結果をもたらすかどうか案じてはならない」と彼は書いている。

アフリカでの転機

　留学先からインドに帰国したガンディーはふさわしい仕事探しに苦労し、1893年に現地のインド企業に就職するため南アフリカに移住した。着いてすぐ、その地での同胞のインド人の扱われ方に衝撃を受ける。この不正義に対抗するうちに、ガンディーは非暴力抵抗「サティヤーグラハ（真実をつかむ、の意）」という戦略を発展させていった。不正義に直面した際には、市民的不服従が市民のつとめであるとした。それは「誠実で、尊敬の念にもとづ

年表

1869年10月2日
インドのポールバンダルに生まれる。

1893年
インドで仕事が見つからず、南アフリカのナタールで仕事につく。

1894年
ナタール・インド人会議を創設。

1906年
南アフリカでインド人のサティヤーグラハ抵抗運動を主導。

1914年
インドに帰国。

1919年
インドでサティヤーグラハを開始。

1919年4月13日
アムリットサル虐殺事件。インド人デモ参加者にイギリス側が発砲、379名を殺害した。

1922～24年
逮捕され投獄される。

1928年
コルカタの国民会議派大会で1年以内のインドの主権的地位実現を要求。

1930年
塩税に対するサティヤーグラハを実施。

1931年
ロンドンで開催された英印円卓会議に出席。

1934年
国民会議派を脱退。

1942年
イギリスのインドからの即時撤退を要求。

1942～44年
投獄される。

1947年8月15日
インド独立。

1948年1月30日
デリーで暗殺される。

き、節度があるべきで、反抗的であってはならない」「悪意や憎しみによるものであってはならない」と彼は書いている。目的は、相手に自分の考えを受け入れてもらうことである。「サティヤーグラハがめざすべきは不正をなす人に考えを変えてもらうことであって、強制することではない」。サティヤーグラハの強みは、相手と積極的にかかわり、説得によって争いをおさめる努力を通じて、敵を作らずに変革をもたらす点にある。

ガンディーは南アフリカに20年以上滞在し、1914年にインドに帰国した。1919年に彼は、扇動の容疑をかけられた人々をイギリスが裁判なしに投獄できるとする法律に対抗する、新たなサティヤーグラハ運動を宣言する。まもなくインドの重要な政治活動家とな

怒りをうまく方向づけする

怒りはうまく方向をコントロールして利用すれば、リーダーにとって強力なツールとなる。人生でもっとも実りの大きかったできごとはなにかと問われると、ガンディーは、1893年に南アフリカに移住したばかりのとき受けた屈辱を回想した。ナタール州を列車で移動していたとき、肌の色を理由に一等車から出ていけと言われたのだ。ガンディーは一等車の切符をもっていたので座席から動こうとせず、マリッツバーグで警官によって強制的に列車を降ろされ、コートも荷物も列車に残ったままだったため、駅で震えながら一晩すごすはめになった。自分の非暴力抵抗の原点はその体験にあるとガンディーは明言している。けっして力に屈せず、力を使わずに変革をもたらす。彼は不当な扱いに感じた怒りを抑圧はしなかった。怒りをエネルギーに変え、平和的革命の推進力にしたのである。

り、イギリスの制度や製品に対するボイコット運動を主導して、何千人ものサティヤーグラハ協力者たちが喜んで刑務所に送られていった。ガンディーはインド国民会議派を再建してインドの民族主義勢力とした。1922年に民族主義者の群衆が警察署に放火するという暴力事件が起きたのを受け、ガンディーはサティヤーグラハを中止する。大義の追求に暴力はいっさい使わないという決意にガンディーはあくまでも忠実だった。

皮肉にも、ガンディーが暴力教唆の容疑をかけられ投獄されたのはこの事件のためだった。釈放されたのは1924年のことである。1930年に彼はイギリスの塩税に対抗する新たなサティヤーグラハをよびかけ、大きな成功をおさめた。続く1931年に、ロンドンで開かれた第1回英印円卓会議にインド国民会議派の唯一の代表として出席した。しかし1934年にインドに帰国すると、彼は国民会議派を脱退する。メンバーらが非暴力抵抗をその理念に対する確固たる信念からではなく、政治の道具として使っていると感じたからだった。ガンディーは、インド農村部の教育、家内工業の育成、「不可触民」（伝統的なカースト制度のさらに下にいる人々）の撤廃運動に力をそそいだ。

インド独立がついに実現したのは第2次世界大戦後、イギリスがクレメント・アトリー率いる労働党内閣のときだった。その直後、インドのイスラム教徒とヒンズー教徒の融和への努力が彼の死をまねく。ガンディーは1948年1月30日、デリーで狂信的なヒンズー教の民族主義者、ナートゥーラーム・ゴードセーによって暗殺された。

実践から生まれた理念

マハトマ・ガンディーはまちがいなく20世紀でもっとも偉大な、もっとも影響力ある人物のひとりである。彼の政治的戦略はともすれば斬新と見られたが、そうではないと彼は主張した。「わたしは世界に何も新しいことは教えていない。真実と非暴力は山々と同じくらい古くからあるものだ。わたしがしたのは、真実と非暴力をできるかぎり大規模に実験したこと、それだけである」と書いている。しかし本人は否定しても、ガンディーは社会改革に非暴力抵抗を用いた先駆者として名を残した。とくにアフリカ系アメリカ人の公民権運動の指導者、マーティン・ルーサー・キング・ジュニアに強い影響をあたえた。

ガンディーがインドにもたらした非暴力革命は、アジアとアフリカにおける大英帝国解体に道を開き、植民地主義、人種差別、暴力に抵抗する世界中の人々に励ましをあたえた。ガンディー自身は政治活動と信仰生活を区別しようとはしなかった。「わたしが果たしたいと努力し切望してきたのは（中略）神との対面である」と書いている。ガンディーの死を受け、ネルー首相はガンディーを「われらが敬愛する指導者（中略）、国父」とよび、「われわれの人生の光が消え、世界は闇になった」と述べた。

リーダーシップ分析

タイプ：垂範型
特質：自制心、平和主義
似たタイプ：アッシジの聖フランシスコ、マーティン・ルーサー・キング・ジュニア、ダライ・ラマ14世
エピソード：ガンディーは5回ノーベル平和賞候補になったが、受賞はしなかった。

芸術・文化

31 ジョン・マグロー

スポーツ界での栄光をめざして驚異的な成績を上げ、
大成功者となった

出身：アメリカ
業績：ニューヨーク・ジャイアンツを10回のリーグ制覇と3回のワールドシリーズ優勝に導いた
時期：1902〜32年

ジョン・マグロー――ニューヨーク・ジャイアンツを10回のナショナルリーグ制覇に導いた――はすべてに優先して勝利に身を捧げた勝者だった。選手たちの動機づけにすぐれ、名将の例にもれず勝つためには競争のルールをときに曲げることもいとわなかった。

1890年代にボルティモア・オリオールズの三塁手としてプレーし、1902〜32年にニューヨーク・ジャイアンツの監督をつとめたジョン・マグローは、相手にまさに戦争をしかけた。身長が170センチメートルしかなかったため、その体格と試合での戦いぶりから「リトル・ナポレオン」の異名をとった。

「選手としても監督としても、野球の試合がわたしにとって楽しいのは、自分が前線に出て勝っているときだけだ」、また、「そうでない試合にはなんの価値もない」と発言している。手ごわい性格に、一途さと積極果敢な姿勢をあわせもった人物だった。

この強い意志がニューヨーク・ジャイアンツに火をつけて、前代未聞の連勝に快進撃させる。マグローは長年ジャイアンツの監督をつとめたが、それがチーム内の規律徹底に大きな役割を果たした。新入りの選手は、強固なチーム倫理と規律正しいやり方の洗礼を受ける。マグローは選手たちからしたわれるタイプの監督だった。最盛期をすぎたとしてほかの監督なら見向きもしないような選手たちでもおそれず引き受け、彼らがパフォーマンスレベルを復活させてあと数シーズン選手生命を延ばすのを手助けした。それができたのは、マグローがゆるぎない自信ととてつもない勇気を見せたからである。自分を厳しく律したマグローは、チームにも同じ基準を求めた。そのおかげで、けっして一流ではない選手陣を常勝集団に仕立て上げた。

すぐれた戦術

1890年代のマグローの現役選手時代、オリオールズは数々の戦術で名をはせていた。その代表が、バッターがボールを地面に強く打ちつけて野手の頭上高くバウンドさせ、塁に出る時間を稼ぐボルティモア・チョップだ。バウンド力を強くしてボールがなるべく高く上がるように、ボルティモアのグラウンド整備係は（バッターが立つ）ホームベース周辺の土に硬質粘土を混ぜてみっちりと固めていた。ボルティモア・チョップをはじめとする戦術的アプローチは「インサイドベースボール」とよばれ、当時オリオールズの監督だったネッド・ハンロンが開発したものだった。インサイドベースボール――大きなヒットを打たせず内野から球が出ないためこの名がついた――は、バント（ボールを軽く内野に送りこみ、塁にい

▲ 1914年、ポロ・グラウンドでバットをふる「リトル・ナポレオン」。この年ジャイアンツは、ナショナルリーグでボストン・ブレーブスに次ぐ2位となった。

るランナーを進ませる打法) など、チームを少しずつ進塁させるための手法を基盤としていた。この戦術についてマグローは「インサイドベースボールは (中略) 世間の目にはわからない確固たる計画が形に表れたものにすぎない」と書いている。

　監督となったマグローは、同様の戦術──すぐれたピッチング、しっかりした守備、積極的な進塁を軸とした確固たる計画──で自分のチームを育てた。選手たちのキャリアをふたたび引き上げることができたのは、このシステムにそれぞれの選手をどうフィットさせるかを見抜く才能があったからである。当時、ジャイアンツが、ほかのトップチームほどのタレント集団ではないにもかかわらず勝てていたのは、マグローの戦術とずばぬけたリーダーシップのおかげだというのが世間の一致した評価だった。ジャイアンツの投手だったクリスティ・マシューソンは、チームがリーグ優勝した1904年のシーズンに、毎試合ジョン・マグローがサイドラインから試合の采配をふるったようすを回想している。マグローには鼻をかむなど決まった合図があり、選手たちに次の動きを指示した。「監督はベンチからリーグ優勝を勝ちとったのだ」とマシューソンは書いている。その後1921年には、シカゴ・カブスの監督だったジョニー・エバーズから、ジャイアンツは一流の監督に救われた二流のチームだと言われている。

　選手時代も監督時代も、マグローはルール違反ぎりぎりの行動に出ることがあった。1901年、発足したばかりのアメリカンリーグのボルティモア・オリオールズで選手兼監督だったマグローは、アフリカ系アメリカ人選手チャーリー・グラントを入団させる。グラントはそれまで、ニグロリーグのシカゴ・コロンビア・ジャイアンツでプレーしていた。当時の野球界は人種で分けられており、黒人選手はアメリカンリーグでプレーすることが認めら

年表

- **1873年4月7日**
  ニュージャージー州トラクストンに生まれる。

- **1891年8月26日**
  ボルティモア・オリオールズに入団、メジャーリーグにデビュー。

- **1899年**
  オリオールズで9シーズンプレーしたのち退団。

- **1900年**
  セントルイス・カージナルスで1シーズンだけプレーする。

- **1901年** アメリカンリーグでボルティモア・オリオールズの選手兼監督をつとめる。

- **1902年**
  ニューヨーク・ジャイアンツで選手兼監督をつとめる。

- **1904年**
  ニューヨーク・ジャイアンツでナショナルリーグ優勝を果たす。

- **1905年**
  ジャイアンツ、ナショナルリーグ制覇。ワールドシリーズでフィラデルフィア・アスレティックスに4対1で勝利。

- **1911年、1912年、1913年**
  ジャイアンツ、ナショナルリーグ3連覇。

- **1917年**
  ジャイアンツ、6度目のナショナルリーグ優勝。

- **1921年、1922年、1923年、1924年**
  ジャイアンツ、ナショナルリーグ4連覇。

- **1921年** ジャイアンツ、ニューヨーク・ヤンキースを5勝3敗でくだしワールドシリーズ優勝。

- **1922年** ジャイアンツ、ニューヨーク・ヤンキースを4勝0敗（1引き分け）でくだしワールドシリーズ優勝。

- **1932年6月3日**
  健康上の理由でジャイアンツ監督を退任。

- **1934年2月25日**
  ニューヨークのニューロシェルにて死去。

- **1937年**
  野球の殿堂入り。

れていなかった。マグローはグラント——比較的肌の色が薄くまっすぐな髪をしていた——をチャーリー・トコハマという名のチェロキー・インディアンだといつわった。グラントのリーグ入りが認められそうになった矢先、遠征先のシカゴでホワイトソックスのオーナーだったチャールズ・コミスキーにグラントだと見破られ、嘘が発覚した。

球場の内外で活躍

球場の外でもマグローはけたはずれの個性を発揮して、ちょっとした有名人になった。ギャンブラーのアーノルド・ロススタインと手を組んでビリヤード場を共同経営し、1912年にはお笑いの舞台にまで立っている。

彼がスポーツ界に残した成績は群を抜いていた。現役時代はホームラン13本をふくむ1024得点を記録し、出塁率（打者として塁に出た回数）は.466——ベーブ・ルースとテッド・ウィリアムスに次ぐ歴代3位である。監督としてはニューヨーク・ジャイアンツで

怖いもの知らず

ジョン・マグロー監督時代のニューヨーク・ジャイアンツのスター投手だったクリスティ・マシューソンは、上司についてこう語っている。「黒天然痘［致死率の高い伝染病］患者くらいいみ嫌われているときに球場に入っていって、たったひとりで大観衆に対峙する監督を見た。（中略）ありとあらゆる場面で、いちかばちかに賭ける監督を見た。あの人には怖いという感情がないんだ」。マグローは、野球界で生き残るためにはつねに戦いつづけなければならないという発言を残した。どれほど厳しい審判にもひるまずに抗議し、選手たちをよく荒っぽい言葉で叱りつけた。ニューヨーク・ジャイアンツのコーチだったアーリー・レイサムは、マグローについてこう言っている。「彼は毎日朝飯として火薬を生血で喉に流しこんでいるのさ」

殿堂入りした
ジョン・マグロー
出塁率歴代3位

テッド・ウィリアムス .482
ベーブ・ルース .474
ジョン・マグロー .466

監督としての勝利試合

3731勝　コニー・マック（監督歴53年）
2763勝　ジョン・マグロー（監督歴33年）
2728勝　トニー・ラルーサ（監督歴33年）

監督としてのワールドシリーズ優勝

1905年 ニューヨーク・ジャイアンツ
1921年 ニューヨーク・ジャイアンツ
1922年 ニューヨーク・ジャイアンツ

野球の殿堂入り
1937年
★★★

1921年、1922年、1923年、1924年にナショナルリーグ優勝を果たし、リーグ4連覇という野球史上初の快挙をなしとげた。うち前半の2シーズンはワールドシリーズにも優勝している。いずれも相手はアメリカンリーグの覇者、ニューヨーク・ヤンキースだった。

　監督としてマグローは2763勝をあげ、これは1901年から51年までフィラデルフィア・アスレティックスの監督だったコニー・マックの3731勝に次ぐ歴代2位である。しかしマックの監督歴のほうがはるかに長く、マック自身もマグローこそもっともすぐれた監督だと言っている。「監督といえばただひとり――その名はマグローだ」。マグローは選手としても監督としても破格の記録を作り野球史に名を残した偉人のひとりであり、スポーツ界でも指折りの個性豊かな人物だった。

リーダーシップ分析

タイプ：野心家
特質：タフ、意欲を引き出す
似たタイプ：ウィンストン・チャーチル、インディラ・ガンディー、ヴィンス・ロンバルディ
エピソード：マグローは審判から118回の退場処分を受けた。野球監督としての最多記録である。

軍事

32 ウィンストン・チャーチル

ナチの脅威に対してイギリスと世界を団結させた伝説の戦時指導者

出身：イギリス
業績：ナチ・ドイツ打倒に向けイギリスを率い、イギリス国民と同盟国に勇気をあたえた
時期：1940〜45年、1951〜55年

ウィンストン・チャーチルは第2次世界大戦中のもっとも苦しい時期にイギリス国民と全世界を勇気づけ、敗戦の瀬戸際からナチ・ドイツに対する勝利へと導いた、不屈の首相である。

1940年6月4日、ナチによるイギリス侵攻の脅威に対抗して、ウィンストン・チャーチルは下院で胸を打つ演説を行なった。「われわれは海岸で戦い、上陸地で戦う。（中略）われわれはけっして屈服しない」。人々を鼓舞する弁舌の才、慎重な国の舵とり、そしてアメリカとの同盟関係構築に力をつくしたことによって、チャーチルは1945年の勝利をもたらした。

6月4日の演説を行なったのは、首相に就任してわずか1カ月たらずのことだった。言葉によって人々を奮起させるリーダーシップ力を凝縮したような不朽の名演説をチャーチルは3回行なっているが、これはそのひとつである。最初は間近に迫っていると思われた、ナチ侵攻の脅威、その後はロンドン大空襲（ザ・ブリッツ。1940年9月から1941年5月にかけてロンドンをはじめとするイギリスの諸都市に対して行なわれた、ナチの戦略的な爆撃作戦）に直面して追いつめられたイギリス国民に、彼は反撃と戦いの継続をよびかけた。

2週間後の1940年6月18日、チャーチルは下院とイギリス国民にラジオ放送で「バト

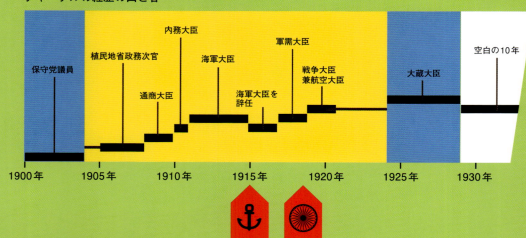

チャーチルの経歴の山と谷

保守党議員 / 植民地省政務次官 / 通商大臣 / 内務大臣 / 海軍大臣 / 海軍大臣を辞任 / 軍需大臣 / 戦争大臣兼航空大臣 / 大蔵大臣 / 空白の10年

138　図説世界史を変えた50の指導者

ル・オヴ・ブリテンがこれからはじまる」と宣言した。ナチの指導者アドルフ・ヒトラーは戦争に勝つにはイギリスを征服しなければならないとわかっている、とチャーチルは述べた。イギリスがヒトラーに立ち向かえばヨーロッパを救うことができる。演説の最後に、チャーチルは力強く迫った。「だからわれわれのなすべきつとめに向けて気を引きしめよう。かりに大英帝国とイギリス連邦が千年続いたとしても、『イギリスの最高の時代はあのときだった』と人々に言わしめる行動をとろうではないか」。チャーチルの3つめの名演説は1940年8月20日、イギリス空軍の戦闘機と爆撃機のパイロットたちを、彼らの活躍で戦争の潮目が変わったとして感動的な賛辞を贈ったものだった。「人類の戦争の歴史において、これほどわずかな人々にこれほど多くの人々が救われたことはかつてなかった」

　1940年にチャーチルが首相の座にあったのは、適材適所といえた。彼の資質は、絶体絶命の状況に置かれていたイギリスの国民が必要としていたものにほかならなかった。愛国心が強くエネルギーにあふれたチャーチルは、コミュニケーションの才能に恵まれた手練れの文章家だった。歴史に造詣が深く、イギリスの立場と歴史的な重要性についてはばかることなく発言した。サンドハースト王立陸軍士官学校で訓練を受けた彼は第1次世界大戦に従軍し、政治家としての経験も豊かだったばかりでなく、危機のときほどますます力を発揮するかに見える、動じない男だった。

説得力

　リーダーとして成功するには、他者を説得してこの人に従おうと思わせる能力が不可欠である。チャーチルのエネルギー、政治家としての経験、強靭な性格とともに生来の冷静沈着さがここでものをいった。1940年に彼は、内閣に戦争の継続を説得する必要に迫られた。一部に、ヒトラーとの協定をとりつけて大きな犠牲を避けられないかという考えがあったためだ。状況は絶望的に見えた。ナチはフランス北部を制圧しており、イギリスの国防力は十分とは思えなかった。しかしチャーチルは自信を示し、閣僚たち、次いで議員たちに、イギリスは抵抗すべきだと説得した。次の仕事は、国民に対して抵抗はむだではない、それどころか勝てると説得することだっ

 保守党
 自由党
　　　　　　　　空白の10年
 ガリポリ上陸作戦
 インド自治に反対
 エドワード8世退位騒動において国王を擁護
 バトル・オヴ・ブリテン
 ノーベル文学賞受賞
 悪いできごと
　　　　　　　　よいできごと

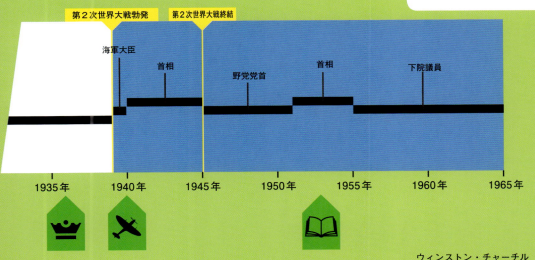

ウィンストン・チャーチル　139

年表

- **1874年11月30日**
  オックスフォードシャーのブレナム宮殿に生まれる。

- **1894年12月**
  サンドハースト王立陸軍士官学校を卒業。

- **1895年**
  第4軽騎兵連隊に入隊。

- **1899年**
  除隊し、政治の道へ。

- **1900年**
  オールダム地区の保守党議員に選出される。

- **1904年**
  自由党に入党。

- **1910～11年**
  内務大臣。

- **1911～15年**
  海軍大臣。

- **1924年**
  保守党に復党。

- **1924～29年**
  大蔵大臣。

- **1939～40年**
  海軍大臣。

- **1940～45年**
  首相に選出される。

- **1945～51年**
  野党党首。

- **1951～55年**
  2度目の首相に選出される。

- **1953年**
  ノーベル文学賞を受賞。

- **1965年1月24日**
  ロンドンにて死去。

た。チャーチルは議会での大演説をBBCラジオで全国に向けて放送した。効果は絶大だった。労働党議員のジョサイア・ウェッジウッドは「われわれはけっして屈服しない」の演説について、「あの演説には1000丁の銃と1000年分の演説の価値があった」と述べている。

チャーチルはたいへんなエネルギーと熱意をそそいで戦争遂行にあたった。1940年のチャーチルはまさしく神出鬼没で、空襲の被災地を訪れたり、海岸の防衛線や戦闘機兵団の司令部を視察したり、率直ながら不敵な演説をラジオで放送したりした。新聞の写真は「勝利のVサイン」をしながら葉巻を吸っている彼の姿を伝えた。

実際的な、忍耐の人

名演説家、価値の擁護者としての評判が高かった反面、チャーチルはリーダーとして非常に実際的な人物だった。彼が第一の目標として掲げたのは、ひたすら耐え抜くことだった。チャーチル自身の生き生きとした言葉を借りれば、「前進あるのみ」。これはチャーチルも彼の戦争計画も、新たな展開に柔軟に対応していくことを意味した。

しかし総じて見れば、チャーチルには鋭い

全身全霊を捧げる

1940年5月に首相に就任したチャーチルは、下院に対する演説でまたも名文句を発した。「大臣諸君に言ったのと同じことを議員の諸君にも言おう。わたしに提供できるのは血と労苦と涙と汗、それだけです」。そしてめざすのはただひとつ「どんな犠牲をはらっても勝つこと──いかなる恐怖をものともせず──勝利への道がどれほど長く苦しいものであろうとも」。その目的を果たすために全力をあげ、全身全霊を捧げることを約束した。

> チャーチルは休むまもなく精力的に活動し、むりがたたって1943年に2度も重い肺炎をわずらった。

戦略的センスがそなわっていた。戦争における同盟の重要性を理解しており、勝利の鍵はアメリカをイギリスの味方に引き入れることだと考えた。首相に就任すると、ただちにアメリカ大統領フランクリン・D・ローズヴェルトとの長期間におよぶ交渉に入り、これがイギリスの戦争の決定力になった（158ページ）。1941年12月にアメリカが参戦すると、チャーチルは大喜びした。のちにこう回想している。「これでついに戦争に勝った！（中略）どれほど長く続くかは（中略）だれにもわからないし、いまのわたしにはどうでもよいことだ。（中略）わが国の歴史は終わらない」

アメリカとの同盟は勝利の決め手となった。その後も戦争が終わるまでチャーチルは精力的に活動し、休むまもなく世界を飛びまわって、ローズヴェルトとは11回以上、ソヴィエトの指導者ヨシフ・スターリンとも数回会談している。それはたとえば1945年2月にナチ打倒の最終計画を描いたヤルタ会談であり、1945年7月から8月にかけて行なわれ戦後世界の構想をはじめたポツダム会談であった。

1945年、イギリスを勝利に導いたチャーチルは首相の座を追われる。1945年の総選挙は、クレメント・アトリー率いる労働党の圧勝だった（164ページ）。選挙戦での支持率は一進一退したが、チャーチルへの評価は戦時の指導者としてのものであり、戦後世界を担うべき首相としてのものではなかったのだ。

政権をしりぞいたチャーチルは、6巻におよぶ第2次世界大戦史の執筆に取り組む一方、国際舞台でアメリカとイギリスが協力して共産主義国ソヴィエト連邦に対抗すべきだと訴え、さらに欧州連合の創設を推進した。1951年から1955年にかけて首相に返り咲くが、彼の名を歴史にきざんだのはなによりもヒトラーに抵抗し、アメリカおよびソヴィエトとの同盟によってイギリスを勝利に導いたことである。これらの功績によって彼は、史上もっとも偉大な戦時指導者のひとりとしてたたえられている。

リーダーシップ分析

タイプ：挑戦者
特質：名演説家、名文家
似たタイプ：ブーディカ女王
エピソード：戦争中、チャーチルは居場所を明かさないために「ウォーデン大佐」の偽名を使って移動することが多かった。

ウィンストン・チャーチル

政治・社会

33 ヴラジーミル・イリイチ・レーニン

1917年のロシア革命を指揮した革命の立役者

出身：ロシア
業績：1917年の十月革命およびソヴィエト連邦の指導者
時期：1917〜24年

1917年11月7〜8日に、ボルシェヴィキが既存の臨時政府を打倒し、指導者のヴラジーミル・イリイチ・レーニンはロシアの政権の座についた。長らく祖国を離れ亡命生活を送り、直前まで潜伏していたが、この腹の据わった非情な革命のリーダーは権力をにぎるときわめて冷静だった。偉大な思想家とされるレーニンは、20世紀の革命家たちの理想の人物だった。

レーニンは十月革命の手順を入念に計画し、計画実行のため亡命先のフィンランドからペトログラード──ピョートル大帝が建設したサンクトペテルブルクのこと、のちにレニングラードと改称される──に向かうという大胆な行動に出た。（レーニンのソヴィエト革命が十月革命とよばれるのは、重要な事件が起きたのが旧ユリウス暦の10月25〜26日にあたっていたためである。グレゴリオ暦がロシアで採用されたのは、事件の後の1918年だった。）

臨時政府は、皇帝ニコライ2世が権力の座を追われた1917年3月に政権をにぎったばかりだった。皇帝が退位したときスイスに亡命していたレーニンは急遽帰国すると、臨時政府は自由主義のブルジョワによって構成されたものだと非難し、真にソヴィエト（労働者の評議会）を代表する政府──農民、工場労働者、兵士による政府の設立を要求した。その歯に衣着せぬ発言のため、レーニンは臨時政府から告発され、またも亡命を強いられる。新たな亡命先フィンランドで、レーニンは武力蜂起を訴えつづけた。

レーニンはひるまなかった。構想実現の決意を曲げず、生命の危険を賭してロシアに帰国し革命を進める覚悟を決める。10月20日（グレゴリオ暦）に、レーニンは身分を隠してこっそりとペトログラード入りし、武力による政権奪取への支持を集めることに成功する。革命の直後、全ロシア・ソヴィエト大会が政権掌握を表明し、レーニンを人民委員会議議長に選出した。レーニンが長い年月をかけ、忍耐強くたゆみなく準備してきた勝利の瞬間だった。

レーニンは革命の世界に不朽の遺産を残した。ヴィクトル・イワノフによるこのソヴィエトのプロパガンダポスターには、伝説的なスローガン、「レーニンは生きていた、レーニンは生きている、レーニンはこれからも生きつづける」が書かれている（1967年）。

年表

1870年4月22日　ヴラジーミル・イリイチ・ウリヤノフとしてシンビルスクに生まれる。

1889年
マルクスの著作を読み、マルクス主義者を名のる。

1895年
労働者階級解放闘争同盟。

1895年12月
同盟指導者のひとりとして逮捕され、シベリアに追放される。

1900年
ミュンヘンで亡命生活。「イスクラ（火花）」創刊。

1901年
レーニンの名を使うようになる。

1903年
第2回ロシア社会民主労働党（RSDWP）大会でメンシェヴィキとボルシェヴィキが分裂する。

1905年
革命。

1912年
RSDWPから独立しボルシェヴィキ党を結成。

1917年3月
皇帝の強制退位。臨時政府が政権をにぎる。

1917年10月
十月革命。ソヴィエトが政権を掌握する。

1918〜20年
内戦。赤軍が白軍に勝利。

1921年
飢饉で500万人が死亡。

1922年
ソヴィエト社会主義連邦樹立。

1923年3月10日
1年のあいだに3度の脳卒中を起こし、会話能力を失う。

1924年1月21日
最後の発作によりゴールキにて死去。

国の運命を変えた意志の男

　レーニンは自分は国の運命を変える男だと考え、全人生を賭けて信じた革命という大義を掲げて活動した。カリスマ性があり、強靱な知性に非凡な意志の力と意欲と目的意識をかねそなえていた。

　彼が急進主義に傾いたのは十代のときで、一因となったのは兄のアレクサンドルが皇帝アレクサンドル3世の暗殺計画にかかわった容疑で処刑されたことだった。法で禁じられていた学生集会に参加したために大学を退学処分になってからは、カール・マルクスの著作を熱心に読みふけり、マルクス主義思想に傾倒して生涯その影響を受けることになった。1890年代にサンクトペテルブルクで弁護士をしていたとき、労働者階級解放闘争同盟のリーダーのひとりとして逮捕され、15カ月間の投獄ののちシベリアに3年間追放された。

　1900年以降は長らく海外亡命生活を送るが、亡命先でロシアとヨーロッパのマルクス主義者の団結をめざした新聞「イスクラ（火花）」を共同創刊し、編集にあたった。1903年からは、ボルシェヴィキのリーダーとして

人柄

　イギリスの哲学者バートランド・ラッセルはレーニンに会ったあとで、「有力者でありながら微塵も尊大さのない人にはじめて会った」と述べた。レーニンは謙虚だった。しかし革命のなかで、彼に対する個人崇拝が形成されていく——キューバのフィデル・カストロや、現代では北朝鮮のキム・ジョンイルにみられるのと同じ現象である。レーニンはこれを喜ばなかったが、目標達成のためには必要と見て受け入れた。成功するためにリーダーはときとして、本来の自分にとって違和感のあるイメージやリーダーシップスタイルを引き受ける意志も必要だ。

頭角を現す。ボルシェヴィキは当初、ロシア社会民主労働党（RSDWP）の内部でメンシェヴィキと対立してできた分派だった。1912年にレーニンは、ボルシェヴィキをRSDWPから独立させた。第1次世界大戦時にはスイスにいて、この戦争は資本家や帝国主義者の利益のために同胞と戦わされているものだと主張し、戦争から手を引くよう社会主義者たちによびかけるが失敗に終わった。

全存在を賭けた戦い

　十月革命後は、新体制崩壊を防ぐために全存在を賭けて戦った。ロシアはまもなく激しい内戦にのみこまれていく。内戦では労働者・農民赤軍が、第1次世界大戦時の同盟国に資金援助と支援を受けた旧帝国軍からなる白軍と戦った。レーニンは鉄の意志と最強のリーダーシップを発揮して、ロシア国内の工場労働者、農民、民族集団の要求をうまく調停し、赤軍を勝利に導いた。1918年8月にはレーニン自身も襲われ、あやうく命を落としかけた。2度銃撃を受け、強靭な意志と体力のおかげで回復したものの、二度ともとの健康は戻らなかった。

　内戦後の1921年、政府による穀物徴発に反発した農民の大規模な反乱が起きると、レーニンは実際的な面を示して対応し、農民の穀物販売を許可する新経済政策を導入した——これは、革命から資本主義形態への逆行であった。1922年以降、レーニンの健康状態は大幅に悪化する。年末には国家の指導が不可能となり、秘書に遺言を口述した。そのなかで彼は、中央委員会書記長だったヨシフ・スターリンのもとでの党の将来の安定に懸念を表明した。のちにスターリンはこの文書をにぎりつぶした。

世界の教師

　レーニンは1924年1月21日に世を去った。遺体は列車でモスクワに運ばれ、一般公開されたレーニンの遺体に100万人以上が弔問に訪れた。レーニンは共産主義者のあいだで「全世界の人民の指導者にして教師」とされている。彼の生涯と著作にはたしかに世界を変える影響力があった。その政治理論（レーニン主義）はカール・マルクスの理論の概要（マルクス主義）と統合されてマルクス・レーニン主義を形成し、ソヴィエト連邦および共産主義諸国の文化・政治体制はその範囲内にあった。この偉大な革命理論家——キューバのフィデル・カストロ、中国の毛沢東、ベトナムのホー・チ・ミンの革命に影響をあたえた——は、史上もっとも重要な革命のリーダーとして広く認められている。

リーダーシップ分析

タイプ：革命家
特質：意志の強さ、知性、カリスマ性
似たタイプ：カール・マルクス、フィデル・カストロ
エピソード：太陽のまわりをめぐる小惑星ウラジレーナはヴラジーミル・イリイチ・レーニンにちなんで命名された。

芸術・文化

34 サム・ゴールドウィン

ハリウッドの黄金時代、才能の目ききだった映画界の大物

出身：ポーランド（当時ロシア帝国の一部）
業績：ハリウッドの黄金時代、プロデューサーとしてもっとも成功した
時期：1923～59年

セールスマン、映画プロデューサー、才能ある人材の育成者として超一流だったサム・ゴールドウィンは、鋼の意志でハリウッドの「夢の工房」作りに貢献し、世界を席巻した民主的なアメリカの芸術形態を創造した。

1947年に「我等の生涯の最良の年」がアカデミー賞作品賞を受賞した。プロデューサーのサミュエル・ゴールドウィンは同年、継続的に質の高い作品を作っている製作プロデューサーにあたえられるアーヴィング・G・タルバーグ賞も受賞した。1913年に自社でハリウッド初のフィーチャー映画［長編映画］を製作したゴールドウィンは成功の絶頂をきわめ、映画製作の逸材を見つける達人ぶりをも証明した。

1947年以前にも、ゴールドウィンが一流の監督を使い大スターの主演で製作した映画が、たてつづけにアカデミー賞作品賞にノミネートされていた。たとえばジョン・フォード監督、ロナルド・コールマン主演の「人類の戦士」（1931年）や、ウィリアム・ワイラー監督の「デッドエンド」（1937年、ハンフリー・ボガート主演）、「嵐が丘」（1939年、マール・オベロンとローレンス・オリヴィエ主演）、「偽りの花園」（1941年、ベティ・デイヴィス主演）などである。1947年のアカデミー賞では「我等の生涯の最良の年」を監督したウィリアム・ワイラーも監督賞を受賞し、ゴールドウィンの受賞に華をそえた。

ゴールドウィンはセールスマンとしての手腕にくわえ、ハリウッド随一の才能ある監督、俳優、脚本家、撮影カメラマンを集めて、観客からも批評家からも高く評価される映画を作り上げる製作プロデューサーとしての天分に恵まれていた。貧しい生い立ちから身を起こし、世界でもっとも華やかな業界の頂点に立ったのである。

野心的な精力家

ゴールドウィンが頂点にのしあがるには、エネルギーと自信と楽天性が必要だった。その道のりはけっして平坦ではなかった。彼は正統派ユダヤ教徒の行商人の息子シュムエル・ゲルブフィッシュとして、当時ロシア帝国の一部だったポーランドに生まれた。孤児となったのち、故郷ワルシャワを一銭ももたず徒歩で後にする。まずめざしたのはドイツで、さらにロンドンに向かい、1898年にリヴァプールとカナダのノヴァスコシア経由でアメリカに移民した。その途上で、名前をサミュエル・ゴールドフィッシュに変えた。彼には意欲と底なしの野心があった。アメリカに到着すると、アップステート・ニューヨークのグラヴァーズヴィルにあったエリート・グラヴ・カンパニーに職を見つけ、その後——独立自営をへて——セールスマンとしてなみはずれた成功をものにする。

映画業界に足をふみいれるきっかけとなったのは、義兄で興業主のジェシー・L・ラスキ

ーやセシル・B・デミル、アーサー・フレンドと興した小さな会社だった。この新会社ジェシー・L・ラスキー・フィーチャー・プレイ・カンパニーは、1905年のエドウィン・ミルトン・ロイルの舞台劇「スコオ・マン」の権利を買いとり、1913年12月29日に映画製作に入る。これがハリウッドではじめて製作された長編映画となった。

　アドルフ・ズーカーが所有するフェイマス・プレイヤーズ・カンパニーと合併したのち、ゴールドフィッシュはフェイマス・プレイヤーズ・ラスキー（後年パラマウント・ピクチャーズの一部となる）の会長になった。しかしズーカーと衝突をくりかえし、退社して、ブロードウェイの舞台プロデューサーとして活躍していたエドガーとアーチボルドのセルウィン兄弟とゴールドウィン・ピクチャーズを設立した。この新たな事業をはじめるにあたって、彼はもう一度改名しゴールドウィンとなった。

完璧主義者

　ゴールドウィンは底なしのエネルギーの持ち主で発想力にすぐれ、意志が強かった。ひとたび目標を定めると、もうなにものも彼を止められなかった。それほどの意志力があったからこそ、ワルシャワからロンドン、バーミンガム、リヴァプール、カナダ、ニューヨークをへてハリウッドにまで来ることができたのだ。彼には希望にあふれた強い夢があり、その実現にのりだしていた。

　1924年にゴールドウィン・ピクチャーズがメトロ・ピクチャーズと合併してメトロ・ゴールドウィン・メイヤー（MGM）になったとき、新会社にゴールドウィンの名前は残ったものの社内に彼の正式な役職はなく、サミュエル・ゴールドウィン・プロダクションズという肩書でプロデューサーとして独立した仕事をするようになる。このチームはハリウッドの黄金時代の独立系製作会社として、商業的にも批評家からの評価という点でも最大の成功をおさめた。会社は製作のみに専念し、配給部門がなかったため、1930年代はおもにユナイテッド・アーティスツ社、1941年からはRKOラジオピクチャーズ社を通じて映画を公開した。この製作会社は、1923年に製作した映画「ポタッシュとパールムッター（Potash and Perlmutter）」（ユダヤ人をテーマにした無声喜劇）を皮切りに、1959年まで36年間活動を続けた。

　「我等の生涯の最良の年」が成功したのち、ゴールドウィンは方向転換して人間ドラマからミュージカルに移行し、「アンデルセン物語」（ダニー・ケイ主演）、「野郎どもと女たち」（フランク・シナトラ、ジーン・シモンズ、マーロン・ブランド、ヴィヴィアン・ブレーン主演）でヒットを連発する。彼の最後の作品となったのは、純粋に惚れこんで手がけた仕事、

「我等の生涯の最良の年」。第2次世界大戦から故郷に復員した兵士たちについての「タイム」誌の記事にヒントを得て、ゴールドウィンはこの映画を製作した。アカデミー賞では監督賞と作品賞のほか5つの部門で受賞している。

サム・ゴールドウィン　147

年表

1879年7月
ロシア帝国の一部だったワルシャワに生まれる。

1898年
イギリスをへてアメリカに移民。

1899年
ニューヨークにおちつき、手袋のセールスマンとして働く。

1913年
ジェシー・L・ラスキー・フィーチャー・プレイ・カンパニーの共同創業者となり、映画「情熱の国」を製作。

1916年　フェイマス・プレイヤーズ・ラスキー設立。ゴールドウィン・ピクチャーズ設立。

1923年
サミュエル・ゴールドウィン・プロダクションズを設立。

1924年
メトロ・ゴールドウィン・メイヤー設立。

1946年
「我等の生涯の最良の年」製作。アーヴィング・G・タルバーグ賞受賞。

1950年　「デイリー・ヴァラエティ」誌の投票でゴールドウィンがアメリカ最高の映画プロデューサーに選出される。

1952年
ダニー・ケイ主演「アンデルセン物語」。

1955年
マーロン・ブランド主演「野郎どもと女たち」。

1959年
シドニー・ポワチエ主演「ポーギーとベス」。

1971年3月27日
ニクソン大統領がサム・ゴールドウィンの自宅を訪ね、大統領自由勲章を授与。

1974年1月31日
ロサンゼルスにて死去。

ジョージ・ガーシュインのオペラ「ポーギーとベス」の映画化だった。シドニー・ポワチエ、サミー・デイヴィス・ジュニア、ドロシー・ダンドリッジ、パール・ベイリーが出演したこの映画は、批評家の受けという点からも興業的にも失敗だった。この作品が成功しなかったことにゴールドウィンは失望した。

ゴールドウィンは1974年に死去するまで、ハリウッドの敬意の対象だった。ビヴァリーヒルズには彼の名にちなんだ劇場があり、ハリウッド・ウォーク・オヴ・フェームにも彼の星がある。アメリカも彼に敬意を捧げ、1971年に大統領自由勲章を授与している。後年、彼はこんな言葉を残した。「ハリウッドに対してわたしは何もしていない。ハリウッドこそわたしの恩人だ」。ゴールドウィンは、家族向けの娯楽としての映画という理念にもとづいて映画製作をしてきたという。「画面にゴールドウィン映画という文字が出たら、お客さんには家族向け映画だとわかる。

有名な一言

アメリカ映画製作配給業者協会でジャック・ワーナーと口論になったサミュエル・ゴールドウィンは、「わたしを仲間からはずしてくれ」と言うつもりで「わたしを仲間の外に入れてくれ」と言い放ったそうだ。彼は味のある面白い言いまちがいで有名になり、こうしたおかしな言葉づかいをさす「ゴールドウィン語」という造語まで発明された。やがてゴールドウィンの宣伝担当者が新しい言いまちがいを創造するコピーライターのチームまで作った。リーダーは、人と違う個性をなんでも利用して名前と立場を目立たせようというオープンな発想をすると、おおいに得るものがある。ゴールドウィン語にはほかに、「2語でお答えしよう。不・可能」や「精神科医に行くような人は頭そのものを検査しないとね」がある。

▲ フェイマス・プレイヤーズ・ラスキー時代の写真。ゴールドウィン（中央）、（左から右）ジェシー・L・ラスキー、アドルフ・ズーカー、セシル・B・デミル、アルバート・カウフマンと。

清潔感のある良質な映画でも楽しめることを、わたしは証明してきた」

　ゴールドウィンは自分の製作会社が作ってきた民主的な芸術に誇りをもっていた。ハリウッドで働く人々──プロデューサー、脚本家、監督、俳優、美術家、技師──の生活感覚はアメリカの一般国民と変わらない、と彼は強調した。「ハリウッドはアメリカを表現しているのです。それによってアメリカの民主主義精神を体現した芸術形態を創り出したのです」。ワルシャワの行商人の息子だった彼は、ダリル・F・ザナック（20世紀ピクチャーズの共同創立者）やデイヴィッド・O・セルズニック（セルズニック・インターナショナル・ピクチャーズの設立者）やジャックとハリーのワーナー兄弟（ワーナー・ブラザーズ・スタジオ）らとともに1920年代から1940年代にかけて、映画を世界でもっとも愛される娯楽形態に変えるという大仕事をやってのけたのだった。

リーダーシップ分析

タイプ：人材育成型
特質：完璧主義者、精力的、野心的
似たタイプ：ウィリアム・シェイクスピア、ウィリアム・モリス
エピソード：ゴールドウィンは「わたしは自分を楽しませるために映画を製作しているんだ」と言った。

サム・ゴールドウィン　　149

政治・社会

35 ムスタファ・ケマル・アタテュルク

近代化を進めたトルコ独立の父

出身：トルコ
業績：宗教と離れた近代的なトルコ共和国を確立
時期：1923〜38年

ムスタファ・ケマル・アタテュルク（「トルコの父」の意）は近代化のすぐれた旗手で、第1次世界大戦後何年もかけ、敗北したオスマン帝国のなかで残った地域にトルコ共和国を建国した。彼はヨーロッパ式を推進して非宗教国家を築き、国民の誇りを回復した。

　1928年、トルコ共和国の大統領は黒板とチョークを手に地方の農村をまわった。祖国の未来を作り変えることに賭けていたこの精力的なリーダーは、西欧で使われていたラテンアルファベットの読み書きを国民にみずから教えることにしたのだ。

　1928年11月、ムスタファ・ケマル政権はオスマン帝国で数百年にわたって使われてきたアラビア文字の読み書きを廃止した。この施策は、長年にわたりイスラム教国家としてオスマン帝国皇帝（スルタン）に支配されてきたトルコの大がかりな近代化と非宗教化政策の一環だった。

　スルタンは帝国内の全イスラム教徒のカリフ（精神的指導者）をかねるとされていた。1923年10月29日にトルコ共和国が誕生して6カ月後、新政府はカリフ制を廃止し、1924年3月には国内の宗教学校を閉鎖した。翌月、宗教法廷も閉鎖された。新民法が徐々に導入され、1926年にイスラム暦に代わって西暦が採用された。ムスタファ・ケマルはトルコを現代世界の仲間入りさせる努力をたゆまず続けた。

名将

　大統領になって近代化を推進する前、ムスタファ・ケマルは第1次世界大戦後の荒廃したオスマン帝国からトルコを復興させ生きのびさせるうえで中心的な役割を果たした。彼が将軍として有名になったのは、1915〜16年、ダーダネルス海峡への連合国軍侵攻をはばみ、「イスタンブールの救済者」とたたえられたときのことである。この軍事作戦では、運が彼に味方した。胸ポケットに入れていた時計が銃弾の破片をくいとめ、死か重傷をまぬがれている。

　1919年、彼は歴史の流れに挑戦する。連合国側がオスマントルコに押しつけようとした

▶ ムスタファ・ケマルと西洋で教育を受けた妻のラティーフェ・ハヌムは、現代的な慣行に移行するトルコを体現する存在だった。

年表

1881年
セラーニクに生まれる。

1915〜16年
第1次世界大戦でダーダネルス海峡への連合国軍侵攻をはばむ。将軍に昇進し、ロシア戦線で戦う。

1917年3月
シリアに派遣されるが、軍の状態に愕然とし辞任する。

1918年
復職しシリアに派遣される。第1次世界大戦終結。

1919年
アナトリアにて祖国解放運動を開始。

1920年4月23日
アンカラで開かれた大国民議会で大統領に選出される。

1922年11月1日
大国民議会でオスマン帝国スルタン制廃止を決議。

1922年11月17日
スルタンのメフメト6世が国外に亡命。

1923年10月2日
民族主義者たちがイスタンブールを占拠。

1923年10月29日
トルコ共和国を宣言、ムスタファが大統領に就任。

1924年3月3日
オスマン帝国のカリフ制廃止。

1925年2月
アナトリアのクルド人の反乱を鎮圧。

1926年6月5日
イギリスと和平条約調印。

1930年12月30日
ギリシアとの友好条約調印。

1934年
アタテュルクの姓を贈られる。

1938年11月10日
イスタンブールにて死去。

和平案に抗し、アナトリアを拠点とするトルコ解放戦争の指導者になったのである。翌年アンカラに臨時政府を樹立し、オスマン帝国のスルタン制が廃止され、スルタンのメフメト6世が1922年に国外亡命すると、ムスタファ・ケマルと仲間の民族主義者たちはイスタンブールを占拠しトルコ共和国を宣言、ムスタファが大統領に就任した。

革命家

新体制はただちに近代化政策を開始した。掲げられた大目標は、共和主義、民族主義、人民主義、国有国営産業の確立、世俗主義、革命主義の6つだった。トルコは永続的な革命——つまり変化と発展の国になるとした。ムスタファ・ケマルの革命の目的は、トルコ人を前向き、外向きにし、20世紀の急速に発展する世界の一員となれるようにそなえさせることだった。ラテンアルファベットの導入はこの政策とトルコの教育発展の鍵であると彼は考えていた。学生たちの目を西洋の学問に向けさせることになるからだ。

国民の父

ムスタファ・ケマルのリーダーとしての主要な資質は、自分自身の名誉や業績よりも祖国の長期的な将来に関心を向けていた点にあった。建設型のリーダーであり、その業績は、周辺諸国と友好関係を結び、西洋と深いつながりをもち、自国の地位に自信をもった新生トルコの建国であった。祖国の教育者として、ロールモデルとしての彼の立場は1934年に国民議会から贈られた姓に表れている。それは「トルコ人の父」を意味するアタテュルクだった。

自由を体現

ムスタファ・ケマルは国民と直接的な関係を築いて自由を求める気持ちをうながし、つねにみずから範を示した。1925年に政府は、フェズという円錐形の先端を切って短くした形の赤いフェルト帽の慣習的な着用を違法とした。この帽子は、オスマン帝国の役人や軍人の伝統的なシンボルと見られていたためである。また1928年にふたたびラテンアルファベット教育を推進したときは、国民に着用を奨励した西洋風の帽子をムスタファ・ケマルみずから着用して国内各地をまわった。

近代化政策の重要な一環が女性解放だった。1926年に導入された新法典では、一夫多妻制——オスマン社会の伝統であった、ひとりの男性が複数の妻をもつ権利——が廃止された。結婚と離婚は宗教法ではなく民法で扱うものと定められた。

ムスタファ・ケマルはここでも変化の先頭に立った。パリとロンドンで法律を学び西洋の教育を身に着けたトルコ人女性、ラティーフェ・ハヌムと結婚したのである。共和国樹立後の最初の2年間、彼女はファーストレディとしてムスタファ・ケマルのかたわらによりそい、公の場で目立つ存在だった。イスラム教徒の女性たちが伝統的に着用していたヘッドドレスをかぶらずに外出し、先進的なトルコ人女性たちに自分にならうよう励ました。夫妻は1925年に離婚した。これも新しい世俗的政府によって可能となった現代的な自由を行使したわけである。

1934年12月に女性の国政参政権（選挙権と被選挙権）が認められた。同じ年に西洋式の姓が導入された。

近代国家の創設者

ムスタファ・ケマルはトルコの新しい世俗的共和国を強固な土台の上に築き上げた。一党支配体制を確立し、外交的には中立を追求して諸外国とおおむね友好的な関係を結んだ。人柄は高潔で謙虚であり、すぐれた先見の明があった。1938年11月10日に彼が亡くなると、国内には悲しみの声があふれ、世界中から弔辞がよせられた。ウィンストン・チャーチルはムスタファ・ケマルを「偉大な英雄」とよび、アメリカのダグラス・マッカーサー将軍は「われわれの時代の最高の指導者のひとり。トルコをかの国にふさわしい世界の最先端国の一員にした」と述べた。

リーダーシップ分析

タイプ：改革者
特質：革命家、先見の明
似たタイプ：フィデル・カストロ、モーハンダース・ガンディー
エピソード：アタテュルクはフランスからのレジオンドヌール勲章（1914年）とドイツからの鉄十字勲章（1915年）をふくむ24の武勲章を授与された。

芸術・文化

36 パブロ・ピカソ

つねに芸術の限界に挑戦しつづけた、精力的で多作な芸術家

出身：スペイン
業績：キュビスム芸術運動のリーダー
時期：1907〜11年

多才なスペイン人芸術家パブロ・ピカソは、フランス人画家の友人ジョルジュ・ブラックとともに絵画を分解し、再構成して現代美術を創造した。そして前衛芸術のリーダーとなった。

　1907年、一流の画家たち数人がパリにあるパブロ・ピカソのアトリエを訪れ、衝撃的な最新作「アヴィニョンの娼館」（のちの「アヴィニョンの娘たち」）を見学した。「アヴィニョンの娘たち」でピカソは伝統的な遠近法をすて、5人の娼婦を不調和で断片的ないくつもの視点から描いて、様式化し徹底的に二次元化した絵を生み出した。ピカソはこの技法を「オルタ・デ・エブロの貯水池」などの作品でさらに発展させている。「オルタ・デ・エブロの貯水池」は1909年夏に南スペインで描かれた油彩画で、幾何学的な図形を用いて建物と風景を複数の視点から表現している。野心家でどこまでも革新性を追求したピカソは、新しい現実表現法の最先端にいた。

　ピカソはジョルジュ・ブラックとならびキュビスムのリーダーになった。キュビスムはほぼまちがいなく20世紀でもっとも影響力のあった美術運動である。キュビスムの画家たちは、絵を三次元的に見せるために用いられていた遠近法や短縮法［人体の表現に用いられた遠近法の一種］などの技法を拒絶し、現実のキャンバスが二次元であることを強調して、描く対象を分解し幾何学形の集合体として描いたり、複数の視点をとりいれたりした。運動の名前は、美術批評家のルイ・ヴォークセルが1908年のブラックの油彩画「レスタックの家」を評して書いた「奇妙な立方体の集まり」という言葉に由来する。ピカソとブラックは1907年から1911年にかけて新しいスタイルを発展させたが、ジャン・メッツァンジェやアルベール・グレーズらキュビスムの画家たちがはじめて公式に作品を展示した1911年春のアンデパンダン展には出品しなかった。

　ピカソは大革新者だった。このキュビスムの初期の形態を出発点として、彼とブラックは1910年以降、さらに抽象的なスタイルにつき進む。最初ピカソは幾何学的な図形を配置して構成した、描かれた対象がほとんど判別できない絵を創造した。その例が1911年夏に描かれた「ラム酒の瓶のある静物」である。次に「パピエ・コレ」（貼り紙）を導入する。たとえば1912年の「帽子をかぶったヴァイオリンをもつ男」では、新聞紙のきれ端を使っている。彼は現代美術をリードしていた。ほかの画家たちは彼の向かう方向に注目しないわけにいかなかった。

エネルギーと創造性

キュビスムにかかわる前から、ピカソはすでに豊かな創造性と革新的なエネルギーを示していた。美術教師の息子だったピカソは父のもとで絵画を学んだ。早くも13歳で初の個展を開き、1900年にパリ万博のスペイン館に作品「臨終」を展示されるという栄誉に浴した。

親友カルロス・カサヘマスの自殺ののち、1901年から1904年までピカソはいわゆる「青の時代」に入る。こうよばれたのは、当時描いた作品すべてが青を基調としていたからである。1904年から1906年に「ばら色の時代」が続くが、その前半にパリに移住した。

チャンスを見抜く目

20世紀初頭にパリで暮らしたピカソは、現代美術の中心地におり、チャンスを絶対に逃さなかった。人脈が大芸術家への道を切り拓いてくれた。オランダ人作家のトム・シルペロートを介して、アメリカの作家で美術収集家でもあったガートルード・スタインと1905年に出会い、1906年にスタインからアンリ・マティスを紹介されている。ピカソは人脈作りの達人で、ありとあらゆるチャンスと刺激を貪欲に受け入れた。

チャンスを絶対に逃さないこの姿勢が、刺激的なコラボレーションを生み出した。キュビスム絵画を手がけるかたわら、1917年にピカソは、作曲家のエリック・サティ、詩人のジャン・コクトーが制作に参加したセルゲイ・ディアギレフのバレエ・リュス（ロシア・バレエ団）のバレエ「パラード」の舞台美術と衣装を担当する。その後もバレエ・リュスとの関係は続き、イーゴリ・ストラヴィンスキーの「プルチネルラ」（1920年）などのデザインを手がけた。1920年代と1930年代には、シュルレアリスムという芸術運動のパイオニアだったフランス人作家で詩人のアンドレ・ブルトンと親交を結んでいる。この出会いによって、シュリレアリスムとの重要な結びつきができる。ピカソ自身はシュルレアリスム運動に参加しなかったが、その思想には大きな影響を受けた。

革新家

長い画家人生を通じて、ピカソはたえずスタイルと手法を変化させた。心を動かされた事件を変化のきっかけとすることも多かった。1936年にスペイン内戦が勃発すると、彼はフランシスコ・フランコ将軍率いる国民戦線軍と戦っていた共和国派を熱心に支持し、彼らを援助するため販売用の絵画制作に取り組んだ。1937年に巨大なキャンバスに「ゲルニカ」

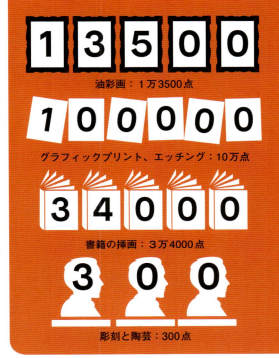

ピカソの作品集

13500
油彩画：1万3500点

100000
グラフィックプリント、エッチング：10万点

34000
書籍の挿画：3万4000点

300
彫刻と陶芸：300点

年表

1881年10月25日
スペインのマラガに生まれる。

1894年
ア・コルーニャで初の個展。

1901～04年
青の時代。

1904～06年
ばら色の時代。

1907～11年
キュビスムを発展させる。

1917年5月
バレエ「パラード」の舞台美術と衣装をデザイン。

1919年
バレエ・リュスの「三角帽子」のデザインを手がける。

1923年
シュルレアリスムの第一人者、アンドレ・ブルトンと知りあう。

1935年
詩の創作と版画制作に没頭する。

1937年
スペイン内乱で共和国派を支持し、「フランコの夢と嘘」を制作。

1937年4月26日
ゲルニカ空襲にインスピレーションを得て同名の油彩画を制作。

1941年
シュルレアリスムの戯曲「尻尾をつかまれた欲望」を執筆。

1944年
共産党に入党。

1946年
ニューヨーク近代美術館(MOMA)で50年回顧展。

1966年
シカゴのデイリー・プラザのためにキュビスム彫刻をデザイン。

1973年4月8日
フランスのムージャンにて死去。

を描く。バスク地方にあった同名の街の空襲による惨状を悼んだ、ピカソのおそらくもっとも有名な作品である。

　第2次世界大戦後、おもにフランス南部で生活していたピカソはふたたび新たな方向に転じる。1950年代に、フランシスコ・ゴヤ、ディエゴ・ヴェラスケス、ウジェーヌ・ドラクロワら過去の巨匠の作品を下敷きにした連作を制作するのである。また1960年代に生み出した油彩画とエッチングは、彼の死後に出てきた新表現主義の先駆けとなった。ピカソの制作の勢いはおとろえず、1973年の死の直前まで仕事を続けた。

予測不可能な作品展開

　ピカソの盟友ジョルジュ・ブラックや初期のライバル、アンリ・マティスのように、多くの画家は、ひとつのスタイルを作り上げると、画業の最後までほぼそのスタイルを守る。

スタイルを同時進行

　ピカソは前衛的なキュビスム作品に取り組むかたわら、伝統的な自然派の絵画も描いた。生涯を通じて彼は、複数のスタイルを同時進行させることができた。自分は完璧な絵画形態をめざそうとしているのではなく、主題にもっともふさわしいスタイルを選ぶのだと語っている。この姿勢からリーダーが得るものは大きい。チャンス、もたらされる結果の可能性、集団を率いる方法は複数ある、とつねに思っておこう。選択肢をすててはいけない。また、課題の違いに応じて自分のスタイルやアプローチを合わせるのも有益だろう。

作品にある程度予測が可能である。しかしピカソはたえず手法を変化させることにより、つねに人々の予想の先を行き、作品に世間の注目を集めつづけた。この手法の新鮮さと継続的な革新によって、ピカソは生涯を通じて現代美術の発展の先頭に立っていた。

ピカソは旺盛な創造力でさまざまな媒体を使い、スタイル、手法、形態を模索しながら作品を生み出した。同じく多産だった芸術家ウィリアム・シェイクスピアのように、ピカソも野心が強く、チャンスに敏感でしかもそれをつかむ勇気があった。作品には強いこだわりをもち、プロのモデルはめったに使わず、強い絆を感じている人々——多くは愛人たち——の協力を得た。ピカソにはウィリアム・モリスと同じ莫大な創作のエネルギーがあり、モリスと同様、複数の媒体を活動の場とした。画家としてもっとも有名だが、素描、陶芸作品、彫刻、タペストリーも制作し、詩も書いている。疲れを知らず創作を続けたピカソは、多くの芸術分野にまたがる驚異的な業績を残し、特定の分野の芸術家として類型化されるのを頑固にこばんだ。ピカソは20世紀の巨匠、キュビスムという型破りな運動のパイオニアであり、多彩な芸術活動と革新すべてを通じて、現代の芸術家のリーダーとして名を残した。

▲ ピカソはガートルード・スタインの紹介で多くの影響力のある人々と知りあった。この写真は、パトロンになっていた芸術家たちの作品で飾られた自分のサロンにいるスタイン。

リーダーシップ分析

タイプ：革新者
特質：情熱的、創造的、果敢
似たタイプ：ウィリアム・シェイクスピア、ウィリアム・モリス
エピソード：死後ピカソは5万点の作品を遺し、相続人たちとフランスが受け継いだ。

パブロ・ピカソ

政治・社会

37 フランクリン・D・ローズヴェルト

アメリカを立ちなおらせた粘り強い改革者

出身：アメリカ
業績：大統領を4期つとめ、大恐慌時代と第2次世界大戦下のアメリカを率いた
時期：1932〜45年

　フランクリン・D・ローズヴェルト大統領は大恐慌時代から第2次世界大戦の終わり近くまで、祖国の2度の暗黒時代にアメリカを率いた。ローズヴェルトはコミュニケーションと行政の手腕にすぐれ、ときとして不人気な政策にも国民の一致した支持を形成し、維持した。

　1933年3月4日の大統領就任演説で、フランクリン・D・ローズヴェルトは大恐慌という経済問題に立ち向かうと宣言し、こう述べた。「この偉大な国はこれまで耐えしのんできたようにこれからも耐えしのび、復活を果たして繁栄するでしょう。（中略）われわれがおそれるべきはおそれるという気持ち、それだけです」。この粘り強く実直なリーダーは、自分の決意と自信を国民に伝えるときに人々を鼓舞する能力をもっともよく発揮した。

　フランクリン・D・ローズヴェルト（通称 F. D. R.）自身が、復活を経験していた。ポリオを発症し、1932年の大統領選に勝利したときには杖か装具がなくては歩けないまでになっていた。政治家としてのキャリアも断たれかねない状況から、カムバックを果たしたのである。大統領選では、「忘れられた人々」のための「ニューディール政策」を掲げて戦った。「忘れられた人々」とは経済危機の犠牲者となった人々のことで、大統領就任時には工業生産が不況前の56パーセントにまで落ち、1300万人が失業していた。

野心と意欲

　フランクリン・D・ローズヴェルトが政治家の道を志したのは、1901年から1909年まで第26代アメリカ大統領をつとめた従兄のセオドア・ローズヴェルトの影響だった。フランクリンはニューヨークで貧困者支援の慈善活動をしていたセオドアの姪のエレノアと恋に落ち、結婚する。ハーヴァード大学を出てからコロンビア大学のロースクールで学んだフランクリンは、ニューヨークのウォール街にある法律事務所で働きはじめる。その後1910年に28歳で、共和党が強かったニューヨーク州で民主党の上院議員として議席を獲得した。長身の美男できわめて活力あふれる人物であり、すでに政治家として洋々たる前途が開けてい

▶ 1941年12月11日、ドイツとイタリアに対する宣戦布告に署名するローズヴェルト。日本への宣戦布告の3日後だった。

年表

1882年1月30日
ニューヨークのハイドパークに生まれる。

1910年
ニューヨーク州上院議員に選出。

1913年
海軍次官。

1920年
副大統領に出馬するも落選。

1928年
ニューヨーク州知事に当選。

1932年11月
アメリカ大統領に選出。

1933年
ラジオの「炉辺談話」第1回の放送。

1933〜39年
ニューディール政策。

1936年11月
アメリカ大統領に再選。

1940年11月
アメリカ大統領に再々選。

1941年12月
日本による真珠湾攻撃。アメリカ、第2次世界大戦に参戦。

1943年11月28日〜12月1日
チャーチル、スターリンとテヘラン会談。

1944年11月
4期目のアメリカ大統領に選出。

1945年2月4〜11日
チャーチル、スターリンとヤルタ会談。

1945年4月12日
ジョージア州ウォームスプリングスにて死去。

るかに見えた。友人たちは彼を将来のアメリカ大統領として語り、彼自身も1907年に早くも大統領への野心を表明している。

ローズヴェルトはニューヨーク州の議員として政治をよく学び、ウッドロー・ウィルソン大統領時代に海軍次官として有能な行政の手腕を発揮した。しかし1921年に休暇でカナダのニューブランズウィックに滞在していたとき、ポリオを発症する。一時期は完全に体が麻痺し、母親から政治家引退をうながされたが、彼と妻エレノアは政治家のキャリアを続ける決意を固めていた。

改革者

1928年、彼は復帰した。ニューヨーク州知事選に当選する。ふたたび、共和党支持の気風が強い土地で、民主党候補としての勝利だった。1930年に再選され、経済状況が悪化するなか、大統領としてニューディール改革を行なう構想を描き、そのステップとして州知事の立場で救済措置と景気回復刺激策を実施した。

ニューディール政策は1933年から39年にかけて実施され、連邦政府の役割を大幅に拡大した。公共事業局が公共事業に33億ドルの資金を出し、民間植林治水隊が植林と治水の臨時職を創出した。農業調整庁は生産高制限のため農家に助成金を出し、主要農産物の価格引き上げをはかった。

社会保障制度で老齢年金、遺族年金、障害年金、失業者手当を給付するようにした。雇用促進局が失業者——1935〜38年に年間平均210万人いた——のために公共の建物、橋、道路建設の職を創出した。前例のない政府介入によるこうした果断な施策により、フランクリン・D・ローズヴェルトはアメリカ経済の活性化を支援し、景気は回復に向かっていると全国のアメリカ人を励ました。

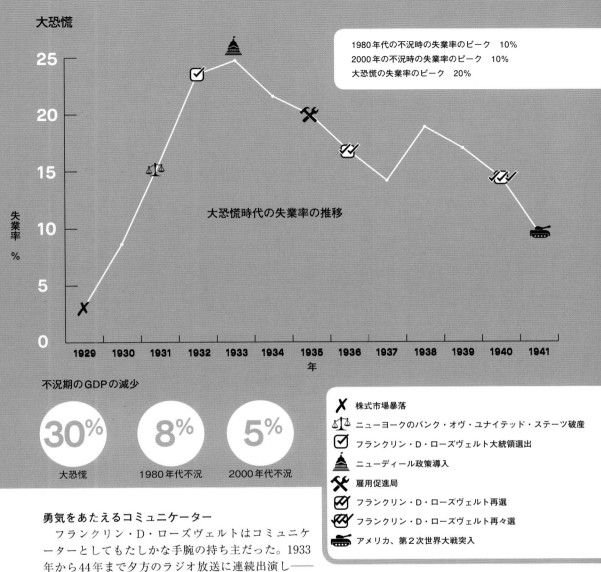

勇気をあたえるコミュニケーター

フランクリン・D・ローズヴェルトはコミュニケーターとしてもたしかな手腕の持ち主だった。1933年から44年まで夕方のラジオ放送に連続出演し――のちに炉辺談話とよばれた――、自分の先駆的な政策を解説し、明るい声と元気な口調でアメリカ国民の士気を高揚させた。一般国民に気さくな仲間意識を示したところから、偉人エイブラハム・リンカーンになぞらえられた（108ページ）。

彼の訃報をとりあげた「ニューヨーク・タイムズ」紙の社説は、彼の「人々に（中略）より大きな希望と勇気をあたえて」鼓舞する能力をとりあげ、「この人は息をするように自然に、市井の人々、一般庶民の悩みや苦労や失望や希望につねに自発的な関心をよせた」と賛辞を贈った。フランクリン・D・ローズヴェルトは国民の味方と見られていた。大統領選に4連続で歴史的な圧勝を果たしたのはこの資質のおかげである。

政治的策士

　1939年にはフランクリン・D・ローズヴェルトの大統領選の焦点は、外交政策と世界大戦の脅威になっていた。1930年代のアメリカ世論は、ヨーロッパの紛争にアメリカが関与することへの強い反対が大勢を占めていた。1939年9月に戦争がはじまると、ローズヴェルトはこの孤立主義に抵抗した。ナチがフランス北部を制圧して孤立したイギリスにも侵攻目前かと思われた1940年夏に、軍備増強の承認と「戦争以外のあらゆる救援策」でイギリスを支援することへの賛成を議会から勝ちとった。

　この重要な時期、ローズヴェルトは大統領選のまっただなかにいた。彼は1936年に再選を果たし、1940年には民主党から3期目の大統領候補に指名された。ジョージ・ワシントンの時代から大統領は3期以上つとめてはならないという慣例があったため、これはきわめて異例なことだった。しかしローズヴェルトは共和党候補のウェンデル・L・ウィルキーに大勝してまたも当選した。

適応力

　フランクリン・D・ローズヴェルトはつねに新しいことに挑戦する意欲があった。ポリオの治療法を数多く試し、大恐慌の手ごわい諸問題に幅広い施策を打った。この点で彼は、戦時中の偉大な同盟相手だったイギリス首相ウィンストン・チャーチルに似ていた。チャーチルも現実に即した戦時戦略を展開することでよく知られていた。ローズヴェルトは合意形成にも長けていた。チャーチルの後任としてイギリス首相に就任したクレメント・アトリーと同じように、他者を説得して自分の意見に引きこみ、およそあいいれなさそうな相手を説き伏せて、自分のためにすばらしい働きをさせることができた（164ページ）。

　アトリーとのもうひとつの共通点は、決断をくだしたあとで気持ちを切り替えられたところである。戦時の指導者として、彼は重要な決断をしたあと夜遅く就寝することが多かった。このような責任を負うことについて、ローズヴェルトは単純に次のように述べている。「日中は目の前にやってきた問題や自分のした決断について考えますが、さあ最善をつくしたと自分に言い聞かせて区切りをつけ、眠りにつくのです」

戦時の指導者として

　再選されたローズヴェルトは、危機にさらされたヨーロッパを支援するため手をつくした。1941年3月にレンドリース法を通過させる。これはアメリカが現金による支払いを求めず「大統領が十分とみなす直接・間接の利益」とひきかえに、同盟国に武器や軍事物資を提供できるようにするものだった。1941年8月には、イギリスの首相ウィンストン・チャーチルとニューファンドランド島沖に停泊した戦艦で会談し、アメリカとイギリスが「ナチ独裁の打倒」を誓う大西洋憲章に調印した。1941年12月7日の日本によるハワイの真珠湾攻撃を受け、年末にアメリカは、日本、ドイツ、イタリアとの戦争に入った。

　戦争中、ローズヴェルトは枢軸国に対抗する国際的同盟の最前線に立った。イギリス首相ウィンストン・チャーチルとソヴィエトの指導者ヨシフ・スターリンと一連の会談を行なった。戦争のさなかに、彼は連続4期目の大統領選に勝利する。悪化する健康を押して精力的に選挙活動を行ない、1944年に共和党候補トマス・E・デューイを破っての当選だった。

　しかしローズヴェルトが第2次世界大戦の終結を見ることはなかった。彼は1945年4月12日、脳出血で世を去る。国中が悲し

▲ 1945年にフランクリン・D・ローズヴェルトは、エジプトに停泊していたアメリカ海軍の重巡洋艦上でサウジ国王アブドゥルアズィーズと会談し、戦後のアメリカとサウジアラビアとの関係の基礎を築いた。

みにおおわれた。後任のハリー・S・トルーマンはヨーロッパ戦勝祝典をローズヴェルトに捧げ、ローズヴェルトが生きて勝利を目にし祝えなかったのが無念でならないと述べた。大統領としてただひとり4回選出され、祖国を導いて大恐慌と第2次世界大戦という大きな試練をのりこえさせたこの非凡な政治家は、死後すぐにアメリカでもっとも偉大な指導者のひとりとたたえられた。「ニューヨーク・タイムズ」紙は次のように書いている。「フランクリン・D・ローズヴェルトがホワイトハウスにいたことを、100年後の人類は神に膝まずいて感謝するだろう」

リーダーシップ分析

タイプ：協調型
特質：精神的な強さ、カリスマ性
似たタイプ：ウィンストン・チャーチル、クレメント・アトリー
エピソード：フランクリン・D・ローズヴェルトはこう言っている。「わたしはバッターボックスに立つたびにヒットを打とうとは思わない。めざすのは平均打率をできるだけ上げることだ」

政治・社会

38 クレメント・アトリー

福祉国家を築き戦後世界でイギリスの舵とりをした、合意形成の達人

出身：イギリス
業績：国営保健サービス（NHS）をはじめとする福祉国家を築いた
時期：1945〜51年

イギリス首相のクレメント・アトリーは戦後の6年間で国営保健サービス（NHS）を創設し、大英帝国を解体した。派手さはないが非常に有能なリーダーだった彼は、大変革の舵とりをし、その後数十年にわたって持続する政治的コンセンサスを作り上げた。

1948年7月4日、クレメント・アトリー首相はマイクに向かって新しい社会保障制度の運用について明快な口調で説明した。「明日から、かつてどこの国でも導入したことのない包括的な社会保障制度の運用が開始されます」と彼は宣言した。新しい国営保健サービスをとりいれたこの制度は「全国民に適用されます。（中略）あなたとあなたの家族の一生を面倒見るよう設計されているのです」

リーダーのなかにはカリスマ性があったり、自分自身や自分の業績を宣伝する才能に恵まれたりしたタイプと、単純に結果を出すことにすぐれたタイプがいる。後者には人々を協力させ、実務をこなす才能がある。クレメント・アトリーは後者のタイプのリーダーだ。コンセンサスを形成して維持する能力が、彼の大きなもち味のひとつだった。

1948年の放送でアトリーは、社会保障制度の構築には「わが国のすべての党がそれぞれに役割を担った」として、政治的結束の必要性を強調した。そうしてはじめて、新しい制度は「国の承認を得て」導入されたのだと。そして「これまでも数多くの面で世界をリードしてきたイギリスが、いまも社会的進歩の最前線にいることをわたしたちは誇りに思ってよいのです」と続けた。

誠実でひかえめ

アトリーは自身について、「宣伝に値するような特別な才能はなにもない」と評していた。弁護士の息子としてなに不自由ない中流家庭に生まれた彼は、違う自分になってみせようなどとは考えなかった。イギリスのパブリックスクールであるヘイリーベリー・カレッジとオックスフォード大学のユニヴァーシティ・カレッジを出たあと、1905年からステップニーというロンドンのイーストエンドにある貧困地区で働いた経験が、彼の政治観を形成した。第1次世界大戦に従軍して、ガリポリ、イラク、フランスに派遣されたのち独立労働党に入り、1922年にイーストエンド・ライムハウス選挙区から下院議員に選出された。

ステップニーと軍隊での経験で、彼は自分の能力と判断力への自信をつちかった。アトリーは愛国心と義務感が強く、誠実で、他人頼みをせず、絶対に衝動では動かない——慎重な判断をする人物だった。おかげで彼は、戦争で荒廃した国の首相という重圧の下でも着実に

▲ アメリカ大統領ハリー・S・トルーマン、ソヴィエトの指導者ヨシフ・スターリンと、ポツダム会議でのアトリー、1945年。

仕事をこなし、福祉国家の確立から大英帝国の解体を巧みにマネジメントするまでの舵とりができたのである。どうやって対処したのかと聞かれると、彼はこう答えた。「思い悩まないことです。(中略) 決定したらそれでよしとする。自分のしたことは正しかったのかといつまでも反芻してもいいことは何もありません」。アメリカ大統領フランクリン・D・ローズヴェルト(158ページ)とも共通する、責務には真剣に取り組みつつも気持ちをすっぱりと切り替えるこの能力は、リーダーにとって非常に大切である。それによって頭を明晰に保ち、熟慮した判断がくだせるからである。

運のおかげ？

アトリーは判断力と時機をみはからう能力にすぐれていた。待つべきタイミング、行動に出るべきタイミングをわきまえていた。首相に求められる必須の資質は、「タイミングと状況、国の気運を感じとるセンス」だと考えていた。会談や交渉の場で相手の反応をみきわめる能力が成否を分けると理解していた。このような政治的判断は「頭の良し悪し」とは別ものであり、「まったく関係ないことが多い」と見ていた。「ほかのことでは申し分なく聡明なのに、政治的判断力だけは欠けている人が多い」とも。

タイミングへの絶妙な感覚とその場の雰囲気を察知する能力にくわえ、アトリーには偉大なリーダーに多くみられるもう一つの資質がそなわっていたようだ。それは運の強さである。1931年10月の選挙で、労働党は大敗を喫した。アトリーはわずか550票差でライムハウス選挙区の議席を守ったが、アーサー・グリーンウッドやハーバート・モリソンら著名政治家は議席を失った。彼らがいなくなったことで、アトリーが労働党内でリーダーシップをにぎりやすくなったという面は否めないだろう。彼は1931年に党首ジョージ・ランズベリーの下の副党首になり、ランズベリーが辞職した1935年に党首となる。モリソンとグリーンウッドが議員だったら、アトリーではなく彼らのどちらかが選出されていたかもしれない。

年表

1883年1月3日
ロンドンのパトニーに生まれる。

1919年
ステップニー市長。

1922年
ステップニー地区代表の下院議員に選出。

1924年
陸軍次官。

1931年
労働党副党首。

1935年
労働党党首。

1940年
戦時内閣の王璽尚書［閣僚の役職のひとつ］。

1942年
副首相。

1945年
首相。

1947年8月15日
インド独立を認める。

1948年1月4日
ビルマ独立。

1948年7月4日
ラジオ放送で社会保障とNHSについて説明。

1948年7月5日
国営保健サービス（NHS）開始。

1951年
野党党首。

1955年
貴族院入り。

1967年10月8日
ロンドンのウェストミンスターにて死去。

つながりを作り、維持する

　第2次世界大戦中、ウィンストン・チャーチルの連立内閣で閣僚をつとめたのち、アトリーは1945年に議席数145で過半数となる下院で393議席を獲得し、労働党大勝をもたらす。選挙戦勝利の際も、和を大切にするこのリーダーは、首相としてのふるまいや演説で勝ち誇った態度をいっさい出さなかった。首相という新たな役割にあっても、彼は第2次世界大戦中の連立内閣での仕事ぶりそのままに、慎重で手堅かった。大西洋の反対側の国との良好な関係を維持するべく心をくだき、労働党内閣の社会福祉政策は共産主義とはまったく違うことをアメリカに納得させた。

　アトリーとアトリー内閣が築き上げた政治的コンセンサスは、終戦直後から1950年代、60年代、70年代まで長く息を保った。ほころびが表れるのは、軋轢を生み出したマーガレット・サッチャー内閣になってからである。とはいえサッチャー政権下でも、NHSはイギリスにおけるアトリー行政の大切な産物として残った。アトリー的な和を重んじるリーダーシップは、偉大な戦時の指導者フランクリン・D・ローズヴェルトのアメリカにもみられる。ウィンストン・チャーチルはアトリーを、「ひかえめな男だ…ひかえめなところだけはおおいに自慢していいくらいだ」と一蹴したことで知られるが、アトリーはリーダーとして超一流だった。彼の政権は、戦後イギリスの様相を一変させる大きな変化をみごとにとりしきったのである。

アトリーの全方位型政治

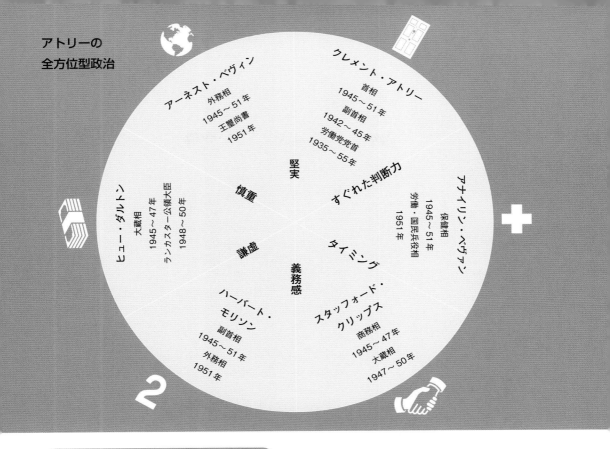

マネジメント能力

アトリーは非常に有能な閣僚たち――アナイリン・ベヴァン、アーネスト・ベヴィン、ヒュー・ダルトン、ハーバート・モリソン、スタッフォード・クリップスといった錚々たる顔ぶれ――をマネジメントして、最大の働きを引き出す達人だった。すぐれたチームマネジメント力はリーダーシップの肝である。アトリーには、内閣での議事をしっかりとコントロールし、迅速に決定にもちこむ能力があった。第2次世界大戦中は、各委員会のマネジメントがチャーチルよりすぐれていると評価されていたほどだ。チャーチルは白熱する議論を仕切りながら明確な成果を出せないことが多かったが、アトリーは自分の委員会で迅速かつ明確な決定をくだしていった。

リーダーシップ分析

タイプ：協調型
特質：謙虚
似たタイプ：ハリー・S・トルーマン
エピソード：ガンディーはアトリーを、「イギリスの最良の部分を特徴づけるひかえめさ」の好例だと評した。

クレメント・アトリー　167

芸術・文化

39 リース卿

BBCラジオを国際的な成功に導いた、頼もしく厳格なリーダー

出身：イギリス
業績：イギリス放送協会（BBC）の初代総支配人／BBCワールドサービスラジオ設立
時期：1927～38年

スコットランド人の牧師の息子として生まれたリース卿は、気むずかしくぶっきらぼうな物腰の持ち主だったが、はてしないエネルギーで1920年代から1930年代にかけてイギリス放送協会（BBC）の地位確立を進めた。しかしなによりも彼のリーダーシップとマネジメントを特徴づけたのは、放送人に「情報をあたえる、教育する、楽しませる」という使命を課した、志の高い姿勢だった。

1923年9月28日に創刊された「ラジオ・タイムズ」第1号は大成功だった。印刷した28万5000部が完売したのである。ジョン・リースがイギリス放送会社の支配人職について、まだ1年もたっていなかった。新聞各紙からラジオの番組表の無料掲載を断わられると——新聞界の大物たちは勃興してきたラジオという媒体を警戒していた——リースは専門誌の発行というアイディアを思いつく。こうして「ラジオ・タイムズ」が誕生した。

イギリス放送会社は、ラジオ製造企業団体によって製品の人気を上げる番組作りのために設立された。前年に支配人職に応募したとき、リースは放送についてまったくの素人だった。しかし強固な意志で職をものにし、成功をものにしたのだった。

意欲満々

辣腕秘書、イズベル・シールズを迎え入れると、リースはエネルギーをみなぎらせ意欲満々で全力で仕事に取り組んだ。彼は決断が速く、問題の処理にすぐれていた。BBCの取締役たちからはすべてをリースの裁量にまかされていた。リース本人の談によれば、面接で「すべて君にまかせる。月例会議で報告して仕事の状況を教えてくれればいい」と言われたという。

リースには厳格なところがあった。牧師の息子としての生い立ちも影響し、彼はすぐにラジオ放送について、「娯楽を提供するだけでなく、情報をあたえ、教育するべきだ」という考えを形成する。このアプローチは実を結んだ。聴取者数はたちまち伸び、「無線機」（ラジオのこと）が売れて、製造企業各社は大きな利益を上げた。

このアプローチが成功した大きな要因は、イギリス放送会社が独占権をもっていたことによる。（1926年末に）特許が切れると、リースはイギリス放送協会の設立を提案する。日常業務は協会のマネージャーたちが運営するが、商業的な配慮よりも公共の利益を優先する理事会が監督を行なう公営企業である。この案は1927年に実現し、リースが新協会の総支配人になった。またその功績に対して爵位を授けられた。

このような成果をもたらすうえで重要な役割を果たしたのが、1926年のゼネラル・スト

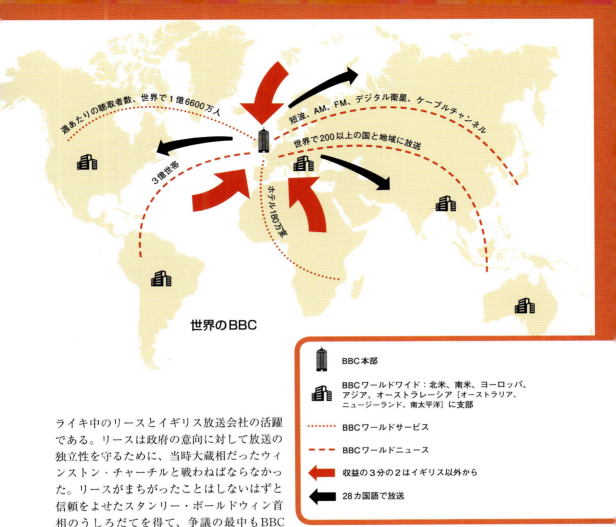

世界のBBC

	BBC本部
	BBCワールドワイド：北米、南米、ヨーロッパ、アジア、オーストラレーシア［オーストラリア、ニュージーランド、南太平洋］に支部
······	BBCワールドサービス
----	BBCワールドニュース
⬅	収益の3分の2はイギリス以外から
⬅	28カ国語で放送

ライキ中のリースとイギリス放送会社の活躍である。リースは政府の意向に対して放送の独立性を守るために、当時大蔵相だったウィンストン・チャーチルと戦わねばならなかった。リースがまちがったことはしないはずと信頼をよせたスタンリー・ボールドウィン首相のうしろだてを得て、争議の最中もBBCは公平な情報源としての立場を確保した。

職員の忠誠を集めた強さ

　総支配人は協会の頼りになる大きな力だった。理事たちとはしばしば衝突し、クレメント・アトリーの言葉を借りれば「多少の恐怖で」支配しているという評判を受ける。1930年代、ヨーロッパ大陸で独裁者が頭角を現してくると、ありがたくない比較もされた。下院議員のナンシー・アスターには「ムッソリーニの傾向がある」と言われ、同じく議員だったジョージ・ランズベリーからは「国政の場にいたら優秀なヒトラー」になっただろうと評された。

　しかし1934年にリースが保守党議員の委員会によばれ、新聞の攻撃を受けると、BBCの職員800名が新聞の「悪意ある虚偽の記述」を「嫌悪し」、「総支配人への忠誠心と感謝を再確認した」と述べる公式書簡に署名した。リースの強力なマネジメントスタイルは全職員を心酔させたのである。

年表

1889年7月20日 ジョン・チャールズ・ウォルシャム・リースとしてスコットランドに生まれる。

1914〜15年 第1次世界大戦で第5スコットランド・ライフル連隊にて従軍。

1915〜17年 アメリカで兵器製造を監督。

1920〜22年 グラスゴーのエンジニアリング会社の支配人。

1922〜27年 BBCの支配人。

1927〜38年 BBCの総支配人。

1936年 BBCワールドサービス開始。

1938年 インペリアル航空会長。

1940年 ストーンヘイヴン男爵となる。

1940年 情報相。

1943〜45年 海軍本部共同作戦および物資局長。

1946〜50年 連邦電気通信理事会会長。

1948年 BBCリースレクチャー創設。

1965〜68年 グラスゴー大学の名誉総長。

1967〜68年 スコットランド教会総会国王代理。

1971年6月16日 エディンバラにて死去。

なみはずれたエネルギー

　1938年にリースはネヴィル・チェンバレン首相から、インペリアル航空の支配人という新しい仕事を打診される。リースは戦ってまでBBCにとどまるつもりはなく、新たな活躍の場を探しているともらしたこともあった。しかしリースは、BBCを離れたことを一生後悔していたようだ。1960年にBBCのインタビュー番組「フェイス・トゥ・フェイス」に出演したあと、彼は訪問者帳に、「ジョン・チャールズ・ウォルシャム・リース、元BBC、辞めたことを後悔している」と記帳した。

　リースは高位の重職を歴任したが、そのなみはずれたエネルギーのはけ口として、BBC総支配人以上にふさわしい役職には出会えなかった。1950年にクレメント・アトリー首

高潔なリーダー

　リースの倫理観は厳格だった。1923年に「ラジオ・タイムズ」が成功したあと、BBCの取締役たちがリースに利益の分配を申し出たが、リースは「ラジオ・タイムズ」の発行で金儲けをしないのが自分の倫理的責任だと言って辞退した。総支配人だったときには、公然と不倫していたことを理由に、チーフエンジニアだったピーター・エッカースリーとの契約を解除している。のちにエッカースリーは、「わたしはたまたま、高尚な信念にしたがって行動するたぐいまれな人の支配下に入ってしまったのだ」とコメントした。リースが采配をふるっていた頃のBBCラジオは、人々が教会に行くのをさまたげないよう、日曜日は昼の12時半まで放送をはじめなかった。放送がはじまってからも、日曜日はうわついた娯楽番組はなく、クラシック音楽と宗教番組だけを流していた。

▲ ジョン・リースは自分の生い立ちの背景にある厳格な長老派教会の価値観を、成人して放送の世界の指導者となってからももちつづけた。

相にこんな手紙を書いている。「わたしにまかせたいとお思いの大きな仕事はありませんか？ ご存じのとおり、わたしには相当なことができます」

彼が後世に残る仕事をしたのは、BBCにおいてであった。放送人は娯楽だけでなく教育と情報を提供すべし、とする彼が打ち立てた姿勢には、いまでもリースの名がついてまわる。「リースの倫理観」は公共放送の核となり、テレビ、ラジオをはじめとする放送媒体の将来をめぐる議論の重要なテーマでありつづけている。

リーダーシップ分析

タイプ：闘争型
特質：なみはずれたエネルギー、志の高さ
似たタイプ：ヴィクトリア女王
エピソード：彼はライバルの（商業放送局の）ITVを「腺ペスト」になぞらえた。

軍事

40 シャルル・ド・ゴール

第2次世界大戦中、フランス陥落後も戦いつづけた意志強固な愛国者

出身：フランス
業績：第2次世界大戦中、亡命先から自由フランス政府を指揮した
時期：1940〜44年

シャルル・ド・ゴールは第2次世界大戦中、亡命フランス人からなる自由フランス軍の誇り高く意気軒昂な指導者だった。その軍人らしいタフさと独立精神を、政治家として、フランス第五共和政の大統領としての後半生にももちつづけた。

1940年6月18日、フランスのシャルル・ド・ゴール准将はBBCラジオのマイクの前にすわり、前月のドイツ軍によるフランス占領ののちもあきらめるなと祖国の同胞によびかけた。そもそもこの放送——フランス史に残る名演説となった——を実現させた際にも、彼の後半生を特徴づけた闘争心あふれる自信をあますところなく見せつけていた。

6月17日、ド・ゴールは祖国の新政権に対抗する「自由フランス」の指導者として立つ決意を胸に、極秘裏にフランスからロンドンに飛んだ。ナチ・ドイツの電撃戦攻撃にフランスは屈していた。第1次世界大戦の英雄だったフィリップ・ペタン元帥のもと6月16日に内閣が構成され、ドイツとの休戦協定調印の準備に入った。協定の結果、ナチの占領下にないフランスの領土はペタンのヴィシー政権（政権の拠点があったフランス中部の街の名からとった）が支配することになった。

フランス国外にいる全フランス人の指導者になるというド・ゴールの主張には、ほとんど裏づけがなかった。イギリスはもちろんフランスでも無名に近かった。すでに50歳になっており、軍歴は申し分なかったがきわだったものではなかった。しかし断固たる自信で、彼は自分を理想の人物として押し出した。ふさわしい場所に身を移し、イギリス首相のウィンストン・チャーチルに、いまがふさわしいタイミングだと説き伏せたのである。

影響力

その場に居あわせた人々によると、演説の前、ド・ゴールは緊張しており、この歴史的瞬間にもてる力を総動員しようとしているようすだったという。彼は戦闘の前に部隊によびかける将軍のような、朗々たる口調で話した。演説のなかでド・ゴールは、「敗北は決まったのか？　否である！　（中略）なぜならフランスは孤立してはいない！　孤立してはいない！　断じて孤立してはいないのである！」と宣言した。彼はフランス国外にいるフランス人兵士、エンジニア、兵器工場労働者たちに向かって、自分に連絡をとってほしいとよびかけた。「フランスの抵抗の火はふみ消されてはならない、ふみ消されはしない」と言葉を継いだ。チャーチルは一度きりの放送を許可していたが、ド・ゴールはこの演説を終えると、翌晩もう一度放送することを許された。チャーチルやイギリス閣僚——フランス海軍の協力に希望を残していたため、ヴィシー政権と疎遠になることを憂慮していた——にそれをはば

▲ パリ解放を祝う群衆のなかにド・ゴールをたたえる横断幕が見える。

む力はほとんどなかった。

　約束された2度目の放送は6月19日に行なわれた。フランスを代表して演説していると宣言したド・ゴールは、武器をもつフランス人には戦う義務があると力説した。6月22日には3度目の、さらに大胆な演説を行なった。ド・ゴールは度胸で放送のチャンスを手に入れ、自由フランスの指導者の立場を確保したのである。

したたか

　自由フランス——のちに「戦うフランス」とよばれるようになる——は少しずつ根づいていき、ド・ゴールは指導者としての地位を固めていく。ロンドンに拠点をかまえながらも、彼は誇り高く、ときとして扱いづらい人間で、受け入れ側のイギリス人におもねろうとはしなかった。一度は電話でチャーチルに、フランスでは自分は15世紀にフランスの自由のためイギリスと戦ったジャンヌ・ダルクの再来と思われていると語っている。これは、リーダー役としてのド・ゴールの立場をできるかぎり強固なものにする戦略の一環として成功した。ド・ゴールはフランス人のリーダーとしてロンドンにいる自分を、仮の提案ではなく、動かぬ事実として見せたのである。

　1943年5月に、自由フランスの拠点はロンドンからアルジェに移った。当初ド・ゴールはアンリ・ジロー大将との共同体制に甘んじざるをえなかったが、ジローがアメリカ訪問で留守にしたすきに政治的かけひきの才能を発揮し、ジローを失脚させて新たに形成されたフランス国民解放委員会の代表の座におさまった。これがのちの解放後のフランス共和国臨時政府となる。

年表

1890年11月22日 シャルル・アンドレ・ジョゼフ・マリー・ド・ゴールとしてリールに生まれる。

1932年 リーダーシップについての講演をまとめた『剣の刃』出版。

1940年6月18日 ロンドンから自由フランスをよびかける第1回目の放送。

1940年8月2日 フランスの軍事法廷で欠席裁判、死刑を宣告される。

1943年 自由フランス軍司令部がアルジェに移転。

1944年8月 パリ解放。ド・ゴールが凱旋帰国。

1946年1月20日 臨時政府大統領を辞任。

1946年11月 第四フランス共和政。

1947年 フランス国民連合創立。

1958年6月2日 首相に就任。

1958年12月21日 大統領に選出。

1962年 アルジェリア独立。

1965年12月21日 大統領に再選。

1968年 五月革命勃発。

1969年4月28日 大統領を辞任。

1970年11月9日 コロンベ・レ・ドゥ・ゼグリーズにて死去。

解放者

　ヨーロッパ戦線の潮目が変わると、自由フランス軍は連合国軍とともに祖国の解放に参加した。1944年8月26日、ド・ゴールは解放されたパリの中心部のシャンゼリゼ通りで凱旋パレードを行なった。市内にいたヴィシー政権の残党が、コンコルド広場近くで彼に向かって発砲した。臨時政府のトップとなったことを発表するため、ノートルダム寺院に入った際にも発砲があった。数回の発砲があったにもかかわらず、まるでいまの自分は死なないと確信しきっているかのように頭を高く上げて歩いていた彼の姿を、目撃者たちは語っている。

　その後、パリ市庁舎で大演説するド・ゴールに、群衆は歓声を上げながら聞き入った。

　パリよ！　パリは攻撃され、破壊され、犠牲を出した、しかしパリは解放されました！　みずからの手によって、フランス軍の助けを得て、フランス全土の助けを得て、パリ市民の手によって解放されたのです！

万人のリーダー

　多種多様な人々で構成される集団を統治しなければならないド・ゴールのようなリーダーは、自分の見せ方に特殊なスキルを要する。ド・ゴールのよびかけは「すべてのフランス人に」(ア・トゥ・レ・フランセ)対するものであり、彼自身は保守的でカトリック信者だったが、共産主義者もその指揮下に置かなければならなかった。この点で、自由フランス運動をイギリスとアメリカから独立させることに彼がこだわったのは重要で、おおむね同じ大義のもとで戦う他国人との区別を強調し、フランス人の結束を高めた。

戦争の初期にロンドンでそうしたように、ド・ゴールはフランスを従属的なパートナーや援助をありがたく受ける側としてではなく、連合国と対等に見せることに最大限の力をつくした。だからフランス解放においてイギリスやアメリカをはじめとする連合国の果たした役割にはまったくふれなかった。

フランスの守り手

1958年からの第五フランス共和政大統領としての戦後の人生でも、ド・ゴールは自分の思いどおりに権力を行使するという決意を口にしてはばからなかった。彼の目標は、「アングロサクソンの」影響に対抗してフランスの国際的地位を強化し、国内では大統領の権威をもって統治することだった。あいかわらず敵を作ることをおそれず、1963年と1967年の2度にわたり、ヨーロッパ経済共同体へのイギリスの加盟に拒否権を行使し、1966年にはNATO軍事同盟からフランス軍を撤退させ、1966年のベトナム戦争と1967年の第3次中東戦争では中立をよびかけた。1960年代後半に入ると、彼の姿勢がフランス国内の不安定化の原因となり、1969年4月28日、憲法改正を問う国民投票で敗北して、彼は大統領職をしりぞいた。

1940年にヴィシー政権に抵抗する基盤をたちまちのうちに築いた彼の勇気と自信、そしてフランスの誇りと国際舞台での地位を守るための断固とした努力は、永久に記憶されたたえられるだろう。とりわけ、彼を祖国の歴史でもっとも偉大な国家指導者のひとり、ナポレオン・ボナパルトやカール大帝とならぶ指導者と仰ぐフランスにおいて。

▲ 1940年6月、ロンドンで「自由フランス」レジスタンス運動の指導者として挑戦的なポーズをとるシャルル・ド・ゴール。

リーダーシップ分析

タイプ：闘争型
特質：自信家、闘争的、誇り高い
似たタイプ：シモン・ボリバル、フィデル・カストロ、マーガレット・サッチャー
エピソード：彼の葬儀に参列を希望する外国の高官があまりに多かったため、別の会場で追悼式典が同時開催された。

宗教

41 マザー・テレサ

コルカタのスラムに心をよせたノーベル平和賞受賞者

出身：アルバニア
業績：神の愛の宣教者会を設立し、病人、極貧の人々、死にゆく人々が尊厳を保てるようにする活動を行なった。
時期：1948〜97年

病人、死にゆく人々、孤児、極貧の人々への奉仕活動で1979年にノーベル賞を受賞したマザー・テレサは、深い思いやりと強い意志をかねそなえていた。神の愛の宣教者会の設立と維持、学校やハンセン病者のための施設、「もっとも貧しい人々」のためのホスピスの開設という活動のなかで、彼女は信念につき動かされた無私の行動の力を示した。

1946年9月10日、アルバニア生まれでインドの修道院付属学校の教師として働いていた修道女シスター・テレサは、人生を変える体験をした。修道院を出て貧しい人々のなかで暮らしながら彼らを助けるようにという、神のよびかけを感じたのである。「あれは命令でした」とマザー・テレサはその体験をふりかえった。

1948年にマザー・テレサは仕事に着手する。まずは基礎的な医療訓練を受け、それからコルカタのスラム街に身を投じた。修道衣を脱いで青い線の入った白地の質素な木綿のサリーを着るようになり、このサリーがやがて、彼女の修道会、神の愛の宣教者会の制服となった。

自分を信じる

1949年の初めに、最初の弟子たちがくわわった。みなで路上で食べ物や生活物資のほどこしを求めなければならなかった。貧困がどれほどつらいものかを身をもって体験したマザー・テレサは、日記にこう書いている。「あの人たちがどれほど体と魂に痛みを感じながら、家を、食べ物を、健康を求めているかを思った」。比較的快適な修道院に戻りたいという誘惑にかられながらも、マザー・テレサはあふれる信念から、ふみとどまることを選んだ。「一粒の涙も出るのを許しませんでした」。地元の自治体からマザー・テレサは元巡礼者用の簡易宿泊所だった建物をゆずり受け、活動拠点として使うようになった。

最初の数カ月から数年のあいだ、マザー・テレサは新しい事業を立ち上げて軌道にのせる者にたびたび必要となる、なにものをもはねのけるような自分を信じる心と内面の強さを見せた。この困難な時期に、成長途上のリーダーは自分が築こうとしているプロジェクトを継続するにたるだけの熱意を感じているかどうか、見きわめなければならない。マザー・テレサはそうした。彼女の熱い思いはイエスと貧しい人々に捧げられていた。マザー・テレサの思いやりは覚悟に裏打ちされており、それは数十年にわたって彼女のリーダーシップの特徴となる。この信念の強さが、彼女を偉業に導いたのだった。

1950年10月7日、マザー・テレサは「飢えた人、裸の人、家のない人、障害のある人、目の見えない人、ハンセン病の人、社会全体から求められていない、愛されていない、気に

▲ コルカタの施設で世話している子どもたちとマザー・テレサ。修道会の仲間たちの制服となった、青い線の入った木綿のサリーを着ている。

もかけられていないと感じているすべての人々、社会のお荷物となってだれからも避けられている人々」の世話をするという使命を掲げた修道会の設立許可を教皇から得た。1952年に、死を待つ人々のための最初のホスピス、「ニルマル・ヒリダイ（清い心の家）」をコルカタに開設した。極貧の人々や病人の世話をするときと同じく、ここでもマザー・テレサが重視したのは、人としての尊厳だった。ホスピスでは、キリスト教、イスラム教、ヒンズー教とさまざまな信仰をもつ人々が、自分の宗教のしきたりを守ることができた。ホスピスは「動物のように生きてきた人々が、天使のように――愛され、求められて――逝く場所なのです」とは、マザー・テレサの言葉である。

現実的な楽天主義

　神の愛の宣教者会が大きくなると、マザー・テレサは新たな事業にも取り組み、ハンセン病患者の療養施設「シャンティ・ナガル（平和の家）」といくつかのハンセン病の診療所、そして孤児院「ニルマラ・シシュ・バヴァン（聖なる子どもの家）」を開設した。テレサの活動は、イエスとアッシジの聖フランシスコの思いやりに満ちた姿勢に影響を受けている（30ページ、62ページ）。聖フランシスコ自身も、ハンセン病患者と貧しい人々に献身的につくした。さらにテレサは、活動をコルカタからインド全土に、そして全世界に広げていっ

年表

1910年8月26日
アグネス・ゴンジャ・ボヤジュとしてスコピエに生まれる。

1928年8月15日
修道女になる決心をする。

1931年5月24日
修道女として初誓願を宣立。

1928〜45年
コルカタの修道院付属学校で教師をつとめる。

1937年5月14日
修道女として終生誓願を宣立。

1946年
病人と貧困者に奉仕せよという神のよびかけを体験。

1948年
神の愛の宣教者会を創設。

1952年
コルカタに最初の死を待つ人々の家を開設。

1955年
ホームレスの子どもたちのための孤児院と家を開設。

1963年
神の愛の宣教者会ブラザー部門を創設。

1965年
インド国外の最初の施設をベネズエラに開設。

1971年1月6日
ヨハネ23世教皇平和賞受賞。

1971年
アメリカ初の施設をサウスブロンクスに開設。

1979年
ノーベル平和賞受賞。

1997年9月5日
インドのコルカタにて死去。

2003年10月19日
カトリック教会より列福される。

た。修道会はヨーロッパ、アフリカ、アメリカの多数の国に施設を開設した。

マザー・テレサの業績は多くの人々の心を動かした。その筆頭が、教皇ヨハネ・パウロ2世である。1986年2月3日、ヨハネ・パウロ2世は、コルカタ訪問の最初に「ニルマル・ヒリダイ」を訪れ、この施設は「至高の愛」の証であると語った。2003年10月19日のマザー・テレサの列福（聖人に次ぐ「福者」と宣言すること）に際しても、ヨハネ・パウロ2世は、「わたしはこの勇気ある女性に、個人的に感謝の念をいだいているのです。わたしはずっと彼女をそばにいるように思ってきました。（中略）彼女の生涯は、この世に尊いものがあることの証明、謙虚な奉仕という幸いの証明なのです」と述べている。

国際的な視野

国際的な仕事に身を捧げている人の多くがそうであるように、マザー・テレサも国境にはこだわらない立場を表明していた。「血筋でいえばわたしはアルバニア人です。国籍はインドです。宗教は、カトリックの修道女です。使命においては、世界につくします。心は、すべてイエス様の御心に捧げています」。マザー・テレサはアルバニア語、セルビア語、英語、ベンガル語、ヒンディー語の5カ国語を流暢にあやつることで知られていた。彼女が亡くなったとき、ペルーの外交官で元国連事務総長のハビエル・ペレス・デ・クエヤルは、「彼女は国連だった。世界にとって平和そのものだった」と言った。

生涯、敬虔なカトリック信者でありつづけたマザー・テレサは、離婚と避妊と中絶を罪であるとする教会の教義に忠実な立場を変えようとしなかったことから、一部の人々の反感をかった。そうした批判に対して、マザー・テレサは現実的な楽観主義を示した。「だれに何を言われても、ほほえんで受けとめ、自分のなすべきことをするのです」

1983年に最初の心臓発作にみまわれてから、マザー・テレサの健康は悪化した。1990年に修道会総長をしりぞいたが、ほぼ満場一致で再選される（反対票は彼女自身の

マザー・テレサの遺産

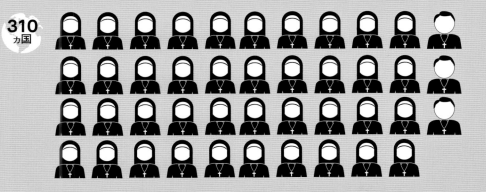

1948年 ひとりで活動
1 カ国

1949年 13人の仲間
1 カ国

1997年 神の愛の宣教者会には4000名の修道女、ブラザー部門には300名の修道士が所属
310 カ国

神の愛の宣教者会が活動する国の数

1票のみだった)。1997年3月13日、亡くなる数カ月前になってようやく、修道会の修道女たちはマザー・テレサの退任の願いを受け入れざるをえなくなり、修道会の指導者の役割はシスター・ニルマラ・ジョシーに引き継がれた。

疑いをのりこえて

死後に日記が出版されると、マザー・テレサが長期にわたって疑いと精神的な不毛に苦しめられたことが明らかになった。日記にはこう記されている。「わたしの信仰はどこに行ったのだろうか。心の奥深くを探ってみても（中略）何もない、空虚と暗黒があるばかり」。それでも彼女は極貧の人々、社会から見すてられた人々の奉仕に休みなく働きつづけ、強い意志の力と思いやりの力を見せてくれた。

リーダーシップ分析

タイプ：垂範型
特質：自分を信じる気持ち、共感
似たタイプ：ナザレのイエス、アッシジの聖フランシスコ、モーハンダース・ガンディー
エピソード：1928年に聖女リジューのテレーズにちなんでテレサという修道名を選んだ。

芸術・文化

ヴィンス・ロンバルディ

チームワークと勝利への意志を熱心に説いたカリスマリーダー

出身：アメリカ（イタリア系アメリカ人）
業績：史上最高のアメリカンフットボール監督
時期：1948～69年

　史上最高のアメリカンフットボール監督とだれもが認めるヴィンス・ロンバルディは、ひたむきな勝利への意志、チームワーク重視、シンプルなプレーの実践で知られた。グリーンベイ・パッカーズを1959～67年の7年間で5度のナショナル・フットボール・リーグ（NFL）優勝に導き、1960年代でもっとも成功したチームにした。

　1967年1月15日、グリーンベイ・パッカーズはロサンゼルス・メモリアル・コロシアムでカンザスシティ・チーフスに35対10で圧勝した。アメリカン・フットボール・リーグとナショナル・フットボール・リーグのあいだで行なわれた初のプレーオフだった。アメリカ人の生活の愛されてやまない一部となった、スーパーボウルの原型である。

　ベテランクォーターバック、バート・スターの活躍の上に築かれたグリーンベイの勝利で、ヴィンス・ロンバルディの業績にまたひとつ栄光がくわわった。ロンバルディは1959年に監督に就任して以来、パッカーズの運命を完全に逆転させた。前年1958年のシーズンを、パッカーズは1-10-1（1勝10敗1分）という惨憺たる成績で終えていた。しかし就任後、ロンバルディはチームを、1961年、1962年、1965年、1966年のNFL覇者に導くのである。

勝利めざして一丸となる

　イタリア系アメリカ人という出自と敬虔なカトリック信仰、まるで奇跡のように見える結果を出すことから、ロンバルディには「教皇」というあだ名がついた。信仰は人を自由にする、と彼は語った。「神を信頼すれば、思い悩まなくなる。（中略）この信頼と行動への確信はまわりに伝染し、完璧な行動を助ける」。個人に対しては、人柄、タフさ、勝利への意志の大切さを強調した。こうした資質を体現した個人が結集し、練り上げられた計画に従う——つまりチームワークに勝利はかかっている。ロンバルディのコーチングスタイルは、次の決まり文句に集約されていた。「一丸となれるやつらが勝つ」

　イタリアのサレルノからブロンクスにやってきたイタリア移民の子だったロンバルディは、子どもの頃から信仰心が篤く、青年時代は6年かかる神父になるための勉強に4年間取り組む。しかし、進路を変更してフットボール奨学金でフォーダム大学に入学すると、1936年にフォーダム大学フットボールチームの最強オフェンス陣「花崗岩の7個の塊」のひとりとなった。

　はじめてコーチ職についたニュージャージー州イングルウッドの聖セシリア・カトリック高校では、東海岸で最高の学生フットボールチームのひとつとされていたイエズス会系高校

図説世界史を変えた50の指導者

ブルックリン・プレップにチームを勝たせ、すぐれた手腕を発揮した。母校フォーダム大学で短期間コーチをつとめたのち、ふりかえれば転機となる道を選択した。ウェストポイントにある陸軍士官学校のフットボールチームのアシスタントコーチ職を引き受けたのである。ここで彼は、ヘッドコーチのアール・ヘンリー・「レッド」・ブレイク——つねに「大佐」とよばれた——の下で学ぶ。ブレイクは軍隊式の規律を課す一方、組織力の大切さも強調していた。

完璧な規律

師のブレイクにならい、ロンバルディは規律を土台とし、それに闘志と計画立案を合体させてチームの成功を築いた。「規律には一種類しかない。完璧な規律だ。リーダーとしてこの規律を課し、維持しなければならない。それができなければ仕事は失敗だ」と発言している。成功に求められるタフさは「屈することをこばむ、完璧に規律のいきとどいた意志」の上に築かれる、と彼は主張した。自分の経験からいうと人は心の奥底では規律とそれがもたらす成果に感謝している、という。

▲ 戦術を伝授——1960年代前半、チームミーティングで選手たちに試合の作戦を説明するロンバルディ。

ウェストポイントののち、ロンバルディはプロフットボールの世界に入る。1954〜58年のニューヨーク・ジャイアンツのアシスタントコーチ職をへて、1959年2月にグリーンベイ・パッカーズのヘッドコーチに指名され、ここから彼の華々しいキャリアがはじまる。監督として卓越した業績を上げるようになってからは、成功に求められる資質と努力のレベルについてさまざまな場で発言した。彼の印象的な言葉には苦労して得た体験の裏づけがあり、今日でもビジネスリーダーやトレーナーによく引用される。

ひいでるために身を捧げる

勝つために必要な資質は生まれつきのものではない、育てることができる、とロンバルディは信じていた。成功するためには「ひいでること、勝利することに身を捧げ」なければならない。最後に勝てる保証はなくとも、熱意と粘り強さで勝利に向かって日々努力することはできる。「毎週、新たな出会いがある。毎日、新たな課題がある」。勝つために選手は——一般社会でなら人は——「すべてを捧げ」なければならない。

グリーンベイ・パッカーズでのロンバルディの驚異的な記録は、1959〜67年の105-35-6（105勝35敗6分）である。プレーオフ優勝を逃したのは1度だけ、フィラデルフィア・イーグルスに17対13で敗れた1960年のみだった。この試合は、パッカーズ側の攻撃でゴール

年表

1913年6月11日
ニューヨークのブルックリンに生まれる。

1928年
15歳で神父になるための勉強をはじめる。

1932年
神父になるための勉強を断念。

1933年
ブロンクスにあるフォーダム大学のフットボール奨学金を獲得。

1939年
ニュージャージー州イングルウッドの聖セシリア高校の教師、スポーツコーチ。

1947～48年
フォーダム大学のフットボールとバスケットボールのコーチ。

1948～53年
ウェストポイントの陸軍士官学校のフットボールアシスタントコーチ。名監督アール・ヘンリー・「レッド」・ブレイクに学ぶ。

1954～58年
ニューヨーク・ジャイアンツのアシスタントコーチ。

1959～67年
グリーンベイ・パッカーズのヘッドコーチ。

1959年9月27日
レギュラーシーズン初試合でパッカーズが9対6でシカゴ・ベアーズに勝利。

1959年
NFL年間最優秀監督に選出。

1969年
ワシントン・レッドスキンズのヘッドコーチ。

1970年9月3日
ワシントンD.C.にて大腸がんで死去。享年57歳。

1971年
プロフットボール殿堂入り。

ラインにあとたった数ヤードとどかずに終了した。ゴールに成功していれば勝てたはずだった。試合後、ロンバルディが選手たちに「こんなことはもう二度と起こらない。おまえたちはもう二度と優勝を逃さない」と言った話は有名だ。チームスピリット構築の達人だった彼には自信がみなぎっており、それを選手たちに伝えたのだ。

パッカーズのあと、彼はワシントン・レッドスキンズのヘッドコーチとゼネラルマネージャーになった。ここでも、レッドスキンズが1970年代に築いた全盛期の下地を作ったのは周知のとおりである。しかしロンバルディがレッドスキンズの成功を目にすることはなかった。彼は1970年9月3日、57歳の若さで世を去る。大腸がんを知らされてからわずか数カ月後だった。病床でニクソン大統領から、アメリカ中が応援していると励ましの電話を受けると、ロンバルディはいかにも彼らしく、病気との闘いを絶対にあきらめないと答えた。しかしこの闘いには彼は勝てなかった。

ロンバルディの名はアメリカのビジネス界に生きつづけ、彼の名文句がよくオフィスに掲示され、チームワークと簡潔さと実行を重んじる持論は絶大な影響力をおよぼしてきた。アメリカンフットボール界でも、驚異的な業績によって彼の名は不朽のものとなった。毎年恒例のスーパーボウル・チャンピオンシップの勝者に授与されるトロフィーは、ヴィンス・ロンバルディ・トロフィーという。

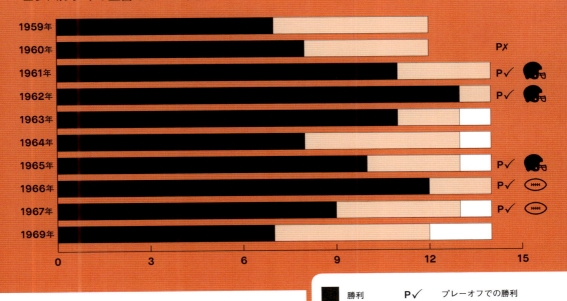

リーダーは作られる

　スポーツ界のもうひとりの巨人、サッカー監督のアレックス・ファーガソンは、「前面に出て人を指導する自信は、おそらくもとから自分のなかにあったと思う」と言っている。しかしロンバルディの考えは違った。彼は自己決定論者だった。「生まれながらのリーダーはいない、リーダーは作られるものだ。たいへんな努力によって作られるのだ」

　ロンバルディはフットボール場の中でも外でも、これはあてはまると考えていた。フットボールには貴重な人生訓があると唱え、いわく「努力、犠牲、忍耐、闘争心、無私、権威に対する敬意は、価値ある目標を達成するためにだれもがはらわねばならない代償である」ことをフットボールは教えてくれる。努力と献身という哲学を、彼は輝かしいキャリアの最後までつらぬいた。

リーダーシップ分析

タイプ：人材育成型
特質：規律、自信
似たタイプ：ネルソン・マンデラ
エピソード：孫のジョー・ロンバルディもフットボールの監督としてアトランタ・ファルコンズ（2006年）、ニューオーリンズ・セインツ（2007〜13年）、デトロイト・ライオンズ（2014年〜）で活躍している。

政治・社会

43 インディラ・ガンディー

強硬路線でインド政界のトップにのぼりつめた野心的な首相

出身：インド
業績：インド初の女性首相
時期：1966〜77年、1980〜84年

インドでただひとりの女性首相となったインドの政治家、インディラ・ガンディーは権力を手堅く掌握して母国を世界の経済大国への軌道にのせた。

　1975年、インディラ・ガンディー首相は選挙法違反の判決をくだしたインド法廷に対抗し、非常事態宣言を発令した。4回インドの首相に選ばれたガンディーは意志の強いリーダーであり、政治運営者としても重圧のなかで中央集権により成果を生み出し、辣腕ぶりを発揮した。

　非常事態宣言は、1975年6月25日から1977年3月21日まで続いた。この間にガンディーは工業と農業生産を促進するための20ポイント政策(プログラム)を実施した。反対派には厳しい措置をとり、組織を非合法化したり個人を投獄したりした。また憲法改正を行ない、1972年の選挙での圧勝で指摘された選挙法違反の告発をのがれた。ガンディーは権力行使に際しては非情だった。彼女は権力そのものだった。ガンディーが所属する国民会議派の総裁デヴ・カント・バルーアは「インドはインディラ、インディラはインドだ」と言った。

生まれながらの大物？

　ガンディーが政治家を志したのはその出自と教育の影響による。彼女は1947年にインドがイギリスからの独立を果たしてから初代首相となった、ジャワハルラール・ネルーの一人娘だった。1917年生まれのガンディーは、独立闘争中の愛国主義と行政を自分の目で見てきた。教育を受けたのは、1913年にノーベル文学賞を受賞した偉大な神秘思想家で作家のラビンドラナート・タゴールが、ベンガル州シャーンティニケータンに創設し指導にあたった学校だった。その後、イギリスのオックスフォード大学サマーヴィル・カレッジで学んでいる。

　1941年にインドに帰国すると、翌年、ジャーナリストで国民会議派の党員だったフェローズ・ガンディー（インドの独立運動指導者モーハンダース・ガンディーとの血縁関係はない）と結婚した。結婚直後の1942年9月から1943年5月まで、夫婦ともども社会転覆活動のかどでイギリスによって投獄されたが、インドの国政の場で頭角を現したいという思いは強まるばかりだった。

権力への道

インド独立後にジャワハルラール・ネルーが首相になると、インディラは父のアシスタント兼接待役をつとめながら着実に政治の経験を積んでいった。国民会議派の統治委員会に名をつらねたのち、1959年に党の総裁となった。1964年に父が亡くなると、ラル・バハドゥル・シャストリが首相を引き継ぐが、シャストリはガンディーを自分の内閣の情報放送相に指名した。シャストリが心臓発作で急死すると、ガンディーがその後任として党の総裁と首相の座につく。就任宣言は1966年1月24日、インド初の女性首相だった。彼女の指名は、党内で対立していた二派の妥協の結果であった。

首相になったガンディーは、自分の支配力と中央集権の強化にかかった。国民会議派内のライバルに対しては、忠誠をあてにできる味方を大臣につけることで優位に立ち、内閣に権力を集中させた。恵まれない人々の味方、社会主義と世俗主義の推進者として自分を宣伝し、女性や貧しい人々やダリットたち（カースト制度の外にいる人々で「不可触民」とよばれることが多い）からの熱狂的な支持を得る。1971年の選挙では「貧困撲滅！」をスローガンに選挙戦を戦い、議会で過半数を大きく上まわる352議席を獲得した。同年12月には、パキスタンとの戦争でインドに迅速な勝利をもたらし、その結果、東パキスタンが独立してバングラデシュとなった。

▲ 1966年、首相に就任したばかりのガンディーはアメリカを訪問し、ワシントンD.C.のナショナルプレスクラブ［ワシントンD.C.に駐在する世界各国のジャーナリストの団体］で話をした。

この成功によって、ガンディーは1972年の議会選挙でふたたび大勝する。しかしこの勝利は選挙法違反の告発を受け、ガンディーの非常事態宣言をひき起こした。

1977年、非常事態宣言の終了後、ガンディーと国民会議派は新たな選挙で惨敗した。負けに甘んじる人間ではなかった彼女はただちに反撃を開始し、国民会議派から離脱して新党コングレス（I）党（Iはインディラの頭文字）を発足させた。1978年11月に党は新たな議席を獲得、1980年1月の選挙では圧勝した。

インドを国際舞台に

首相在任中、ガンディーは中国およびソ連と関係を構築し、インド初の人工衛星打ち上げを指示してインドの国際的立場を大きく向上させた。衛星は5世紀のインドの大数学者で天文学者だったアリヤバータの名をつけられ、1975年4月19日にソ連から打ち上げられてい

年表

1917年11月17日
アラハバードに生まれる。

1942年
フェローズ・ガンディーと結婚。

1959年
国民会議派総裁。

1964年
情報相に指名される。

1966年1月
国民会議派総裁、首相。

1967年
選挙で過半数をやや上まわる議席を獲得。

1971年
選挙で過半数を大幅に上まわる議席を獲得。

1971年12月
バングラデシュ解放戦争でインドがパキスタンを破る。

1972年3月
3度目の選挙に勝利。

1975年
非常事態宣言。

1977年
総選挙で敗れる。

1978年11月
議会に新党として新たな議席を獲得。

1980年1月
選挙で圧勝し、首相に返り咲く。

1980年6月
サンジャイが飛行機事故で死亡。

1984年6月
アムリットサルの黄金寺院攻撃を指示。

1984年10月31日
ニューデリーで暗殺される。

る。前年の1974年5月には、ラジャスタン州で初の核実験を行なった。

　ガンディーが中央集権を望んだひとつの理由に、王朝構築の意図があった。自分の死後、息子のサンジャイに権力の座をゆずるつもりだったが、彼は1980年6月に飛行機事故という悲劇にあい命を落とす。彼女はかわりに長男のラジーヴに希望を託し、航空機パイロットのキャリアをすてて政界入りするよう説得した。結局、彼は母親の暗殺後に首相となっている（1984〜89年）。

非情さによって身を滅ぼす

　1971年、パキスタンとの戦争中に、ガンディーは一部からドゥルガーとよばれた。「近づきがたい者」を意味するヒンズー教の戦いの女神である。権力の行使に同様の非情さを見せた恐るべきイギリスの首相マーガレット・サッチャーになぞらえられ、後年は「鉄の女」の名でも知られるようになった。サッチャーと同じくガンディーもある意味、

変化に対処する

　ガンディーは不屈の強さで首相として4期を生き抜き、1977〜78年に投獄されるというどん底から闘志で這い上がり、再起を果たした。1980年のスピーチで彼女は、変化の渦中や挫折にみまわれたときに平静を保てる能力を、インドとインド女性の特性であるとした。インドとインド女性は「統合、つまり順応し吸収するという天賦の才があるのです」。そしてそれが「苦難に立ち向かい、ある程度平静な心で激変に対処し、たえず変化しながらも不変でいられる芯の強さとなっているのです」と続けた。

1962年、ファーストレディとしてインドとパキスタン訪問中ニューデリーを訪れたジャッキー・ケネディにつきそうガンディー。

自身の鉄の意志と一途な闘争心の犠牲者だったといえるかもしれない。自治州を求めるパンジャブ地方のシーク教徒の騒乱に対するガンディーの厳しい対応は、シーク教徒全般の強い反感をまねいた。1984年6月、ガンディーはシーク教徒がもっとも神聖視していたアムリットサルの黄金寺院への攻撃を指示した。450人以上のシーク教徒が殺害された。1984年10月31日、ガンディーの護衛をしていたふたりのシーク教徒が自宅の庭にいた彼女に銃を向けた。

女性としてのパイオニア

1980年、ニューデリーの全インド女性会議ビル開所式のスピーチで、ガンディーは、「解放されるためには、女性はだれはばかることなく本来の自分を出さねばなりません。男性に伍してという意味ではなく、自分の能力と人格を発揮するという意味でです」と述べた。インディラ・ガンディーは国際政治の世界で女性として新たな境地を開いた。1966年に政権をとったとき、彼女は世界初の女性首相になったわけではないが、1967年、1971年、1972年と3回の選挙戦に連勝し、1980年に復帰を果たした彼女は、女性首相として世界最長の任期を誇る。大きな業績を達成したこの女性は、1984年10月、暗殺される前日に次のように語った。

> わたしは長い人生を生きてきましたが、生涯を国民への奉仕に捧げたことを誇りに思います。（中略）死ぬときはわたしの血の一滴残らずすべて、インドを活性化し強くすると言うことができます。

リーダーシップ分析

タイプ：闘争型
特質：非情、中央集権志向
似たタイプ：マーガレット・サッチャー
エピソード：少女時代、インディラはよくジャンヌ・ダルクごっこをして遊んでいた。

インディラ・ガンディー　187

政治・社会

44 ネルソン・マンデラ

アパルトヘイトへの抵抗運動を率い、その後南アフリカを統一した勇気あるリーダー

出身：南アフリカ
業績：アパルトヘイトを撤廃させ、和解を推進した
時期：1994〜99年

南アフリカの弁護士で社会活動家のネルソン・マンデラは人種隔離政策であるアパルトヘイトと戦い、27年間にもおよんだつらい獄中生活を耐えぬき、1994年に南アフリカ大統領となった。国の指導者として彼は祖国の──そして世界の──融和を推進した。

　1994年5月10日の南アフリカ大統領就任式で、ネルソン・マンデラは、「傷を癒すときが来ました。(中略) 建設の時代が訪れたのです」と宣言した。生来の風格と長い獄中生活で苦労のすえにつちかった知恵を活用し、彼は祖国を苦しみから解き放たれた未来に向かって導いた。

　和解を実現させたいという思いの強力な象徴として、マンデラは就任式に、前大統領P・W・ボタとパーシー・ユターを招待した。ボタは黒人に白人と同等の権利を認めないアパルトヘイト制度を長年施行した人物、ユターは1963〜64年のマンデラの裁判で死刑を求刑した検察官である。そして大統領として最初の晩餐会の招待客には、長い獄中生活のあいだ彼にひんぱんに暴力をふるった看守たちの姿があった。また、デズモンド・ツツ大主教が委員長をつとめ、アパルトヘイト体制下の行為を告白した者に恩赦をあたえる真実和解委員会を大統領として後援した。

　大統領となったマンデラは、アパルトヘイトという人種隔離政策によってできた傷にこだわることをよしとしなかった。インドのイスラム教徒とヒンズー教徒の融和につくしたインド独立運動指導者モーハンダース・ガンディーのように、マンデラも対立する集団のあいだに橋を架けようという強い意志をもっていた。マンデラは傷を癒して統一された南アフリカという遠大な理想を、変化をもたらすための現実的な施策とみごとに一致させた。「ふつうの南アフリカ人としての日々の行ない」によって、アパルトヘイト後の南アフリカに彼が描いたヴィジョンは実現するのだ。

　黒人民族主義という大義への献身、生来そなわっていた風格、27年間におよんだ獄中生活でつちかった内面の強さによって、マンデラは偉業をなしとげた。大統領としての目標は、かつての敵に働きかけ、より大きな善のため、南アフリカの未来のために同志として手を結ぶことだった。「敵との和解を望むなら、敵とともに働くことです。そうすれば相手は同志になります」と発言している。この姿勢が世界中の人々の心を動かした。

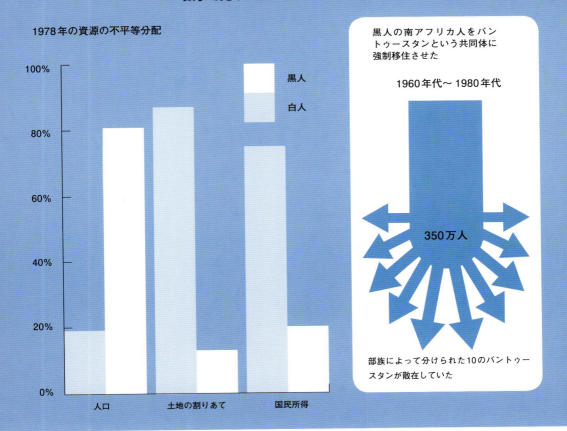

なにものもおそれず身を捧げる

　大統領になったときには、マンデラが反アパルトヘイト運動の先頭に立ってから50年がすぎていた。マンデラは1944年に黒人民族主義者組織、アフリカ民族会議（ANC）に参加し、1949年にはANCのリーダーのひとりとなっていた。法律を学んだのち、1952年にANCの仲間のオリヴァー・タンボと南アフリカ初の黒人の法律事務所を立ち上げた。

　非武装の南アフリカ黒人69人が警察に射殺された1960年のシャープヴィル虐殺事件と政府によるANCの非合法化を受け、マンデラとANCは変革を起こすために暴力的手段に訴えるようになる。のちにマンデラはこうふりかえった。「反対の意思表示をする合法的手段がすべて断たれ、われわれは劣悪な状態に永久に甘んじるか、政府に立ち向かうか、どちらかを選ぶしかない立場に追いこまれたのです」。1961年に彼はANCの武力闘争組織「ウムコント・ウェ・シズウェ（民族の槍）」のリーダーとなり、そのメンバーらは南アフリカの軍事施設や政府の施設に対する破壊活動を行なった。マンデラはアフリカ大陸内を飛びまわり、イギリスにも渡って反アパルトヘイト運動への支援を集めた。

　1962年に南アフリカに帰国すると、マンデラは逮捕され収監された。1963年から64年にかけて、破壊活動の容疑で裁判にかけられる。被告席にあって死刑に直面しながらも、彼は大義に全身全霊を捧げた。マンデラはこう述べている。「わたしは民主的で自由な社会とい

年表

- **1918年7月18日**
  喜望峰のウムタタに生まれる。

- **1944年**
  アフリカ民族会議（ANC）に参加。

- **1949年**
  ANCのリーダーになる。

- **1960年**
  シャープヴィル虐殺事件。

- **1960年**
  ANC非合法化。

- **1961年3月29日**
  1956～61年の国家反逆罪裁判で無罪判決。

- **1961年12月16日**
  ウムコント・ウェ・シズウェ（民族の槍）を立ち上げる。

- **1964年6月12日**
  終身刑を言い渡される。

- **1990年2月2日**
  ANC合法化。

- **1990年2月11日**
  刑務所より釈放される。

- **1991年**
  ANC議長に選出。

- **1993年**
  南アフリカ大統領F・W・デクラークとともにノーベル平和賞受賞。

- **1994年4月**
  南アフリカ大統領に選出。

- **1997年**
  ANC議長を退任。

- **1999年**
  大統領の任期終了とともに政界を引退。

- **2013年12月5日**
  ヨハネスブルクで死去。

う理想を大切に胸にいだいてきました。だれもが平等な機会をもち、仲よくともに暮らせる社会です。わたしはこの理想のために生きたい、生きてこの理想を実現したい。しかし必要とあらば、この理想のために死ぬこともいといません」

マンデラは終身刑を言い渡され、1964年から82年までケープタウンの沖合にある悪名高いロベン島刑務所に収容された。刑務所での待遇は劣悪だった。一時は毎週木曜日に仲間の囚人たちと大きな塹壕を掘らされ、そのなかに入れられた。そして看守たちが上から放尿するのである。それが終わると塹壕を埋め、監房に戻れと命令された。囚人たちのリーダーとなったマンデラはたびたび扱いのひどさに抗議し、罰として独房に閉じこめられた。母親が亡くなったときと、長男が交通事故で亡くなった際も、葬儀への出席を申請

脚光を独り占めしてはいけない

ANCの中心人物、同じ刑務所の囚人たちのリーダー、南アフリカの大統領として、マンデラは他者のもっともよい部分を引き出す方法について確固たる哲学をもつにいたった。彼は語っている。「ほかの人々を前面に押し立てて、後ろから指導するほうがよいのです。とくによいことがあったとき、勝利を祝うときには」。権威が確立したら、自分は一歩引いて成功に貢献した人全員を晴れの場に参加させるのがよい。マンデラはこう続ける。「危険に際しては自分が矢面に立つ。そうすれば人々は、あなたのリーダーシップを評価してくれます」。困難な時期に前に出ていく人が、リーダーの資格を証明するのである。

大統領を退任したのちも、マンデラは国際的に活動を続けた。写真は、小学生と意見交換するマンデラ。

したが却下された。それでもマンデラは何人かの看守とは良好な関係を築くことに成功した。囚人時代にマンデラは、怒りを現実的で寛大な姿勢に変容させた。だからこそ大統領となってからの彼のリーダーシップは、あれほどの影響力をもったのである。デズモンド・ツツ大主教はこう述べている。「あの27年間の苦しみは彼を浄化し、彼のトレードマークとなった度量の大きさを育てる一助となったのです」

刑務所の外では、反アパルトヘイト運動によってマンデラは世界でもっとも有名な政治犯になっていた。そのことが受難とあいまって、1990年2月11日に南アフリカ大統領F・W・デクラークによって釈放されたとき、彼は押しも押されもしない権威を身につけていた。

反アパルトヘイト運動の象徴として、また南アフリカ初の黒人大統領として、ネルソン・マンデラはその生涯と業績がまぎれもなく歴史を変えた、20世紀から21世紀初めにかけての偉人のひとりである。後世に残る最大の功績は、数十年間の人種抑圧がもたらした遺恨と傷のために血で血を洗う闘争がはじまりかねなかった国で、平和と和解に尽力したことだ。彼には生まれながらの風格があったが、刑務所ですごした四半世紀以上のあいだに、自分自身の性格と他者を導く方法について多大な学びも得ていた。彼はこう語っている。「平和を望む人は、報復や逆襲を考えてはいけません。勇気ある人は、平和のために赦すことをおそれてはいけません」

リーダーシップ分析

タイプ：まとめ役
特質：人道主義、度量の大きさ
似たタイプ：モーハンダース・ガンディー、マーティン・ルーサー・キング・ジュニア
エピソード：生まれたときにあたえられた名前「ホリシャシャ」は、彼の部族の言語コーサ語で「トラブルメーカー」を意味する。

ネルソン・マンデラ

政治・社会

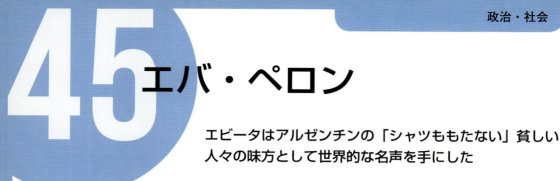

エバ・ペロン

エビータはアルゼンチンの「シャツももたない」貧しい人々の味方として世界的な名声を手にした

出身：アルゼンチン
業績：偶像的なリーダー、変革の推進力となった
時期：1946～52年

　エバ・ペロンは夫のアルゼンチン大統領フアン・ペロン政権で変革の大きな推進力となり、貧しい人々の救済活動で聖人視された。元女優だった彼女は、公の顔と後世に残るイメージを巧みにマネジメントした。

　1951年8月22日、ブエノスアイレスの大規模集会に集まった200万人の人々は、エバ・ペロン――「エビータ」の愛称で知られる――にアルゼンチンの副大統領への立候補を求めた。夫フアン・ペロンの大統領再選に向けた選挙活動中で、第1次ペロン政権（1946年～）でエビータが私人の立場で行なった貧しい人々の支援活動に感激した数百万の熱狂的な支持者は、彼女に公的な役職につくことを望んだのである。彼らは自分たちを代表するリーダーとして、彼女の内閣入りを願った。

　この日、彼女と夫は街の中心部の7月9日通り（アルゼンチンの独立記念日にちなんだ名称）に組まれた巨大な足場から群衆に演説した。大統領候補夫妻の絵の入った大きなポスターがステージの上に掲げられ、そこには「ペロン――エバ・ペロン」の大きな文字が躍っていた。エビータは群衆に決断を待ってほしいとよびかけたが、群衆は待ちきれず、「いまだ、エビータ、いま決めてほしい」と答えた。エビータは、自分がもっているラジオ番組の数日後の回の放送で決断を伝えると約束した。

　結局、エビータは立候補しないことを発表した。自分は夫の業績という大きな歴史の一章の脚注として記憶されたい、「ペロン将軍のかたわらに国民の希望と要望を伝え、それをかなえてもらった女性がいたこと、その名はエビータだったこと」を覚えていてほしいと表明した。この決断は、ペロン陣営によって無私の棄権行為とされた。しかし歴史家は、アルゼンチンの上流階級と軍部が――貧しい人々の味方としての彼女の成功に脅威を感じていた――夫とならんでの副大統領立候補を断わるよう強制したと見ている。

才能に恵まれ、イメージには敏感

　エビータは野心家で聡明だった。元女優だけあって、自己演出に長けていた。こうした資質をすべて使って、貧しい生い立ちからアルゼンチンのファーストレディにのぼりつめ、1951年には西洋でもっとも影響力ある女性のひとりになっていた。

　エバはごく若い頃から大きな野心があり、15歳で名声を求めてブエノスアイレスに出てきた。極貧の生い立ちと、私生児として生まれ正規の教育を受けていない人間としてなにかと下に見られたことが、生涯彼女をつき動かす大きなモチベーションとなった。ブエノスアイレスで彼女はモデル兼女優として身を立てる。1944年に、エバはフアン・ペロン大佐と

▲ 1951年、ブエノスアイレスに集まった労働者たちは、フアンの再選とエバの副大統領立候補を連呼した。しかし結局、エバはその求めにはこたえなかった。

出会って結婚した。ペロンは軍事政権樹立につながる1943年のクーデターで重要な役割を果たしていた。ペロンは政権獲得をめざして立候補を準備しており、夫妻は強力な同志の間柄になった。

エビータはこのパートナーシップで、足手まといどころか大車輪の活躍をした。ラジオ局の労働組合を組織してその議長に選出され、さらに貧しい人々のための活動をはじめる。また毎日放送するラジオ番組「よりよい未来に向かって」の司会をつとめ、夫の業績を宣伝して大統領選の下地作りをした。

カリスマ活動家

1946年にフアン・ペロンが大統領に立候補すると、エバはそのそばで精力的に選挙活動を行なう——彼女はアルゼンチンで遊説の場に姿を現した最初の女性だった。全国をくまなくまわるうち、エバはアルゼンチン国民——そのほとんどは「デスカミサドス(シャツをもたない人々)」とよばれた低賃金の労働者階級——と強い絆を作り上げた。この遊説で、彼女ははじめて人々に自分を「エビータ」(エバの愛称)とよんでほしいとよびかけている。フアン・ペロンが選挙戦に圧勝すると、エビータは夫の内閣で大きな権力を行使し、実質的な厚生労働大臣として活動した。

女性が公の場で活動したり権威ある役職をもったりすることを簡単には受け入れない、保守的で男性主導の社会で、彼女はここまでなしとげたのである。女性参政権を支持するラジオ演説や新聞記事の寄稿を行ない、1947年9月にアルゼンチンに女性の投票権を導入するうえでも大きな役割を果たした。またアルゼンチン初の大きな女性政党「女性ペロン党」を結成した。

エビータの影響力ある立場が議論をまきおこさなかったわけではなかった。アルゼンチン軍部と上流階級のなかには反対派が多く、ペロン政治は非民主的であると非難し、エバが大

年表

1919年5月7日
アルゼンチンのロス・トルドスに生まれる。

1944年1月2日
フアン・ドミンゴ・ペロン大佐と出会う。

1945年
フアン・ペロンと結婚。

1946年
ペロン、大統領に選出。

1947年
マリア・エバ・ドゥアルテ・ペロン福祉財団を設立。

1947年9月
女性に投票権をあたえる法案。

1948年
「エバ・ペロンは語る」という新聞コラムの週連載をはじめる。

1949年
「女性ペロン党」を結成。

1951年
副大統領候補に指名されるが辞退。

1951年
著書『わたしの人生の目的』出版。

1952年7月26日
ブエノスアイレスにて33歳で死去。

1955年
防腐処理をほどこされた遺体が盗まれ、イタリアに運ばれる。

1971年
スペインに亡命していた夫のもとに遺体が返還される。

1973年
フアン・ペロン、大統領に返り咲く。

1974年
フアン・ペロンの死により3番目の妻イザベルが大統領職を継承。エビータの遺体をアルゼンチンに戻す。

衆人気を個人の目的に利用していると主張した。伝統的にファーストレディが会長をつとめてきた慈善団体「慈善協会」を廃止し、かわりに「マリア・エバ・ドゥアルテ・ペロン福祉財団」（のちの「エバ・ペロン財団」）を設立したことは、とくにこの層の反感をかった。

　財団は変革の大きな力となり、1万4000人の職員を擁して病院や学校を建設し、強く求められていた貧しい人々への具体的な支援を広く実施した。エビータはこの財団の仕事に毎日数時間をついやし、貧しい人々に会ったり、ハンセン病や梅毒患者をふくむ病人の

偶像と名声

　エビータは名の知れたリーダーだった。ファーストレディになる前から女優で、ラジオでもおなじみの存在だった。政府で公的な役職についたことはなかったが、夫が政権をにぎっていたあいだはずっと世間の注目を浴びていた。彼女は意識的に、自分の公の顔をカトリックの聖母マリアとマグダラのマリアのイメージに重ねあわせるよう——とくにエバ・ペロン財団での貧しい人々や病気の人々に対する活動で——細心の注意をはらってイメージ管理していたのではないかとする見方もある。早すぎた死によって（1997年のダイアナ妃と同様に）人々の哀惜の思いはいやがうえにも強まり、彼女の記憶は深くきざみこまれた。エバ・ペロンの名声は死後も、アルゼンチンだけでなく全世界に長く残った。これには、アンドルー・ロイド・ウェバーとティム・ライスによる1976年のロックコンセプトアルバム「エビータ」の成功も大きな役割を果たしている。この作品はその後1978年にロンドンとブロードウェイでミュージカル化され大ヒットし、1996年にはマドンナとアントニオ・バンデラスの主演で映画化もされた。

支援をしたりした。こうした一面から、彼女の名前とイメージはその後、聖女として理想化されていった。

国際的な名声と魅力

エビータは自分自身と夫のイメージを巧みにマネジメントした。1947年には鳴り物入りでヨーロッパを親善訪問している。道中では「タイム」誌に「エバ・ペロン——ふたつの世界の架け橋、アルゼンチンの虹」というタイトルで特集記事が組まれ、表紙も飾った。記事はエバの私生児としての出生に出版物としてはじめてふれていた。エビータの対応には、彼女の断固としたイメージマネジメントぶりが表れている。彼女はアルゼンチンで「タイム」誌の発行を4カ月禁止して報復した。翌年1948年に、彼女は新聞に「エバ・ペロンは語る」というコラムの週連載をはじめる。

「国家の精神的リーダー」

1951年8月、副大統領立候補をとりやめたとき、エビータは重い病気にかかっていた。1950年1月に進行した子宮頸がんであることを知らされていた。治療のかいなく、彼女は病気を克服できなかった。それでも、1952年の選挙でフアン・ペロンはふたたび勝利する。1952年6月4日に夫と再選祝賀パレードで首都ブエノスアイレス市内を車でまわったときには、介助がなくては立てないほど病状が進んでいた——毛皮のコートの重みを支える枠さえ必要だった。翌月、7月26日に彼女は世を去る。33歳の若さだった。

訃報は国中に報道され、政府は2日間の服喪期間を発表した。その後の数日間、遺体が安置されている労働省の建物周辺の道は群衆で埋めつくされ、将棋倒し事故で8人が亡くなり、2000人以上が負傷した。エビータのために国葬——一般には国家元首のみに許される栄誉——とカトリックの追悼ミサが行なわれた。死の前月にあたえられた称号「国家の精神的リーダー」で、彼女の名は人々の記憶にきざまれた。

エビータはいまもアルゼンチン人の心象に強い影響力をふるいつづけている。死後50周年の2002年にブエノスアイレスに彼女を記念した博物館が開館し、2011年には7月9日通りに面した建物に2点の大きな彼女の壁画がお目見えした。また、2007年にアルゼンチン初の女性大統領に選出されたクリスティーナ・キルチネルは、1970年代に育った自分のような女性たちにとって、「情熱と闘争心の手本」となったエビータは大恩人だと明言している。キルチネルはさらにこう言っている。「エバはアルゼンチンの歴史のなかで、後にも先にも出ない奇跡の人でした」

リーダーシップ分析

タイプ：改革者
特質：カリスマ性、精力的
似たタイプ：エリザベス1世、フィデル・カストロ、ネルソン・マンデラ
エピソード：エビータの死後、弔問に訪れた人々があまりにたくさんの花輪を買ったため、ブエノスアイレス中の花屋から花がなくなった。

政治・社会

46 マーガレット・サッチャー

軋轢を生む政治、経済的な功績、鉄の意志で知られる強硬なリーダー

出身：イギリス
業績：ヨーロッパ初の女性首相
時期：1979～90年

歯に衣着せぬ率直さから「鉄の女」の異名をとったマーガレット・サッチャーは、1979年にヨーロッパ初の女性首相となり、政治に新たな地平を切り拓いた。11年間にわたる彼女の政治は物議をかもすこともしばしばで敵を多く作ったが、イギリスの運命を変えた。

1979年に首相に選出された勝利の瞬間、マーガレット・サッチャーはアッシジの聖フランシスコのものとされる祈りを引用した。「不一致があれば、調和をもたらしたい」。しかし彼女は、きわめて闘争的なリーダーだった。功績は大きかったものの、合意をとったり反対派に自分の正しさを納得してもらったりすることをしなかった。

サッチャーはどんな戦いも猛烈に、とことん最後まで戦った。食料雑貨店経営者の娘という比較的つつましい生い立ちから国政のトップレベルにのぼりつめ、保守党のリーダーに女性がなることへの抵抗をのりこえ、国際舞台で女性政治家として敬意をはらわれる存在となるにはタフさが必要だった。リーダーとしてのサッチャーは専横的だった。引用句として選んだ祈りの言葉とは裏腹に、彼女にコンセンサスを形成する気はまったくなかった。

タフで意志が強く、自分の政策に信念をもっていた彼女のやり方は断固としていた。その特徴が「鉄の女」というあだ名と、1980年に保守党の会議で行なった演説の有名な文句に集約されている。「メディアが好んで使うUターンというキャッチフレーズを息をひそめて待ちわびている方々には、これだけ申し上げます。お望みなら引き返してくださってかまいません。しかしここにいる女は後戻りしません」。この有無をいわせないやり方は、うまくいっているあいだはグループ内からも部外者からも好意的に、あるいは大目にみられるかもしれない。しかし状況がリーダーやグループに不利になったときには、自分の首を絞めることになる。

強硬策をとるメリット

サッチャーが強硬策に出て、人気が上がったことは一度ならずあった。1982年に人気が低迷し、次の選挙での敗色が濃厚になったときは、南大西洋上のイギリス領フォークランド諸島をめぐってアルゼンチンと戦ったフォークランド紛争の勝利で人気が急上昇している。

▶ 1981年2月の訪米の際、就任したばかりのロナルド・レーガン大統領と歩くサッチャー首相。ふたりのリーダーは真の友情を育み、強力な同志となった。

年表

1925年10月13日
イギリスのグランサムに生まれる。

1950年
ダートフォード選挙区から保守党候補として出馬。

1951年
ダートフォード選挙区から保守党候補として出馬。

1955年
オーピントン選挙区の補欠選挙で敗北。

1959年
フィンチリー選挙区から出馬し、議員に当選。

1970年
教育科学相。

1975年
保守党党首。

1976年
「赤い星」紙の記事で「鉄の女」とよばれる。

1979年5月4日
首相に就任。

1982年
南大西洋のイギリス領をめぐってアルゼンチンと戦ったフォークランド紛争に勝利。

1983年
政権2期目。

1984年
失業者数が300万人に達する。炭鉱ストライキ。

1986年
「ビッグバン」により金融サービスの規制撤廃。

1987年
政権3期目。

1990年
人頭税暴動。首相の座をジョン・メージャーにゆずる。

2013年4月8日
イギリスのロンドンにて死去。

ソ連には毅然と対峙した。1976年の演説で、「ロシアは世界の覇権をねらっており、史上最強の帝国国家になるための手段を急速に獲得しつつあります」と言明したことに対して、ソ連の機関紙「赤い星」がサッチャーを「鉄の女」とよんだのが例のあだ名の由来である。対ソ連外交ではサッチャーは、アメリカおよびアメリカ大統領ロナルド・レーガンと強力なタッグを組んだ。

サッチャーの政策と業績で議論をよばなかったものはほとんどないが、サッチャー支持派から見た彼女の大きな美点は、固定観念に挑戦するのをいとわないところだった。サッチャーが政権をとったのは1979年、一連の大規模なストライキで国内が混乱したいわゆる「不満の冬」のあとである。対応策としてサッチャーは労働組合の力の制限にのりだし、激しい対立を生んだ1984年の炭鉱ストライキ——政府が生産性が低いとみなした20の炭鉱閉鎖計画に抗して行なわれた——では、炭鉱夫と労働組合員を「国内の敵」と決めつけた。彼女は堂々と断固たる態度でこうしたアプローチをとったのである。勝ったのは彼女のほうだった。1年近くにおよんだストライキは炭鉱夫側の敗北に終わり、彼らはなんの譲歩も勝ちとれないまま職場に戻っていった。

独立独歩

マーガレット・サッチャーは独立独歩であることをことのほか重視していた。リーダーとしての彼女の原動力は信念だった。現実に即した対応もできたが、妥協は好まなかった。人気とりには絶対に走らなかった。彼女はこう語っている。「人に好かれようと思ったら、いつ何時、何にかんしても妥協する覚悟がなくてはなりません。それでは何も達成できないのです」

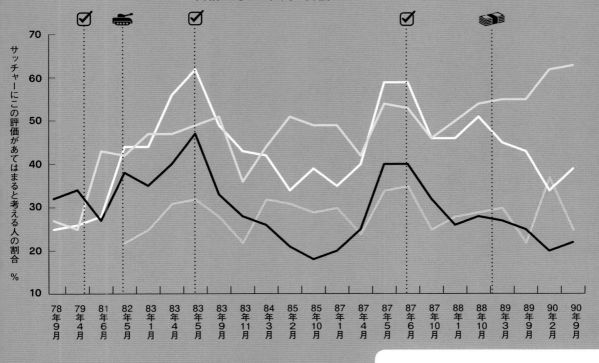

　この決然とした態度は一部からは崇拝され、イギリス再生のために困難だが必要な手段をとった彼女を多くの人々が称賛した。サッチャー政権はイギリスの国営産業と公共サービスを民営化した。電気、水道、ガスの供給会社のほか、国営航空会社とブリティッシュ・スティール［鉄鋼メーカー］などである。公営だったカウンシルハウス（社会住宅［低所得者向けに自治体や国が低家賃または無料で貸し出している住宅］の一形態）を住人に払い下げた。規制や助成金の廃止をふくむサッチャーの産業政策の結果、イギリスの製造業が多数倒産し、失業が広がって、1986年には失業者数は300万人——労働人口の12パーセント——になっていた。同時期に社会保障給付金への支出も削減された。こうした対策によってサッチャーがめざしたのは——1988年の演説で彼女が述べたように——「政府の役割を後退させる」ことだった。

▲ 人頭税への反感は強かった。1990年3月の暴動では、ロンドンのトラファルガー広場上空に硝煙が残った。

妥協せず

　1983年と1987年に再選されたサッチャーは、20世紀でただひとり連続3期をつとめたイギリスの首相となった。保守党の1987年の選挙マニフェストには、大きな物議をかもすことになる地方税の提案がふくまれていた。マニフェストでは、不動産の賃貸価格にもとづいた相場制にかわって新しく対人課税を導入する案が述べられていた。低所得者への税軽減の配慮はなかった。

　法案が通過すると、新税――公式には地方自治体税とよばれたが、すぐに「人頭税」とよばれるようになった――がスコットランドで1989～90年の会計年度に、イングランドとウェールズで1990～91年の会計年度に導入された。不当な課税だとして支払いを拒否した人が多く――地域によっては3割もいた――全国で抗議行動が起きた。1990年3月31日にロンドンで起きたデモには20万人が集まり、最後は暴動になって400人が逮捕され、100人の負傷者が出た。

　こうした国民からの反応や実施に難色を示した有力大臣たちからの反対にあっても、サッチャーはまたも後戻りをこばんだ。彼女は課税を強行したが、この頑固さが今回は裏目に出た。首相は民意を理解していないという意見が高まり、保守党の古参党員たちから1990年11月に党首選を求める声が上がった。結局サッチャーは保守党党首と首相の座をジョン・メージャーにゆずることになった。メージャーが就任後最初に手をつけた仕事のひとつが地方自治体税の廃止だった。

長所が短所に？

　サッチャーが自分を曲げない専横的かつ闘争的なスタイルによって権力を手にし、傑出した業績を上げたのは事実だろうが、それは失脚の原因ともなった。首相の座を追われたのちも、彼女は長らく影響力をもっていた。1992年まで下院議員をつとめ、この年に一代貴族に叙せられてからは貴族院議員となる。サッチャーが後世に残した遺産は政権時代と同様に軋轢を生み、2013年4月に脳卒中で亡くなってからも、首相時代の成果を熱烈にたたえる崇拝者と非難する反対派のあいだで、いまだ激しい論争が闘わされている。

リーダーシップ分析

タイプ：闘争型
特質：専横的、果断
似たタイプ：ヴィクトリア女王、インディラ・ガンディー
エピソード：サッチャーは毎晩4時間しか眠らないと公言していた。

軍事

フィデル・カストロ

共産主義国家キューバを樹立したカリスマ革命家

出身：キューバ
業績：共産主義国キューバの国家評議会議長
時期：1961〜2006年

扇動的革命家フィデル・カストロは、キューバを西半球初の共産主義国家にした革命の指導者だった。祖国の首相として、その後は国家評議会議長として、1961年以降数十年にわたり、はるかに強大なアメリカにとってつねにやっかいな目の上のこぶだった。

　1961年1月、フィデル・カストロはハバナのアメリカ大使館に300人いた職員の数の削減を要求し、のちに有名になった挑発的な独自の考え方をあらわにした。理由は、職員の多くがスパイではないかと疑ったためである。これに対しアメリカはただちに国交を断絶した。以来半世紀、アメリカに反抗的な態度をとりつづけてきたカストロは、発展途上国の国々と国民の英雄になった。

　同じ1961年1月に、カストロは独裁者フルヘンシオ・バティスタ打倒をめざして指揮したキューバ革命2周年を祝った。記念演説のなかでカストロは、「革命は安楽なものではない。革命とは未来と過去の血みどろの戦いである」と言明した。カストロはまさにその言葉を地で行く、未来のために戦った革命家だった。

　アメリカ以外の多くの国で、カストロは軍事的にも政治的にも大国のアメリカを向こうにまわす度胸のある、英雄的な反帝国主義者と見られた。ジュゼッペ・ガリバルディ（104ページ）と同じタイプの英雄と称賛され、アルジェリアのアフマド・ベン・ベッラや南アフリカのネルソン・マンデラ（188ページ）などの人物に影響をあたえた。1990年代なかばまで、カストロは公の場に出るときにはかならずオリーブ色の軍服を着用し、革命という大義のために戦う永遠の闘士として自己演出していた。彼はみずから実践するタイプのリーダーだった。

大義を掲げた反逆者

　サトウキビ農家として成功したスペイン人移民の子に生まれたカストロは、カトリックの教育を受け、弁護士になるための勉強をしていた。学生時代から反政府運動にかかわり、頓挫したものの、ドミニカ共和国からの亡命者による独裁者ラファエル・トルヒーヨ追放計画の支援にも参加した。1952年のクーデターでキューバのかつての指導者フルヘンシオ・バティスタ将軍が独裁者として政権をにぎると、1953年からカストロは国内で反政府軍の組織に着手した。

　1953年7月26日、カストロの革命軍による最初の蜂起は無残な失敗に終わった。サンチアゴ・デ・クーバにあった兵営への無謀な襲撃を率いたが、結局165名の同志の大半が死に、カストロ自身は投獄されてしまう。獄中でカストロはカール・マルクスとヴラジーミル・レ

年表

- **1926年8月13日**
  キューバ南東部のビラン近郊に生まれる。

- **1945年**
  ハバナ大学法学部で学びはじめる。

- **1952年3月**
  フルヘンシオ・バティスタがキューバに独裁政権を樹立。

- **1953年2月26日**
  兵営への襲撃を率いるが失敗、投獄される。

- **1955年**
  釈放され、メキシコに亡命する。

- **1956年12月2日**
  キューバ上陸に失敗、山中に潜伏する。

- **1959年1月1日**
  バティスタがキューバから逃亡。

- **1959年2月**
  キューバの首相に就任。

- **1960年2月**
  ソ連と貿易協定。

- **1961年1月**
  アメリカがキューバと国交断絶。

- **1961年4月**
  アメリカの支援を受けたキューバ亡命者によるピッグス湾事件。

- **1962年**
  キューバミサイル危機。

- **1976年**
  国家評議会議長兼閣僚評議会議長に就任。

- **2004年**
  ベネズエラの大統領ウゴ・チャベスと米州ボリバル代替同盟を結成。

- **2006年**
  弟ラウルに権限を暫定移譲。

- **2008年2月**
  国家評議会議長兼閣僚評議会議長を退任。

ーニンの著作を読み、革命家としての人生のよりどころとなる知識の核を築いた。

耐えしのび、粘りぬく

1955年に恩赦によって釈放されると、カストロはメキシコに亡命する。そこで反バティスタ革命組織、7月26日運動（失敗した最初の襲撃にちなんで命名された）を立ち上げた。このときにマルクス・レーニン主義者のエルネスト・「チェ」・ゲバラと、スペイン人でスペイン内戦経験者の退役軍人アルベルト・バヨと出会う。バヨは組織にゲリラ戦の技法を訓練することを約束した。

革命組織は1956年暮れにキューバに上陸した。最初の交戦はまたも悲惨な結果となり、上陸したメンバーのほとんどが捕えられたが、7月26日運動の中核メンバーは山中に逃げのびた。続く2年間で、カストロらはゲリラ戦と反政府プロパガンダで成果を上げ、着実に仲間は増えていった。カストロと同志たちはその年月をアウトローとして生きながら、たくましく耐えしのび粘りぬいた。一気呵成に攻撃をしかけるよりも時間をかけて攻めていく手法を仲間たちに説いたところが、カス

弱者の味方

カストロは弱者の味方として自分をアピールした。1979年の国連での演説では、「なぜ一部の人間がぜいたくな車に乗るために、裸足で歩かなければならない人々がいるのか」と問いかけた。また「わたしはパンひとつ食べられない世界中の子どもたちのために語る。薬もない病人のため、生きる権利や人間としての尊厳を否定されてきた人々のために語る」と言明した。

▲ カストロは自分の政府は「ナショナリストであり愛国者である」と宣言した。

トロのリーダーシップの躍如たる点だろう。反乱軍はじりじりと勝利に近づいていった。1959年1月1日、政治的な支持を失い、カストロ率いる反乱軍に敗北を重ねたバティスタは国外逃亡した。

　カストロは新政府の軍隊の最高司令官になった。当初は大統領に任命された穏健派のマヌエル・ウルティア・ジェオと協調するが、まもなくカストロが権力を手中におさめ、1959年7月にウルティアは辞職した。

フィデル・カストロの敵と味方

反米政権

　カストロ政権はまもなくアメリカと対立する。とくに国有化の実施、農地改革、ソ連との貿易協定を進めたことが要因となった。大国アメリカに対抗して、カストロはラテンアメリカ諸国に社会主義革命をよびかける。1961年4月、アメリカ政府はキューバ人亡命者によるクーデターを支援するが、カストロ司令下のキューバ軍はピッグス湾への侵攻を鎮圧した。カストロは彼らしい挑戦的な態度で、「帝国主義者どもがわれわれを許せないのは、やつらの鼻先で社会主義革命を成功させたからだ」と言い放った。

ソ連との関係はさらに強化された。ソ連はアメリカ諸都市の攻撃が可能な核ミサイルを配備し、これによってカストロは対米関係においてキューバの立場が強くなり、社会主義が推進されると考えたが、キューバミサイル危機をひき起こす結果となった。ソ連とアメリカが互いに向けて核兵器を発射するかと思われたが、最終的には双方が引き下がった。ソヴィエトはキューバから武器を引き上げる。和平協定の条項のひとつは、アメリカが二度とキューバのカストロ政権打倒をくわだてないことだった。

国際的な顔に

カストロは一党支配体制を敷き、数十年にわたって基本的に独裁者として統治した。アメリカが禁輸措置を継続したため、キューバはしだいにソヴィエトの支援に依存するようになった。1970年代後半からカストロは世界の発展途上国のリーダーとして存在感を強め、1979～82年の非同盟運動（政治的な大国と同盟関係にない国のため、1961年に設立された組織）の議長に任命された。この立場でカストロがニューヨークの国連本部で行なったスピーチは有名である。彼はこう表明した。

> 人権についてはよく語られるが、人類の権利についても語る必要がある。（中略）世界中で飢えや治るはずの病気で毎年数千万人が死んでいるのに、平和を語ることなどできない。豊かな国による貧しい国の搾取こそ終わりにすべきである。

ソヴィエトの国家元首ミハイル・ゴルバチョフが1980年代に経済改革ペレストロイカをはじめると、ソヴィエトのキューバへの経済援助は削減され、ソ連が崩壊した1990年以降キューバは困窮していった。カストロは経済の自由化を余儀なくされたが、政権は手放さなかった。21世紀に入って健康状態が悪化し、2006年に弟のラウル・カストロに権限を移譲、2008年に国家評議会議長の職をしりぞいた。

カストロは自分の家族と考えていたキューバ国民につくしたが、その業績は毀誉褒貶が大きい。反帝国主義者、人道主義者として一部からは礼賛される一方、カストロ政権下で人権抑圧が行なわれキューバ経済が壊滅したという非難も受けてきた。カストロは小さな国々を代表する大きな顔だった。ボリビアのエボ・モラレス大統領は彼を「ラテンアメリカのすべての革命家たちの祖父」とよんだ。

リーダーシップ分析

タイプ：革命家
特質：挑戦的
似たタイプ：ジュゼッペ・ガリバルディ、アフマド・ベン・ベッラ、ネルソン・マンデラ
エピソード：カストロは634回の暗殺未遂を経験したと語っている。

政治・社会

48 マーティン・ルーサー・キング・ジュニア

公正な社会への夢を語ってアメリカを動かした市民的不服従の提唱者

アメリカ人牧師マーティン・ルーサー・キング・ジュニアは説教師としてひいでた才能をもち、アメリカの公民権運動のすぐれた戦略家としてアフリカ系アメリカ人を組織し、勇気づけた。

出身：アメリカ
業績：アフリカ系アメリカ人の公民権活動の指導者
時期：1960年代

「わたしには夢があります」バプティスト派の牧師マーティン・ルーサー・キング・ジュニアは高らかに言った。「わたしの幼い4人の子どもたちがいつか、肌の色ではなく人間性で判断される国に暮らすようになるという夢を」。いまでは有名なこの言葉は、1963年8月28日の職と自由を求める公民権運動のデモ「ワシントン大行進」のクライマックスで、20万人の群衆に演説したときのものである。

キングの心を動かす言葉の力と、聞く者を魅了する話しぶりが前面に出た名演説だった。彼は特徴あるよく響く声で語った。

いつかこの国が立ち上がり、国是の「万人が平等に創られたことは自明の真実と考える」をほんとうの意味で実現する日をわたしは夢見ています。いつかジョージアの赤土の丘の上で、かつての奴隷の息子たちがかつての奴隷所有者の息子たちと兄弟として同じテーブルにつける日が来ることを、わたしは夢見ています。

古代アテナイのペリクレスやゲティスバーグでのエイブラハム・リンカーンと同じように、キングは説得力があり強く心を動かす宣言をする才能をいかんなく発揮した。彼は達成すべき将来像を、明確で忘れられない言葉で描き出す予言者的な先見家（ヴィジョナリー）だった。彼の偉業はこの能力を土台として築かれた。天賦の才に恵まれた説教師だった。

キングは戦略家でもあった。非常なカリスマ性があり意志の強いリーダーとして、公民権を求める闘いにアフリカ系アメリカ人たちを駆りたてた。インドの民族運動家モーハンダース・ガンディーが発展させた非暴力抵抗主義に大きな影響を受けたキングは、絶大な戦略的効果がある市民的不服従という運動を考案し、ワシントンD.C.のアメリカ政府に有無をいわせぬ変化への圧力をかけたのである。

▶ キングの「わたしには夢がある」演説には原稿がなかった。歌手のマヘリア・ジャクソン［彼女もアフリカ系アメリカ人で、ワシントン大行進に参加していた］の「あなたの夢をみんなに伝えて」という叫びが演説の火つけ役になった。

年表

1929年1月15日
ジョージア州アトランタに生まれる。

1955年
ボストン大学神学部で博士号を取得。

1955年
モンゴメリーのバスボイコットを指導。

1957年
南部キリスト教指導者会議（SCLC）を設立。

1960年10月
アトランタでのすわりこみ中に逮捕、投獄される。

1963年
アラバマ州バーミンガムでの抗議活動後、逮捕、投獄される。「バーミンガム刑務所からの手紙」を書く。

1963年8月28日
職と自由を求めるワシントン大行進で「わたしには夢がある」演説を行なう。

1964年
公民権法成立。

1964年
ノーベル平和賞受賞。

1965年3月
アラバマ州セルマのデモ行進が警察により妨害される。

1965年
投票権法成立。

1965年8月
ロサンゼルスでワッツ暴動。アフリカ系アメリカ人の一部が非暴力を拒絶。

1967年4月
ベトナム反戦運動。

1967年12月
「貧しい人々のキャンペーン」を組織。

1968年4月4日
テネシー州メンフィスで暗殺される。

説教師として——怒りを糧に

　牧師になったのは自然な流れだった。祖父も父もバプティスト派の牧師だったキングは、アトランタのモアハウス大学在学中に自分も牧師になろうと決めた。彼は同大学の学長だったベンジャミン・メイズに影響を受けている。メイズも名説教師で社会活動家だったが、黒人教会は信徒たちに抑圧と闘うための精神的支援をほとんどしていないと批判していた。

　キングにとってもうひとつモチベーションとなったのは、人種隔離政策への怒りだった。大きなきっかけは大学入学前の夏に滞在したコネティカットでの体験だった。そこで彼は人種隔離政策が行なわれていた南部では許されていないのに、北部ではアフリカ系アメリカ人と白人が混じりあって生活している事実をまのあたりにしたのである。南アフリカとインドでのガンディーのように、キングも不正への怒りを変革への力に変えられるという心強い実例となっている。

問題の直視を迫る

　キングにとって非暴力抵抗の目的は、交渉と変革をもたらすことだった。アフリカ系アメリカ人が耐える時代は終わった。白人社会に問題を話しあうことを迫る時代が訪れたのだ。それを暴力を使わずに迫ろうとしたのだった。1963年のバーミンガム運動の最中、キングはふたたび投獄された。名文として名高い「バーミンガム刑務所からの手紙」で彼は、すわりこみなどの抗議運動は相手を交渉のテーブルにつかせるためのものである、という思想の核心を説いた。「非暴力の直接行動は大きな危機と緊張を生み出し、ずっと交渉をこばんできた社会が問題を直視せざるをえない状況に追いこむことをめざす」と彼は書いている。

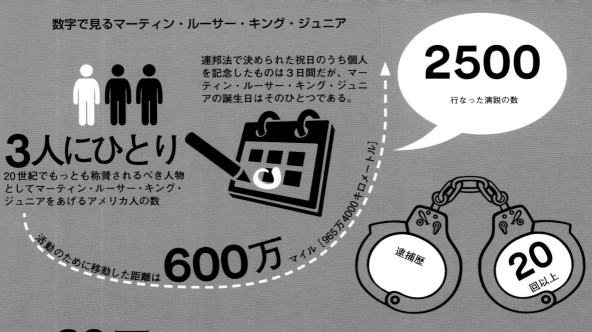

生まれもった風格

　キングはペンシルヴァニア州チェスターのクローザー神学校で、ガンディーの「サティヤーグラハ」戦略（非暴力抵抗によって「真実をつかむ」の意）とはじめて出会い、これが彼の活動の中心的原理となった。

　キングが社会運動にかかわったのは、アラバマ州モンゴメリーで起きたアフリカ系アメリカ人によるバスボイコットのリーダーとなったのがはじまりである。当時彼は、モンゴメリーのデクスターアヴェニュー・バプティスト教会の牧師をしていた。バスに乗っていたアフリカ系アメリカ人のローザ・パークスが白人の乗客に席をゆずるのを拒否して逮捕されたあと、抗議運動のリーダーとしてキングに白羽の矢が立った。キングは仲間にこう言った。「抗議する以外に選択肢はない。われわれは長年、驚くべき忍耐を示してきた。（中略）今夜ここに集まったのは、自由と正義の名に値しない扱いにわれわれが甘んじてきた、そのような忍耐から解放されるためである」

　ボイコット運動によって、このような公民権運動が誘発する激しい憎しみをキングは知ることになる。彼の自宅が爆破されたのだ。しかし運動は成功し、385日間におよぶボイコットののち、モンゴメリーを走るバスでは人種隔離が廃止された。

　1960年には、アトランタのエベニーザー・バプティスト教会で父とともに牧師をつとめながら、アメリカ南部全体のアフリカ系アメリカ人の公民権運動を組織し支援する団体、南

部キリスト教指導者会議（SCLC）に時間の大半を捧げていた。変革の機は熟した、アフリカ系アメリカ人の「不正と闘おうという意識が結集し、大きな形ある成果をもたらす（中略）絶好のチャンス」を迎えたと感じていた。この年、彼はアトランタにある百貨店内のランチカウンターでの人種隔離に抗議したすわりこみ中に逮捕されたのち、ささいな交通法違反で執行猶予規定を破ったとして刑務所に収監され、全国の注目を浴びた。この一件は大々的に報道され、結局キングは民主党の大統領候補者だったジョン・F・ケネディの仲介でようやく釈放された。わずか1週間後の選挙でケネディが僅差で当選したのは、この行動で強烈な印象を残したおかげだと考えられている。

宣伝の威力

1960年代の活動を見ると、キングが宣伝の力とテレビという新しいメディアの重要性を理解していたのがわかる。すわりこみやデモなどの抗議行動を推進したことで、リベラルな白人やケネディ政権（1960〜63年）とリンドン・B・ジョンソン政権（1963〜69年）の支援を獲得した。1963年にアラバマ州バーミンガムで展開した非暴力SCLC運動では、地元警察署長ユージーン・「ブル」・コナーがデモ参加者に犬をけしかけたり高圧放水砲を使ったりするようすが、全国のテレビで放映された。キングの運動への支持は急上昇した。キング自身も何度もテレビ出演し、カメラの前でも自然で説得力あるふるまいをした。

▼ 1963年8月28日、職と自由を求めるワシントン大行進でデモ隊の最前列中央に進み出るキング。

こうした一連のできごとの直後に、職と自由を求めるワシントン大行進は組織された。キングは公民権運動にできるかぎり幅広い支持を得る大切さを理解していた。有名な「わたしには夢がある」演説で彼は、自分のヴィジョンのルーツにはアメリカンドリームがあると強調し、仲間のアフリカ系アメリカ人に「われわれだけでは運動を進められない」とよびかけた。非暴力にこだわったのは彼の信念もあるが、それだけでなく、抗議行動に暴力を使わないことが幅広い層に訴えるためにも重要であるとわかっていたからだった。
　1964年に公民権法がついに成立した。この法によって、雇用、投票、公共施設での人種差別は違法となった。同年、キングはノーベル平和賞を受賞した。

▲ マーティン・ルーサー・キング・ジュニアは人々を交渉のテーブルにつかせることを決意していた。写真は妻とともにニューヨークのワグナー市長とあいさつするキング。

公民権活動に殉じる

　1968年4月4日にテネシー州メンフィスで暗殺されたとき、キングは39歳の若さだった。暗殺者はジェイムズ・アール・レイとされる。アフリカ系アメリカ人の公民権獲得に情熱を傾け、大きな貢献をしたキングは、この大義に殉じた人として記憶されることになった。彼の大きな勇気、健全な戦略のセンス、非暴力をつらぬいた一途な決意——ガンディーの抗議運動に通じる——は、20世紀の偉大な政治活動家や平和運動家のひとりとして彼を抜きんでた存在にしている。雄弁かつ情熱的に行なった説教と演説が遺した影響力は大きく、彼が進むべき道を示した変革の予言者であったことを証明している。暗殺の前夜、いみじくも彼はこう語っている。「わたしは約束の地を見たのです。わたしは皆さんといっしょにそこまでたどりつけないかもしれない。しかし今夜、皆さんに知ってほしい。わたしたちはひとつの民として約束の地にたどりつくことを」

リーダーシップ分析

タイプ：説得型
特質：雄弁、情熱的、戦略家
似たタイプ：ペリクレス、エイブラハム・リンカーン、モーハンダース・ガンディー、ウィンストン・チャーチル
エピソード：キングの暗殺現場となったメンフィス・モーテルは1991年に国立公民権博物館になった。

芸術・文化

49 ダニエル・バレンボイム

自分の国境なきオーケストラでひたむきに融和をめざす指揮者

出身：アルゼンチン
業績：対立するアラブ人とイスラエル人の混成オーケストラを設立した
時期：1999年〜

　才能豊かなアルゼンチン出身のユダヤ人ピアニストで指揮者のダニエル・バレンボイムは、これまでにいくつもの世界的に有名なオペラ劇場や交響楽団の音楽監督を歴任してきた。しかし何にもまして彼の名を知らしめたのは、アラブ人とイスラエル人の音楽家を協調させる前代未聞のウェスト＝イースタン・ディヴァン管弦楽団を通じて中東紛争に反対していることである。

　2009年8月7日にジュネーヴで指揮したウェスト＝イースタン・ディヴァン管弦楽団のコンサートを、ダニエル・バレンボイムはエドワード・サイードに捧げた。サイードはパレスティナ人の文学研究者で、バレンボイムと共同で10年前の1999年にこのオーケストラを創設した人物である。サイードとバレンボイムはアラブとイスラエルの対立についてのそれまでの常識に逆らい、アラブ人とイスラエル人の相互理解を進めるためのオーケストラを設立した。最初のワークショップは、1999年夏にドイツのヴァイマールで開催した。サイードは2003年に亡くなるが、バレンボイムはオーケストラの活動を続けた。

　ディヴァン管弦楽団を立ち上げたのは、アラブとイスラエルの紛争に軍事的解決はありえないと考えたからだ、とバレンボイムは言う。紛争のはじまりは数千年前にさかのぼるが、第2次世界大戦後のイスラエルの建国によって先鋭化した。バレンボイムは紛争を次のように要約する。「同じ小さな土地をめぐって、居住権は自分たちにあると、同じように固く信じているふたつの国がある。そしてできることなら相手を排除したいのだ」。紛争ではイスラエルが占領者として優位に立ちパレスティナが被害者となっていて、立場が同等には見えないかもしれないが、ある意味両者はバレンボイムのいう「左右対称」である。双方が手に入らないものを望んでいるからだ。「どちらも、自分の夢が実現不可能であることを受け入れる必要がある」とバレンボイムは主張する。

　2009年に10周年を迎えた時点で、オーケストラ団員の出身国は、イスラエル、パレスティナ、シリア、レバノン、ヨルダン、エジプト、さらにイラン、トルコ、スペインからの演奏家も迎えていた。この多様性に富んだ構成にはバレンボイムのねらいが完璧に反映されている。「ディヴァンは、無知への対抗策として構想したプロジェクトなのです。（中略）人々がお互いを知り、相手が何を考えどう感じているかを理解することは絶対に欠かせません。かならずしも相手に同意する必要はないのです」。オーケストラ・プロジェクトは、アラブ人をイスラエル人のシンパに、あるいはイスラエル人をアラブ人のシンパに変えることを意図したものではなく、「武力に訴えるのではなく、お互いにノーを言いあえる場を作ること」だった。

対等な立場を体験

アルゼンチンに生まれ、その後家族——ロシア系ユダヤ人の家系——とともにイスラエルに移住したバレンボイム自身、国境にとらわれない人生を送ってきた。ドイツのベルリンに住んでいるが、イスラエル、パレスティナ、アルゼンチン、スペインの市民権をもっている（2008年にパレスティナからの名誉市民の申し出を受け入れ、これが和平の証と見てもらえればと語った）。

オーケストラでは人々をへだてる国境の壁をとりのぞき、協調と結束をうながすことをねらいとしている。プロジェクトの中心にあるのは、音楽家がともに演奏すれば、創造的表現のなかに通じあえるものが見いだせるはずという彼の信念である。彼は次のように説明する。

> オーケストラにわたしの思いどおりの演奏をさせることには興味がない。興味があるのは、100人に同じ思いと気持ちを共有させ、一体となってひとつの大きな肺のように感じさせるにはどうすればよいかを知ることだ。同じように音楽を呼吸させるにはどうすればよいかを。

この対等な立場と協調の体験が、オーケストラから巣立っていく人々同士の関係を決定的に変えることを彼は信じ、望んでいる。バレンボイムは団員の音楽家たちについて、「彼らがここでやるのは音楽を創り出すことと、お互いについて学ぶことだ。それが可能なのは、オーケストラが地上では存在しないもの、つまり対等な立場を提供するからだ」と語っている。

平和のために演奏

バレンボイムは長年の輝かしい音楽家としてのキャリアを通じて、イスラエルと中東の政治にかかわってきたが、この地域の平和の推進にもっとも貢献したのは、ウェスト＝イースタン・ディヴァン管弦楽団の

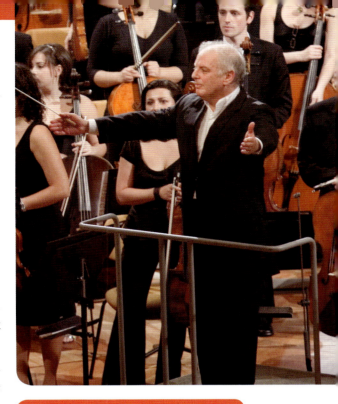

反対にひるまない姿勢

オーケストラや関連する活動でのダニエル・バレンボイムのリーダーシップは、他人が認めるかどうかに関係なく、自分の考えで物事に取り組もうという彼の心がまえに依拠している。これは、従う人々がその行動の正しさに確信がもてずにいる状況でリーダーをつとめる人間の、ひとつの重要な資質といえるかもしれない。彼がイスラエルとパレスティナ両国の市民権をもっていること自体、物議をかもした。彼の反応はこうだ。「物議をかもすのは非常にネガティブなことだと思われている。だれでも人目を気にするものだからね。（中略）物議をかもす人間というのは型にはまらないものの見方をする人間なんだ。受け入れられはしないかもしれない、きわめて独自なものの見方をね」。平和を求め、希望を求める彼のリーダーシップの姿勢には、反対にひるまない勇気が必要なのである。

ダニエル・バレンボイム

年表

- **1942年11月15日** ブエノスアイレスのロシア系ユダヤ人の家庭に生まれる。

- **1952年** 家族とともにイスラエルに移住。ピアニストとして国際デビュー。

- **1962年** イスラエルでオーケストラの指揮者としてデビュー。

- **1973年** エディンバラでオペラの指揮者としてデビュー。

- **1975〜89年** パリ管弦楽団の音楽監督。

- **1989〜2006年** シカゴ交響楽団の音楽監督。

- **1992年** ベルリン国立歌劇場の音楽監督。

- **1999年** ウェスト＝イースタン・ディヴァン管弦楽団を設立。

- **2002年** 管弦楽団によるセビーリャでの毎年恒例のサマースクールを開始。

- **2004年** セビーリャにバレンボイム・サイード基金を設立。

- **2006年** ミラノのスカラ座オペラ劇場の首席客演指揮者に就任。

- **2012年7月** 管弦楽団がロンドンのBBCプロムナードコンサートでベートーヴェンの交響曲全曲を演奏。

- **2012年** 中東出身の音楽家最大90名の育成を行なうバレンボイム・サイード・アカデミーをベルリンに設立。

- **2012年** 管弦楽団が韓国の光州ビエンナーレ（芸術祭）にて教皇ベネディクト16世の前で演奏。

- **2014年8月24日** 管弦楽団がベルリンのヴァルトビューネ野外コンサートで夏のツアーを完了。

創設だった。1999年から彼はウェスト＝イースタン・ディヴァン管弦楽団を率いて世界中でコンサートを行ない、国、宗教、人種の壁の解消をめざしたこのユニークな共同作業を披露してきた。

ウェスト＝イースタン・ディヴァン管弦楽団や、2012年にベルリンで創設したバレンボイム・サイード・アカデミーなどの関連プロジェクトに、バレンボイムは自分の音楽の才能と自然に身にそなわった風格をもって平和につくしている。もっとも妥協をこばむ国同士の紛争において、芸術の側面から協調と理解を推進するバレンボイムの画期的な試みは、政治家や軍人や自由の闘士たちに、互いに責めを負わせ武力に訴えるのとは別の道を探せという挑戦をつきつけている。これは、世界のオペラ劇場やコンサートホールでの全業績よりもさらに輝かしい彼の遺産となるだろう。

リーダーシップ分析

タイプ：革命家
特質：先見的、意志が強い
似たタイプ：ナザレのイエス、モーハンダース・ガンディー
エピソード：ドイツ人の巨匠ヴィルヘルム・フルトヴェングラーは11歳のバレンボイムを「逸材だ」と評した。

芸術・文化

スティーヴ・ジョブズ

21世紀の必需品となった技術を世に送り出した先見的なイノベーター

出身：アメリカ
業績：アップル社の創業者
時期：1976〜2011年

スティーヴ・ジョブズはシンプルさと使いやすさを重視し、かつては難解だったコンピュータ技術を身近なものにした。1984年にマッキントッシュ・コンピュータを世に送り出した男は、アップル社を世界でもっとも敬愛されるブランドに育て、巧みにデザインされた製品を万人がほしがるものにした。

2007年1月9日にiPhoneを発表したとき、スティーヴ・ジョブズはタッチスクリーン式の電話を「ほかの携帯電話の5年先を行く魔法のような端末」とよんだ。iPhoneは大ヒットし、30年以上コンピュータ界のパイオニアとして君臨してきたジョブズは、またも消費者の好みを予見する——むしろひっぱることも多い——天賦の才能を見せつけた。

この発表の6ヵ月あまりのち、iPhoneはアメリカで発売された。この新技術を手に入れようと数千人の消費者が集まり、店の前には長い行列ができた。キーではなくタッチスクリーン式のディスプレイに指でふれて操作できる革命的な端末は、499ドルと599ドルの2モデルで販売された。9月10日の時点で100万台のiPhoneが売れた。

iPhoneは、ジョブズとアップルが2001年から世に送り出してきた一連の革新的な製品のひとつにすぎない。携帯型音楽プレイヤーiPodも爆発的にヒットし、わずか6年で各種モデル合わせて1億台も売れた。さらに2010年には、タブレット型コンピュータのiPadを——「アップル史上最高傑作」という鳴り物入りで——市場に送りこみ、28日間で100万台を売った。

これら3つの必携アイテム——iPod、iPhone、iPad——で、ジョブズ率いるアップルはすぐれたマーケティング力と使いやすさを実現した洗練されたデザインを誇り、市場トップの地位を獲得したのである。

リスクテイカー

2007年のiPhone発売時には、ジョブズはコンピュータ業界で30年以上の経験をもつベテランになっていた。大学を中退し、インドを旅行し、旅行中に仏教徒になったジョブズは、電子ゲームメーカーのアタリで働いたのち、友人のスティーヴ・ウォズニアックとアタリ時代の同僚ロン・ウェインと共同で、1976年にアップル・コンピュータを創業した。野心と進取の気性にあふれたジョブズとウォズニアックとウェインは、家庭用コンピュータ市場に可能性を見いだし、これから手がけようとしていることの大きさがわかっていた。3人は自分たちの製品のターゲットを初期の家庭用コンピュータとソフトウェアの愛好家に定めたが、

年表

1955年2月24日
サンフランシスコに生まれる。

1976年4月1日 ウォズニアックとウェインとともにアップル・コンピュータを創業。

1976年 ウォズニアックとともにApple Iコンピュータを製作、販売。

1977年
Apple IIコンピュータのプロトタイプを開発。

1984年
Apple Macintoshを発売。

1985年
アップルを追放され、NeXTを創業。

1986年 ピクサーを設立し、最初のアニメーション映画「ルクソー Jr.」を発表。

1997年
アップルに復帰。

1998年
アップル、iMacを発売。

2001年
アップル、iPodを発売。アップルストア1号店オープン。

2003年
アップル、iTunesミュージックストアを開始。

2006年
ディズニーがピクサーを74億ドルで買収。

2007年
iPhoneを発売。

2008年
アップル、MacBook Airを発売。

2010年
アップル、iPadを発売。

2011年
8月にアップルCEOを退任。10月5日に死去。

1977年にApple IIを開発してみると、時代の先端を行く自分たちのコンピュータには無限の可能性があるのがわかった。Apple Iの収益を使って開発したApple IIは、箱から出したらすぐに使える初のコンピュータだった。このデザインが出る前は、パーソナルコンピュータといえばキットで販売され、持ち主が組み立てなければならないものだったのだ。画期的なデザインだった。

しかし1984年にApple Macintoshが発売されたあと、ジョブズは自分が入社に手を貸したCEOのジョン・スカリーから会社を追われる。1985～1996年の11年間、ジョブズはアップルから追放状態だった。しかしそのあいだ何もしていなかったわけではない。NeXTコンピュータを創業し、さらにコンピュータ・アニメーション制作会社のピクサーを立ち上げて大成功する。経営不振におちいっていたアップルが1996年に、NeXTが開発したオペレーティングシステムを使うため同社を買収したことにより、ジョブズはアップルに復帰した。当初はアップルCEOのギル・アメリオの非常勤顧問に就任したものの、1997年にジョブズはアメリオを追い出し、自分が「暫定CEO」におさまった。栄光の時代がはじまろうとしていた。アップルは1997年にテレビコマーシャルと印刷広告で実施した、有名な「Think different」マーケティングキャンペーンを皮切りにカムバックした。

シンプルさを重視して製品テストを行なう

ジョブズは抜きんでるために、一点集中とシンプルさを重視した。アップルでは「先を読むこと」だけに関心を向けた。経営陣、とくにやがて後継者となるティム・クックが、通常であればCEO（最高経営責任者）が果たす重責の大半を担った。ジョブズはシンプルさが鍵だと言った。「シンプルであることは複雑であるよりむずかしい。シンプルにするために考えを研ぎ澄ませるには、よほど努力しなければならない。しかし結局はそれだ

世界を席巻したi製品

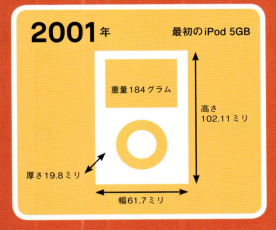

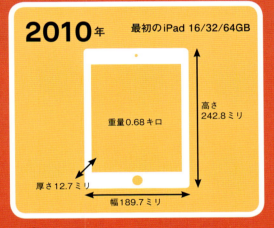

けの価値がある。そこまでたどりつければ、山をも動かせるからだ」

　ジョブズがとりわけ力を入れたのは製品デザイン、人材採用、マーケティングだった。アップル製品のデザインには密にかかわった。インダストリアルデザインラボで開発中のアイテムすべてを、みずから徹底的にテストし、デザイナーに詳細なフィードバックをあたえることもめずらしくなかった。自分自身がアップルのエンドユーザーになりかわって、最高の水準を課した。ネガティブなフィードバックを返すこともいとわなかった。「わたしがいちばん貢献できるのは、あらゆる細部にわたってほんとうによいもの以外に満足しないことだ。それがわたしの仕事なんだ——すべてを確実によいものにすることが」

スティーヴ・ジョブズ

才能の確保

ジョブズは優秀な人材の大切さを固く信じており、人材採用にも積極的にかかわった。チームを中小規模にして、リーダー同士が連携すればうまく機能すると考えていた。この組織モデルであれば「全体ですごいことができる」と言っていた。非凡な人材を集めた小さなチームは「凡庸な人材が集まった大きなチームよりはるかに上だ」。だから採用が重要だった。「アップルでのわたしのいちばん大事な仕事は、トップ100人にAプラスのプレイヤーを確保することだ。そうすればあとはひとりでにうまくいく」

マーケティングの天才

ジョブズはマーケティングに特異な才能をもち、アップルブランドの見せ方をこまかく管理した。アップルのマーケティングチームと広告代理店とは毎週ミーティングをして、新しい広告やコマーシャルをみずから承認した。プレゼンターとしても一流で、製品発表をはじめとするイベントでは入念にリハーサルし、傍目には苦もなくやってのけていたように見えたプロモーション用のプレゼンテーションにのぞんだ。

これらにくわえ、ジョブズは交渉の達人でもあった。アップル成功の鍵となったむずかしい交渉をまとめているが、なかでも知られているのはiPhone発売前の携帯電話会社や、音楽プラットフォームiTunes発表前のレコード会社との契約をとりつけたことだ。しかしジョブズの最大の強みは、技術の変化を理解して仕掛ける、ほとんど予言者ともいえるほどの才能だった。彼は大衆の好みの先を行かなければならないことを知っていた。「お客様に何がほしいかたずねてそれを提供するだけではだめだ。(中略)作ったときにはもう、彼らは新しいなにかをほしがっているのだから」

死後も残る影響力

アップルの技術製品の基幹であるiPod、iPhone、iPadの主要ラインナップに、2008年にはノート型コンピュータの新たな一歩と大胆にうたった極薄、超軽量のMacBook Airが仲間入りした。ジョブズはコンピュータ・アニメーション映画会社ピクサーのCEOとして、コンピュータ・アニメーションにも革新を起こしている。ピクサーは「トイ・ストーリー」(1995年)以降ヒット作を連発し、映画界から数々の賞を獲得した。

アップルでは、枯れることのない創造性とたゆみない完璧へのこだわりによって、複雑きわまりない技術とふつうの人の架け橋作りに成功した。製品がどれだけ複雑でも、扱いと操作は簡単にできるように心が

内なる声

2005年にジョブズはスタンフォード大学の卒業式でスピーチをした。彼は学生たちに、大学を中退したことは人生で最高のできごとであり、その後の成功に続く道となったと語った。「人生にはかぎりがあるのだから、他人の人生を生きてむだにしてはいけない。定説にとらわれるな、それは他人が考えた結果に頼って生きることだ」。ジョブズは自分の内なる声を聞いて指針とする大切さを強調した。「他人の意見に自分自身の内なる声を埋もれさせるな。いちばん大事なのは、自分の心と直観に従う勇気をもつことだ」。自分の直観を信じる気がまえのあるリーダーは、そうではないライバルたちにはない強みがある。既存の知恵にとらわれる可能性が低くなるため、予想のつかない行動がとれるという利点があるのだ。しかも自分がやると決めたことを強く信じる気持ちがエネルギー源となる。

▲ 一流のプレゼンターのプレゼン。2010年にiPhone 4を発表するスティーヴ・ジョブズ。同じ年に彼はこう言った。「いまではアップルのない世界なんて想像もできない」

けた。ジョブズはパソコン革命に道を拓き、音楽の購入と所有のしかたを変え、アニメーション映画を一変させ、スマートフォン需要を生み出した。そしてなによりも、かつては難解だったコンピュータ技術をユーザーフレンドリーに――使うのが楽しいものにする会社を創った男として、ジョブズの名は記憶されるだろう。彼は有名な言葉を残している。「宇宙に痕跡を残したい」。彼はたしかに足跡をきざんだ。

リーダーシップ分析

タイプ：革新者
特質：一点集中型のイノベーター、シンプルさにこだわった
似たタイプ：パブロ・ピカソ
エピソード：ジョブズは、人材採用決定は最後は直感だと考えていた。すべての候補者に「あなたはなぜここにいるんですか？」とたずねていた。

スティーヴ・ジョブズ

索引

太字は図版ページ。

Apple Macintosh 216
BBC（イギリス放送協会）168-71, 169
iPad 215, 216, 217, 218
iPhone 215, 216, 217, 218, 219
iPod 215, 216, 217, 218
iTunes 216, 218
MacBook Air 217, 218
NATO 175

アイスキュロス 15, 16
アウグスティヌス（聖）54
アウステルリッツの戦い 96, 98
アクロポリス（アテナイ）15
アタテュルク、ムスタファ・ケマル 79, 150-3, 151
アーツ・アンド・クラフツ運動 127, 128
アップル 16, 94, 215-9
アテナイ 14-7
アトリー、クレメント 8, 94, 133, 141, 162, 164-7, 165, 167, 169, 170
アナトリア（トルコ）152
アパルトヘイト 8, 188, 189
アフリカ民族会議（ANC）189, 190
アムリットサル虐殺事件（1919年）132
アムリットサルの黄金寺院（インド）187
アメリオ、ギル 216
アメリカ合衆国 90-3, 158-63, 201, 202, 204, 205
アメリカ合衆国憲法（1787年）94, 108, 112
アメリカ独立戦争（1775～83年）6, 90, 92-4
アメリカ南北戦争（1861～65年）106, 108, 110-2, 113
アメリカンフットボール 180-3, 181, 183
アヤ・ソフィア寺院（イスタンブール）66
アリストテレス 15, 24, 25
アルザス・ロレーヌ 114
アルジェリア独立（1962年）174
アルゼンチン 192-5, 196
アール・ヌーヴォー 128

アルバート公 39, 122, 124, 125, 126
アルフレッド大王 43, 52, 54-7, 55, 57, 67
アレクサンドリア（エジプト）23, 24, 25
アレクサンドロス大王 8, 22-5, 23, 25, 68
アンカラ（トルコ）152
『アングロサクソン年代記』54, 56
イエス、ナザレの 8, 30-3, 31, 34-7, 46, 64
　十字架上の死 31-7, 35
　昇天 35
　復活 33, 35
イエスの弟子たち 34-6, 37
イギリス空軍（RAF）139
イギリス連邦 139
イケニ族 38, 40
イスカリオテのユダ 32, 36
イスタンブール →コンスタンティノープル
イスラム教 32, 46, 47, 48, 49
イスラム教徒 13, 47, 47, 48, 49, 51, 130, 133, 150, 188
イタリア統一 104-07
イッソスの戦い（紀元前333年）24, 25
インド 130-3, 176-7, 184-7, 188
インド国民会議派 133, 185, 186
インド独立（1947年）132, 133, 166, 184
ヴァイキング 54-7, 55
ヴィクトリア女王 39, 40, 84, 89, 122-26, 125, 126
ヴィクトリア朝 122, 124
ヴィジェ・ルブラン、ルイーズ・エリザベート 86, 89
ヴィシー政権 172, 174, 175
ヴィットーリオ・エマヌエーレ2世、王 104, 106, 107
ウィリアムス、テッド 136
ウィリアム4世、国王 122
ウィルソン、ウッドロー 160
ヴィルヘルム1世、プロイセン王（のちのドイツ皇帝）114, 115
ヴィルヘルム2世、皇帝 116
ウェイン、ロン 215-6
ウェスト＝イースタン・ディヴァン管弦楽団 8, 212-4
ウェッジウッド、ジョサイア 140

ウェッブ、フィリップ 128
ウェリントン公 99
ウォズニアック、スティーヴ 215-6
ヴォルテール 85, 86, 87, 88, 102
ウムコント・ウェ・シズウェ（民族の槍）189, 190
ウルグアイ 104, 105
ウルティア・ジェオ、マヌエル 203
ウルムの戦い（1805年）96, 97, 98
英国国教会 65
エカチェリーナ、女帝 66, 85, 86-9
エカチェリーナ朝 89
エクアドル 103
エドワード7世、国王 124
エバ・ペロン財団 194-5
「エビータ」（ミュージカル、音楽アルバム）194
エフィアルテス 15, 16
エボ・モラレス 205
エリザベス1世、女王 70-3, 71, 76, 89, 126
エリザベス2世、女王 126
エルサレム 32, 33, 35, 36
エンゲルス、フリードリヒ 118, 119, 120, 121
オスマン帝国 66, 69, 150

凱旋門（パリ）96, 98
カヴール伯、カミッロ・ベンソ 107
ガウガメラの戦い（紀元前331年）22, 23-4
カエサル、ユリウス 8, 24, 26-9, 29, 83, 116
カサヘマス、カルロス 155
カストロ、フィデル 104, 144, 145, 201-5, 203, 204
カストロ、ラウル 205
カトリック教会 45, 65
カノン（正統法）67
カーバ神殿（メッカ）47
神の愛の宣教者会 176, 177, 178, 179
ガリア 26, 28
カリステネス 23, 24
ガリバルディ、ジュゼッペ 52, 104-7, 105, 201
カルヴァン、ジャン 45
カール大帝 6, 50-3, 51, 53, 54, 175
ガンディー、インディラ 184-7, 185, 187

ガンディー、サンジャイ 186
ガンディー、モーハンダース 8, 42, 116, 130-3, 131, 188, 206, 208
ガンディー、ラジーヴ 186
北ドイツ連邦 115, 116
キム・ジョンイル 144
キューバ 201-5
キューバ革命（1953〜59年） 104
キューバミサイル危機（1962年） 202, 205
キュビスム 154, 155, 156, 157
教皇 36, 37, 42-5, 50, 105
キリスト教 30, 33, 46, 51, 64
キリスト教会 30, 32, 44
キリスト教徒 13, 30-6, 65, 68
キルチネル、クリスティーナ 195
キング、マーティン・ルーサー、ジュニア 8, 9, 10, 30, 133, 206-11, 207, 209, 210, 211
「バーミンガム刑務所からの手紙」 208
「わたしには夢がある」演説 206, 207, 208
クック、ティム 216-17
クラウゼヴィッツ、カール・フォン 83
グラント、チャーリー 135-6
グラント将軍、ユリシーズ・S 112
クリップス、スタッフォード 167
クリミア戦争（1854〜56年） 124
グリーン、ロバート 74
グリーンウッド、アーサー 165
グリーンベイ・パッカーズ 180, 181, 182
クルアーン（コーラン） 31, 32, 48, 49
クレオパトラ 28
グレゴリウス1世、大教皇 42-5, 43, 45, 54
グレゴリウス13世、教皇 29
グレゴリオ聖歌 43-4
グレゴリオ暦 29, 142
グローブ座（ロンドン） 74, 76
啓蒙主義 85, 87
ゲティスバーグの演説 14, 110, 206
ゲティスバーグの戦い（1863年） 110
ケネディ（のちにオナシス）、ジャッキー 187
ケネディ、ジョン・F 210
ケネディ・ジュニア、ロバート・F 64
ゲバラ、エルネスト・「チェ」 104, 202
ケルムスコットプレス 128
建国の父たち 95

紅海が分かれる 12, 13, 13
公民権運動 10, 133, 206-9
公民権法（1964年） 208
国営保健サービス（NHS） 164, 166
国王一座（前身は宮内大臣一座） 74, 75, 76
国際連合 202, 205
国際労働者協会（第一インターナショナル） 118, 119, 120
古代イスラエル人 10-3
古代エジプト 10-3, 28
古代ローマ人 28, 38, 40, 41
ゴータマ、シッダールタ（ブッダ） 9, 18-21
ゴードセー、ナートゥーラーム 133
「コモンウィール」（新聞） 128, 129
コルカタ（インド） 130, 176-8, 177
ゴールドウィン、サミュエル 8, 146-9, 147, 149
ゴルバチョフ、ミハイル 205
コロンビア 103
コーンウォリス将軍 90
コンスタンティヌス帝 36
コンスタンティノープル（のちのイスタンブール） 29, 50, 66, 150, 152

サッチャー、マーガレット 166, 187, 196-200, 197, 199
サティヤーグラハ（非暴力抵抗） 131, 132, 133, 209
悟り（ゴータマ・シッダールタ） 20
サンクトペテルブルク（ロシア） 66, 79, 80, 142
三国同盟（1882年） 116
サンスーシ宮殿（ポツダム） 85, 85
三帝協定 115-6
サン・ピエトロ大聖堂（ローマ） 50, 66
シェイクスピア、ウィリアム 6, 72, 73, 74-7, 75, 77, 157
ジェファーソン、トマス 94
シーク教徒 187
7月26日運動 202
七年戦争（1754〜63年） 82, 84
十戒 11, 12, 13
シナイ山 10, 13
ジブリール（ガブリエル）、大天使 46
市民的不服従 10, 131-2, 206-7
ジャイナ教 130
社会主義者同盟 128, 129
社会民主連盟（SDF） 129
斜行戦術 83
シャストリ、ラル・バハドゥル 185
シャープヴィル虐殺事件（1960年） 189, 190

ジャンヌ・ダルク 173
十月革命（1917年） 142, 144
宗教改革 45
宗派別キリスト教人口 33
自由フランス（のちの戦うフランス） 172, 173
出エジプト 12
シュルレアリスム 155, 156
シュレースヴィヒ・ホルシュタイン 115
巡礼（ハッジ） 49
ショー、ジョージ・バーナード 129
ジョブズ、スティーヴ 6, 8, 16, 94, 215-9, 217, 219
ジョンソン、ベン 73, 77
ジロー大将、アンリ 173
人種隔離政策 208-9
真珠湾攻撃（1941年） 160, 162
人頭税暴動（1990年） 198, 200, 200
スィナン、ミマール 66
スエトニウス・パウリヌス、ガイウス 38, 41
ズーカー、アドルフ 147, 149
スカリー、ジョン 216
スコット、ジョージ・ギルバート 125
スタイン、ガートルード 155, 157
スターリン、ヨシフ 141, 145, 160, 162, 165
ストラトフォード・アポン・エイヴォン 74, 76
スパルタ 16, 17
スペイン内戦（1936〜39年） 155-6
スペイン無敵艦隊 70, 71, 71, 72
スペンサー卿、エドマンド 72, 73
スレイマニエ・モスク 66, 68, 69
スレイマン大帝 66-9, 67, 86
聖書 10, 11, 13, 30, 34, 35
「青年イタリア」運動 104, 106
赤軍 144, 145
セシル卿、ロバート 73
ゼネラル・ストライキ（1926年） 168-9
1848年革命 125-6
洗礼者ヨハネ 31, 32
ソヴィエト連邦 141, 144, 185, 198, 202, 204, 205

ダイアナ妃 194
第1次世界大戦 139, 145, 150, 152, 164
大英帝国 122, 123, 124, 130, 133, 139
大恐慌 158, 161, 162, 163
大コロンビア 102-3
第3次中東戦争（1967年） 175

索引 221

大西洋憲章（1941年） 162
第2次世界大戦 115, 138-41, 158, 160, 162-3, 166, 167, 172-5, 173
第2次ボーア戦争（1899〜1902年） 124
大北方戦争（1700〜21年） 78, 80, 81
大ポンペイウス 24, 26-7, 28, 29
ダヴィッド、ジャック＝ルイ 97
タキトゥス 31, 41
たとえ話 31, 34
ダランベール、ジャン・ル・ロン 87
タリス、トマス 72, 73
ダルトン、ヒュー 167
タルムード 31, 32
ダレイオス3世 22, 23, 24
炭鉱ストライキ（1984年） 198-9
タンボ、オリヴァー 189
チェンバレン、ネヴィル 170
チャーチル、ウィンストン 8, 9, 72, 111, 116, 138-41, 138-9, 141, 153, 160, 162, 163, 166, 167, 169, 172, 173
チャベス、ウゴ 202
中国 60, 145, 185
中道 20
チンギス・ハン 8, 58-61, 59
ツツ大主教、デズモンド 188, 191
ディアギレフ、セルゲイ 155
ディズニー 216
ディズレイリ、ベンジャミン 125
ディドロ、ドゥニ 87, 88
デクラーク、F・W 190, 191
テヘラン会談（1943年） 160
デミル、セシル・B 147, 149
テューダー朝 70
デュマ、アレクサンドル 105
デリー（インド） 130
テレサ、マザー 6, 9, 30, 42, 176-9, 177, 179
電撃戦 85, 115, 172
ドイツ帝国 114-7
ドイツ・デンマーク戦争（1864年） 115, 116
ドイツ統一（1865〜71年） 117
トゥキディデス 16, 17
東方正教会 45
トゥールのグレゴリウス 43
ド・ゴール、シャルル 52, 172-5, 173, 175
トプカピ宮殿 66
トルコ 150, 152-3
トルヒーヨ、ラファエル 201
トルーマン、ハリー・S 163, 165
奴隷解放宣言 106, 108, 110

ドレイク卿、フランシス 72
奴隷制の廃止 106, 108

ナショナル・フットボール・リーグ（NFL） 180
ナショナルリーグ 134, 135, 136, 137
ナチ 115, 119, 138, 162, 172
ナポリ 105, 106
ナポレオン3世、皇帝 114
ナポレオン法典 99
ナポレオン・ボナパルト 8, 25, 80, 83, 92, 96-9, 97, 114, 175
南米諸国の独立記念日 101
ニクソン、リチャード 182
二国同盟（1879年） 116
ニコライ2世、皇帝 142, 144
ニューディール政策 158, 160
ニューヨーク（インド） 186, 187
ニューヨーク・ジャイアンツ（アメリカン・フットボール） 181, 182
ニューヨーク・ジャイアンツ（野球） 134-7, 135
ネルー、ジャワハルラール 131, 184
ネロ帝 32, 36, 41

パウロ（聖） 32, 33
バガヴァッド・ギーター 131
バーキー（マフムト・アブデュルバーキー） 67
パキスタン 130, 185, 186
白軍 145
パークス、ローザ 209
バクーニン、ミハイル・アレクサンドロヴィッチ 119
バスボイコット（モンゴメリー、アラバマ州） 208-9
八正道 18-9, 21
バッハ、C・P・E 85
バッハ、J・S 85
バティスタ、フルヘンシオ 201, 202, 203
バード、ウィリアム 72, 73
バトル・オヴ・ブリテン（1940年） 138-9
パナマ 102, 103
ハヌム、ラティーフェ 151, 153
ハノーヴァー家 122
バベッジ、リチャード 74, 75
ハミルトン、アレクサンダー 94
バヨ、アルベルト 202
バラ戦争（1455〜87年） 70
パリ 96, 98, 114, 118, 154, 155, 173, 174-5

パリ・コミューン 118, 119
パルテノン神殿（アテナイ） 15, 17
「バルバロッサ」（ハイレッディン） 68
バレエ・リュス（ロシア・バレエ団） 155, 156
バレンボイム、ダニエル 8, 212-4, 213
バングラデシュ解放戦争（1971年） 186
万国博覧会（1851年） 124, 126
万国博覧会（ロンドンのサウスケンジントン、1862年） 127
バンデラス、アントニオ 194
バントゥースタン 189
ピカソ、パブロ 154-7, 155, 157
「アヴィニョンの娘たち」 154
「オルタ・デ・エブロの貯水池」 154
「ゲルニカ」 155-6
「帽子をかぶったヴァイオリンをもつ男」 154
「ラム酒の瓶のある静物」 154
「臨終」 155
ピクサー 216, 218
ビスマルク、オットー・フォン 85, 114-7, 115
ピッグス湾事件、キューバ侵攻（1962年） 202, 204
「ビッグバン」金融制度改革（1986年） 198
非同盟運動 205
ヒトラー、アドルフ 38, 85, 138-9, 141
ピピン3世（小ピピン） 50, 52
ピピンの寄進（756年） 50, 52
ピョートル大帝 78-81, 86, 88, 142
ピール卿、ロバート 125
ヒンズー教 130
ヒンズー教徒 130, 133, 188
ファーガソン、アレックス 183
ファルサルスの戦い（紀元前48年） 26-7, 27, 28
フィラデルフィア・イーグルス 181-2
ブエノスアイレス（アルゼンチン） 192-3, 193, 195
フォークランド紛争（1982年） 198
福音書 31-2, 31, 34
ブース、ジョン・ウィルクス 112
フズーリー（ムハンマド・ビン・スレイマン） 67, 68
仏教 18-21
ブーディカ女王 38-41, 39, 126
プトレマイオス 28
普仏戦争（1870〜71年） 114, 116, 118
不満の冬（1978〜79年） 198
ブラジル 104

ブラック、ジョルジュ　154, 156
「レスタックの家」　154
フランコ将軍、フランシスコ　155
フランシスコ（アッシジの、聖）　30, 42, 62–5, 65, 196
フランシスコ教皇　37, 64
フランシスコ派修道会　64, 65
フランス　96–9, 172–5
フリードリヒ大王　6, 82–5, 83, 85, 88, 92
プルタルコス　8, 15, 16, 22
ブルートゥス、マルクス・ユニウス　29
ブルトン、アンドレ　155, 156
ブレイク、アール・ヘンリー・「レッド」　181, 182
プロイセン　82–85, 114, 115
プロテスタント　45, 72
米州ボリバル代替同盟　202
ベヴァン、アナイリン　167
ベヴィン、アーネスト　167
ベオグラード　68
北京（中国）　58, 60
ペタン元帥、フィリップ　172
ベツレヘム　32
ベトナム　145
ベトナム戦争（1955～75年）　175, 208
ペトロ（聖）　8, 30, 34–7, 42
ベネズエラ　100, 101–2, 103
ペリクレス　9, 14–7, 15, 206
ペルー　102, 103
ベルリン（ドイツ）　85
ベルリン会議（1878年）　116
ペロポネソス戦争（紀元前431～404年）　14, 16, 17
ペロン、エバ　192–5, 193
ペロン、フアン　192, 193, 194, 195
ホーエンツォレルン家　114
ボストン・ブレーブス　135
ボタ、P・W　188
ホー・チ・ミン　145
ポチョムキン、グリゴリー　88
ポツダム会談（1945年）　141, 165
ボリバル、シモン　100–3, 103
ボリビア　102
ボルシェヴィキ　142, 144, 145
ボルチモア・オリオールズ　134–5, 136
ボールドウィン、スタンリー　169
ポンティウス・ピラトゥス　31

マグロー、ジョン　6, 8, 134–7, 135, 137
マシューソン、クリスティ　136

マッカーサー将軍、ダグラス　153
マッキントッシュ・コンピュータ　215
マック、コニー　137
マック・フォン・ライベリヒ将軍、カール　96, 97
マッツィーニ、ジュゼッペ　104
マティス、アンリ　155, 156
マリア（聖処女、聖母）　46, 73, 194
マルクス、カール　6, 118–21, 119, 144, 145, 201
『資本論』　118, 120
マルクス／エンゲルス『共産党宣言』　118, 120, 121
マルクス主義　144, 145
マルクス・レーニン主義　145
マルコムX　38
マンデラ、ネルソン　8, 116, 188–91, 191, 201
南アフリカ　188–91, 189
　アパルトヘイト　8, 188, 189
民主政　15
ムハンマド・イブン・アブドゥッラーフ、預言者　32, 44, 46–9
ムンダの戦い（紀元前45年）　27, 27, 28
メイズ、ベンジャミン　208
メージャー、ジョン　198, 200
メッカ（サウジアラビア）　46, 47, 48
メディナ　48, 49
メトロ・ゴールドウィン・メイヤー　147
メルバーン子爵　125
メンシェヴィキ　145
毛沢東　145
モーセ　10–3, 13
モリス、ウィリアム　127–9, 129, 157
モリソン、ハーバート　165, 167
モンゴル帝国　58, 61, 61
モンテスキュー　88, 102

野球　134–7, 135, 137
ヤクサルテス川の戦い（紀元前329年）　24
野狐嶺の戦い（1211年）　59
ヤルタ会談（1945年）　141
ユゴー、ヴィクトル　104
ユター、パーシー　188
ユダヤ教　32, 46
ユダヤ教の過越しの祭り　13
ユダヤ人　68
ユリウス暦　28, 29, 78, 142
ヨーク　56
ヨークのアルクィン　51–52
ヨセフス　31
ヨーゼフ2世、神聖ローマ皇帝　85
ヨハネ・パウロ2世、教皇　64, 178

ヨーロッパ経済共同体（EEC）　175

ライン同盟　96
「ラジオ・タイムズ」　168, 170
ラスキー、ジェシー・L　147, 149
ラッセル、バートランド　144
ラテンアメリカ　100–103, 204
ランズベリー、ジョージ　165, 169
リー、ロバート・E　110, 112
リース卿　168–71, 171
リソルジメント（再興）　105
リンカーン、エイブラハム　9, 14, 95, 106, 108–111, 109, 161, 206
ルイ・フィリップ、フランス王　125
ルース、ベーブ　136
ルター派　65
ルビコン川　26, 28
レーガン、ロナルド　197, 198
レスター伯、ロバート・ダドリー　71
レーニン、ウラジーミル・イリイチ　119, 142–5, 143, 201
レンドリース法（1941年）　162
ロシア　78–81, 86–9, 142–5
ロシア海軍　79, 80, 81
ロシア社会民主労働党（RSDWP）　144, 145
ロシア正教会　79
ロシア内戦（1918～20年）　144
ロシア陸軍　79, 79, 80
ローズヴェルト、エレノア　158, 160
ローズヴェルト、セオドア　158
ローズヴェルト、フランクリン・D　8, 111, 141, 158–63, 159, 163, 165, 166
ロベン島刑務所、南アフリカ　190–1
ローマ　26, 27, 28, 29, 36, 37, 42, 43, 44, 105, 106
ローマ帝国　26, 27, 31, 32, 33, 38, 50, 53
ローリー卿、ウォルター　71, 72
ロンドン大空襲（ザ・ブリッツ）　138
ロンバルディ、ヴィンス　6, 8, 180–3, 181, 183

ワシントン、ジョージ　6, 90–5, 112
ワシントン・レッドスキンズ　182
ワッツ暴動（ロサンゼルス、1965年）　208
ワーテルローの戦い（1815年）　98
ワーナー・ブラザーズ・スタジオ　149

図版出典

クワンタム・ブックスは、本書のため図版を提供してくださった以下の方々に感謝申し上げる。

Corbis
Leemage **71**; Brian A. Vikander **119**; Bettmann **131**

Getty Images
Giovanni Antonio Pellegrini **29**; Print Collector/Contributor **55**; Heritage Images/Contributor **59**; Popperfoto/Contributor **93**; MPI/Stringer **113**; Universal History Archive/Contributor **143**; Universal History Archive/Contributor **147**; William A. Atkins/Stringer **171**; Robert Riger **181**; Keystone-France/Contributor **193**; UniversalImagesGroup/Contributor **203**

Prints & Photographs Division, Library of Congress
LC-DIG-ppmsca-19305 **2**; LC-DIG-ppmsca-15711 **90**; LC-DIG-ppmsca-08351 **105**; LC-DIG-ppmsca-19305 **109**; LC-DIG-ggbain-13889 **135**; LC-USW33-019093-C **141**; LC-USZ62-137196 **149**; LC-USZ62-139361 **151**; LC-USZ62-15185 **159**; LC-USZ62-11988 **165**; LC-USZ62-134157 **185**; LC-USZ62-111157 **207**; LC-U9-10364-25 **211**; LC-USZ62-120210 **211**

Shutterstock.com
Jule_Berlin **7**; Georgios Kollidas **15**; AISA – Everett **35**; Claudio Divizia **39**; Stocksnapper **75**; Georgios Kollidas **77**; AISA – Everett **81**; AISA – Everett **87**; ASIA – Everett **97**

Wiki Art
Ivan Kramskoy, public domain **13**; Antoine Pesne, Public domain **83**; Adolph Menzel, Public domain **85**; Franz Xaver Winterhalter, Public domain **126**

Wikimedia Commons
By Purshi, CC BY-SA 3.0 **21**; Placido Costanzi, Public domain **23**; CC BY-DA 2.5 **25**; By Gun Powder Ma, CC-BY-SA-3.0 **31**; By Meister des Registrum Gregorii, Trier, Stadtbibliothek, Hs. 171/1626, Public domain **45**; By Basil D Soufi, CC-BY-SA-3.0 **47**; Raphael, photo by Jebulon, Public domain **51**; James William Edmund Doyle, Public domain **57**; Caravaggio, The Ella Gallup Sumner and Mary Catlin Sumner Collection Fund, CC-BY-2.0 **65**; Titian, Public domain **67**; Jyothis, CC-BY-SA-3.0 **103**; Bundesarchiv, Bild 146-1990-023-06A / CC-BY-SA **115**; Frederick Hollyer, Public domain **129**; By Jack Downey, US Office of War Information, Public Domain **173**; By Office of War Information, Overseas Picture Division, Public domain **175**; By US Information Service (India), photograph JK-000256, Public domain **187**; CC-BY-SA 3.0 **200**; Matthew Yohe, CC-BY-SA-3.0 **219**

Other sources
W. and D. Downey/Library and Archives Canada/C-019313 **125**; Tim Graham/Alamy **177**; NMF/Benny Gool **191**; MTF, Thatcher MSS, White House photos **197**; Luis Castilla/WEDO **213**

All infographics have been created by Quantum Books, information sources:
Encyclopaedia Britannica.com and Ancient History Encyclopedia.eu **17**; University of Oregon, Kelly-RE-Caesar map and Van Roseen Classical Studies, Roman Expansion Map **27**; www.cia.gov, The World Factbook **33**; english.alarabya.net, "The Journey of Hajj: Islam's sacred pilgrimage," 2013 **49**; Lake Superior State University, Charles the Great map **53**; Encyclopaedia Britannica, "Genghis Khan: Mongol Empire" **61**; The Third Order, Society of St. Francis, Province of the Americas **63**; MIT Libraries Dome, Süleymaniye Mosque **69**; Folger Shakespeare Library **75**; Royal Museums Greenwich, "Peter the Great" **79**; Encyclopaedia Britannica, "Founding Fathers" **95**; BBC, Italy Before Unification 1796 **107**; Civil War Trust **111**; *The Cambridge Illustrated History of the British Empire*, ed. P.J. Marshall, pp. 113-121 **123**; Baseball Hall.org **137**; BBC, "Sir Winston Churchill: The Greatest Briton?" **139**; United States History.com, "Unemployment Statistics During the Great Depression" and Visualizing Economics.com **161**; BBC, "About the BBC: What We Do," **169**; Pro-Football-Reference.com **183**; Stanford.edu, "The History of Apartheid in South Africa," Figure 1: Disproportionate Treatment circa 1978 and History.com, "Apartheid" **189**; Ipsos-mori, Conservative leader image **199**

本書で使用した図版等の著作権保有者への帰属を明確にすべく、最善をつくした。意図しないもれや誤りについては謝罪し、今後の版で適切な修正を掲載するようつとめる。